타타타, 메타

메타논어

타타타, 메타

1판 1쇄 발행 | 2019년 12월 24일

지은이 | 류창희
발행인 | 이선우
펴낸곳 | 도서출판 선우미디어
　　　　등록 | 1997. 8. 7 제305-2014-000020호
　　　　130-100 서울시 동대문구 장한로12길 40, 101동 203호
　　　　☎ 2272-3351, 3352 팩스: 2272-5540
　　　　sunwoome@hanmail.net
　　　　Printed in Korea ⓒ 2019. 류창희

값 15,000원

  부산문화재단

※ 본 도서는 2019년 부산문화재단 지역예술지원창작지원사업의 일부 지원으로 시행됩니다.

※ 잘못된 책은 바꿔 드립니다.
※ 이 도서의 국립중앙도서관 출판예정도서목록(CIP)은 서지정보유통지원시스템
　홈페이지(http://seoji.nl.go.kr)와 국가자료종합목록 구축시스템(http://kolis-net.nl.go.kr)에서 이용하실
　수 있습니다. (CIP제어번호 : CIP2019051126)
※ 저자와의 협의하여 인지 생략합니다.

ISBN 978-89-5658-628-1 03810

메타 논어

타타타

류창희 지음

메타

선우미디어 sunwoomedia

국궁鞠躬

"인을 빌린다는 것은 본래 인한 마음이 없으면서, 그 인을 빌려 공으로 삼은 자이다." 바로 "나다" 성스러운 마음과 지식이 없으면서 공맹孔孟을 빌려 아는 척 했다.

어느 분이 스승님을 찾아뵈었다. 평소처럼 공부하면서 미진했던 것을 물으니 "내 엊그제 지붕에 올라가 이엉을 얹던 중 떨어져 머리를 다쳤는데, 모든 것이 하얗게 날아갔다." 그래서 아는 바가 없으니 "묻지 마시게." 노스승이 정말 지붕을 손질하셨을까. 더구나 초가집이 없는 세상이니 이엉을 얹을 리도 없다. 나는 그 이야기를 듣고 소리 내어 웃다가 울었다.

이제, 나도 지붕에 올라갈 때가 되었음을 짐작한다. 나는 스승도 훈장도 아니다. 요일마다 이 도서관 저 도서관에서 만나지는 시간 강사다. 1997년부터 그동안 부산시립도서관 시민, 부전, 해운대, 구덕, 연산, 명장, 서동, 사하, 구포, 반송, 반여, 금정, 다대, 동구, 메트로도서관과 학부모교육원, 인재개발원 등등에서 논어를 강독했다. '고전의 향기'와 더불어 봄 학기와 가을 학기 20여 년의 춘추春秋를 맞이하고 보냈다.

　일전에 논어에세이 『빈빈』을 엮었다. 운 좋게 '2015 세종도서 문학나눔'에 선정되었다. 그동안 ≪그린에세이≫ '공자가라사대' ≪에세이문학≫ '논어야, 놀자' ≪퇴계학 부산연구원 원보≫에 '유학수필'을 연재하였다. 만약 원고 청탁이 없었다면, 논어원문을 수필로 재해석하는 '메타논어'를 쓰지 못했을 것이다. 강의 시간과 지면을 주셨던 모든 기관에 감사드린다.

2019년 12월 哉生魄

마린시티 돛단배에서

류창희 국궁

차례

4 요산요수

5 꿈틀

1

명품의 탄생

예에서 노닐다

― 유어예游於藝

"동~무야, 노올자!"

예전에 동네 친구들이 울타리 밖에서 불러내던 소리다. 지금의 카페문화다. 나는 요즘 '명랑모드'로 "오우~ 예, 놀자!" 푼수 짓을 잘한다. 그 잘하던 짓도 멍석을 깔아 놓으면, 나뒹굴던 재주마저 넘지 못하니 멍석이 문제다.

나는 어려서부터 모여 노는 것에 익숙하지 않다. 울타리 밑에 쪼그리고 앉아서 혼자 왼손 오른손 공기놀이나 길섶에 뒤돌아 앉아 작은 풀꽃을 들여다보는 것이 체질에 맞는다. 그런데 나와서 놀라고 하니, 겁이 난다. "어깨동무 씨동무, 미나리 밭에 앉았다 ~♬" 미나리 밭에서 자빠진들 엉덩이밖에 더 젖겠나. 그냥 논어문구를 핑계 삼아 재미있게 놀아보자는 권유다.

"니가 학문을 알아?" "어딜, 공자 앞에서 문자야!" 아~ 나는 열정의 에너지도, 거침없는 입심도, 물볼기 세례의 맷집도, 배짱도 없다.

논어를 강의하는 학자가 있다. 자기 흥에 겨워 분발하면 동서양의 해박한 문자를 칠판에 일필휘지하며 쇳소리를 낸다. 그 신들린 듯 난리 굿판이 강의 메시지보다 강하다. 모름지기 강연자는 저래야 한다며 나는 늘 그를 부러워하는데, 펄쩍 뛰는 사람들이 있다. 호불호好不好가 극과 극이다. 내용은 차라리 책 한 권을 사서 읽는 것이 낫다. 나는 그의 두루마기 등판이 흠뻑 젖는 그 열정을 닮고 싶다.

그는 69세의 아버지 숙량흘과 16세의 어머니 안징재의 사이에서 태어난 공자의 출생을 '야합野合'이라고 말하는 바람에 강의도중 하차했다. 공자는 정의를 실현하고자 할뿐이다. 그런데 공자를 성인聖人으로만 신격화하는 유림儒林들의 입김이 그만큼 세다는 이야기다. 그 이후 너도나도 '야합' 정도는 다 말한다. 보리밭 고랑이나 물레방앗간은 아니더라도 공자가 육례六禮를 갖춘 정실부인 소생이 아님은 분명하다.

지금 나는 〈논어야, 노올자!〉 신설 연재코너 앞에 엄살중이다.

공자 가라사대 "도에 뜻을 두며, 덕을 굳게 지키며, 인에 의지하며, 예에서 노닐어야 한다."

子曰 志於道ᄒ며 據於德ᄒ고 依於仁ᄒ며 游於藝니라 – 述而

'인생은 짧다, 오늘도 예술처럼 살라!' 내 인터넷 사이트의 화두다. 그러나 여기서 말하는 예藝는 내가 추구하는 예술藝術하고는 차이가 있다. 곧 예악사어서수禮樂射御書數의 육예六藝이다. 예절, 음악, 활쏘기, 말 타기, 글, 숫자, 다시 말하면 현대인도 갖추고 싶어하는 교양덕목이다. 나는 여섯 개의 조목을 예술로 승화시키는 일상을 꿈꾼다.

도道는 말하는 것이 아니라 사람답게 사는 도리다. 손녀의 이름으로, 딸의 이름으로, 학생의 신분으로 '국군장병 아저씨' 덕분에 잘 있다는 위문편지도 많이 썼으며, 낳아주시고 길러주시는 부모님의 은혜 노래도 해마다 불렀으며, 며느리로서 조상님 음덕도 받들며 살아왔다. 그리고 얻은 것은 마땅히 지켜야 할 예의와 염치다. 사람의 관계에서 어진[仁]사람이 되고 싶다. 그러나 자신을 온전하게 내어주는 것에 인색했었으니 예에서 노닐 자격이 멀다.

나는 소韶음악의 정악은 모른다. 그러니 어찌 정통의 예술을 알까. 그러나 결코, 젓가락 두들기며 니나노 가락으로 막 놀자는 것이 아니다. 한 소절 한 단락 수신修身하는 자세로 절제의 아름다움을 완상하고 싶다. 세월일랑 계절에 맡기고 몽당연필을 깎고, 사물을 스케치하며, 또 여든이 되어보라고 당당하게 권하는 선배님들이 내게는 다 '예술의 전당'이시다. 멍석에는 서열도 차별도 권위도 없다. 공자의 예禮를 빌려 "유어~예, 예술藝術에서 노올자!"

수필은…

- 이문회우以文會友

수필은 '만남' 시공을 초월하여 문文으로써 만난다. 성현과 군자와 문헌과 문우와 그리고 나. 궁핍한 나의 일상을 품稟과 격格으로 다독여 이문회우以文會友 이우보인以友輔仁의 경지로 이끈다. 못 만났으면 어쩔 뻔했나. 나의 벗 나의 스승, 수필!

"군자는 글로써 벗을 사귀고, 벗으로서 서로의 인덕을 돕는다."

曾子曰 君子는 以文會友 하고 以友輔仁이니라 - 顔淵

욕파불능

― 나는 글을 이렇게 쓴다

저녁 무렵 초가지붕 위로 올라가는 연기가 아름다웠다. 마을은 평화로웠지만 내 마음속의 그림은 고요하지 않았다. 그림에는 항상 빈터가 많았다. 여백은 늘 눅눅하게 젖어 물이라도 한 방울 떨어지면 금세라도 물웅덩이가 될 것만 같았다.

'만물은 평형을 얻지 못하면 소리가 나게 되는데, 초목은 본래 소리가 없지만, 바람이 그것을 흔들어 소리가 나고, 물은 본래 소리가 없지만, 바람이 그것을 움직여 소리가 난다.'고 한유韓愈는 '불평즉명不平則鳴'을 말했다.

편안하지 않으면 울게 되어 있다는데, 나의 유년은 한유처럼 배고프거나 춥지는 않았지만, 누군가가 타고 왔던 파란색 코로나 택시의 뒤꽁무니가 동구 밖을 빠져나가는 날이면 눈물이 나곤 했었다.

엄마의 이불장 속에는 늘 꿈 보따리가 숨겨져 있었다. 매화 파랑 새 구름이 그려져 있는 〈그리운 당신께〉라는 제목의 일기장이다. 나는 자라면서 무슨 말인지도 모르는 습관적인 그리움을 배웠다. 나도 누군가에게 '그리운 ○○께'라고 편지를 쓰기 시작했다. 그리 움의 대상은 꼭 누가 아니어도 좋다. 어떤 물상일지도, 아니면 내 안에 있는 나일지도, 어쩌면 배냇적 이전의 설움 같은 것일지도 모 른다.

내가 글을 쓰는 것은 그리움을 만나는 일이다. 그리움은 나에게 어떤 한恨 같은 정서를 남겨주었다. 울컥울컥 그리움을 행간에 써 내려가다 보면 속이 후련해진다. 내 스스로 비위를 맞추면서 나를 어루만진다.

엄마는 날마다 화투 점으로 하루를 열었다. 그때 가령, 육목단이 떨어졌더라면 나는 매일 함박꽃처럼 웃으며, 줄무늬 주름치마와 리 본 달린 핑크빛 블라우스를 입고 도화지에 열두 가지 빛깔의 크레 파스로 그림을 그릴 수 있었을까. 어쩌면 엄마와 딸이 굽실거리는 불 파마를 하고 아버지와 동생도 다같이 읍내에 나가 가족사진 한 장쯤 박았더라면, 아마 그랬더라면, 나는 문학 같은 것하고는 거리 가 멀었을지도 모른다.

늘 허기진 마음으로 구석에서 책을 읽었다. 글 속의 남의 생각과 남의 생활을 들여다보며 올곧은 생활만이 나를 지켜줄 것이라 믿었다. 작정하고 일부러 시늉한 것은 아니었지만, 사람의 도리로써 해야 할 일과 차마 해서는 안 되는 일을 가늠하느라 자신을 단속했다. 자신의 마음 밭이 엉망이라고 닦달하며 매일 호미를 들고 김매느라 전전긍긍하며 살아왔다. 그런데 그 고달프게만 여겼던 잡풀들이 알고 보니, 나를 지켜주는 힘인 것을, 문학의 거름인 것을 새삼 깨닫는다. 강인한 생명의 뿌리를 껴안고 이젠 더불어 풀숲이 되어도 괜찮을 성 싶다.

누군가는 평생을 잘 다듬어진 글 한 편처럼 살고 싶다고 한다. 나는 하루하루를 글 한 편처럼 살고 싶다. 그러나 사는 것이 매양 수채화처럼 뼛속까지 맑고 투명하다면 얼마나 좋을까. 수필 쓰기는 늘 나를 응원하고 나를 일으켜 세우는 에너지다.

나의 정서는 달빛에 박꽃이 피는 초가삼간이다. 잘 꾸며진 문文보다 소박한 질質에 바탕을 두는 촌스러운 감성이다. 게다가 지나치게 솔직하기까지 하다. 나는 내가 이야기할 수 있는 것만이 진정한 내 글이라고 생각한다.

보잘것없는 삶이라고 위축될 필요도 눈치 볼 필요도 없다. '내가 아니면 누가? 지금 아니면 언제?' 당당하게 표현하고 싶다. 남이 어떻게 생각할까 의식하지 않으려고 한다. 나는 누구를 위하여 쓰는 것이 아니다. 내가 내 글을 쓰는 것이다. 결코, 막 쓰자는 말은 아니다. 뼈와 살 사이에 있는 틈을 젖히는 칼 다루는 법을 익히고 연마하여, 글이 예리하기는 하지만 부드러워서 사람의 마음을 상하지 않게 하며, 복잡하기는 하지만 재미있어 읽어볼 만한 '포정해우庖丁解牛' 같은 글을 쓰고 싶다. 글을 쓰며 생활할 수 있는 것은 내가 선택한 '청복'이다. 그냥 쓰고 싶어 쓰는 것이다. 글쓰기 자체가 미덕이다.

작가 나탈리는 '글쓰기는 섹스와 같다.'고 했다. 오르가슴을 향하여 극한의 순간까지 함께 치닫는 맛, 오로지 다른 생각 없이 발 앞에 폭탄이 떨어지더라도 글을 쓰라고 권한다. 이제 마른 표고버섯처럼 에스트로겐이 쩍쩍 갈라지는 여인, 폭탄테러를 피할까? 아니면 당할까!

오늘도 나는 글을 쓴다. 오늘의 작가이고 싶다. 이 글을 다 쓰고 나면…, 이 글이 발표되면…, 언제나 이 글이 끝나기를 바라며 글을 쓴다. 이 글을 다 쓰고 나면 또, 무엇을 할 것인가. 날마다 골목에선 낯선 나그네가 서성인다. 나그네를 나만의 방, 원고지 안으로 불러들인다. 쓰지 않으면 불안하다. "우러러 볼수록 높아만 지네 ~♬" 우러러 볼수록 더욱 높고 뚫고 들어갈수록 더욱 깊어[仰之彌高 鑽之彌堅], 그만두려고 해도 그만둘 수 없는 욕파불능欲罷不能*의 경지.

내 안에 그대, '글' 있다.

* 안연이 감탄하며 "선생님은 우러러볼수록 더욱 높고, 뚫고 들어
갈수록 더욱 깊다. 마치 바로 앞에 계신 듯 했는데 홀연히 뒤에
계시다. 선생님은 차근차근 남을 잘 유도하셔 학문으로 나를 넓혀
주시고 예로써 나를 단속해 주신다. <u>그만두려 해도 그만둘 수 없어</u>
나의 재능을 다해서 쫓으려하니 문득 앞에 계신 듯 우뚝하시다.
비록 선생님을 따르려하나 어찌할 도리가 없도다.

顏淵이 喟然歎曰 仰之彌高ᄒ며 鑽之彌堅ᄒ며 瞻之在前이러니 忽
焉在後로다 夫子 循循然善誘人ᄒ샤 博我以文ᄒ시고 約我以禮ᄒ시
니라 <u>欲罷不能</u>ᄒ야 旣竭吾才ᄒ니 如有所立이 卓爾라 雖欲從之나
末由也已로다 - 子罕

명품의 탄생

- 호련瑚璉

누가 구령을 넣는 것도 아닌데 서로 재빨리 명함을 주고받는다. 어느 청사 두 번째 줄의 풍경이다. '아~참! 나도 명함이 있었지.' 그때야 에코백 안을 뒤적이는데…, 어디로 숨었을까. 당최 찾을 수가 없다. 상대방은 명함을 건네고 벌써 다른 사람의 손을 잡고 있다. 마치 명함을 주고받는 타이밍이 앞날의 성공을 예견하는 것 같다.

어느 곳 기관장을 맡았다고 하니, 집의 큰놈이 명함을 선물해줬다. 연한 회색의 7pt 작은 글씨다. 여태까지 보던 명함과는 사뭇 다르다. 빛나는 금테까지는 아니더라도 지나치게 소박하다. 이럴 거면 뭐 하러 명함을 만드나? 명함을 디자인한 아들에게 은근히 서운하다. 그런데 인쇄된 내 이름을 들여다보니 슬그머니 움트는 것이 있다.

이참에 명함 집도 근사하고 싶다. 뭉텅이로 여러 장을 넣으면 촌스럽고, 5장정도 내 손아귀에 딱 맞는 몽블랑 브랜드 정도를 가지고 싶다. 그럼 명함 집은 어디서 꺼낼까. 당연히 뤼비통 가방쯤은 돼야…, 가방이 명품이면 프라다 구두를 신고 버버리 정도는 입어줘야…, 어느새 욕망의 전차를 타고 있다.

"엄마! 명함 집이 명품이면 엄마 이름이 죽어요."라며 펄쩍 뛴다. 패션쇼장처럼 사람은 안 보이고 옷만 보인다는 것이다. 만약에 거리를 지나가는데, '뭐지! 이 느낌?' 뒤돌아보고 싶은 향기가 엄마였으면 좋겠단다. 그렇지! 일할 때, 얼굴과 성별 그리고 목소리가 무슨 소용인가. 아이 말처럼 명함에 보일 듯 말 듯 이름과 이메일 주소만 있으면 된다. 전화번호도 지나친 친절일지 모른다. 나도 자료든 사람이든 내게 꼭 필요하면 돋보기에 확대경까지 동원해서 다 살펴본다.

자공이 공자에게 "저는 어떻습니까?" 하고 묻자, 공자 가라사대 "너는 그릇이다." 자공이 다시 "어떤 그릇입니까?" 하고 묻자, 공자께서 대답했다. "호련이다."

子貢問曰 賜는 何如ㅎ닝잇고 子曰 女는 器也니라 曰 何器也잇고

曰 *瑚璉也*니라 – 公冶長

공자는 제자들에게 늘 눈높이 교육을 한다. 사람은 누구나 장점이 있다. 이 문장 앞에 공자는 공야장과 남용과 자천의 장점을 하나하나 들어 칭찬했다. 칭찬을 기다리다가 조급증이 난 자공이 저는 어떤 사람입니까? 묻는 장면이다. 찬물을 끼얹을 수 없어 "너는 그릇이다." 가만히 있으라는 말이다. 그러나 기다리지 못하고 "무슨 그릇입니까?" 그때 만약에 솔직한 감정대로 너는 작은 간장 종지다. 혹은 개밥그릇, 아니면 스케일 크게 커다란 고무 함지박이라고 했다면 어땠을까. 이재에 밝고 말주변이 빼어난 자공에게 "자네는 호련"이라는 말로 호기를 정지시킨다. 바로 춘추전국시대 명품의 탄생이다. 호련瑚璉*은 하夏나라와 은殷나라의 종묘 제사에나 쓰는 최고의 옥玉제기그릇이다.

그럼, '호련'은 칭찬인가. 언뜻 들으면 장차 높은 벼슬에 올라 귀하게 쓰일 것이라는 격려 같기도 하다. 그러나 어찌할까. 공자는 이미 위정편에서 '군자불기君子不器'라는 말을 했다. 제자들이 그릇의 기능처럼 능력을 한정 짓기보다는 자신의 마음을 활달하게 부리는 호연지기 군자君子가 되기를 바란다.

그 당시 자공은 투자의 달인이다. 제자 중에 가장 부자였다. 주유열국의 힘든 행보 중에 그나마 공자가 의관을 갖추고 마차를 탈 수 있었던 것도 자공 덕분이다. 난세에서도 슬기롭게 돈벌이를 잘하는 자공이 공자에게 "저는 어떻습니까?" 묻는 것은 어쩌면 노블레스 자격이었을지 모른다. 그에 대한 답변으로 공자는 청렴한 도덕적 의무를 다해야 한다고 넌지시 오블리주를 일깨워주는 말일 수도 있다.

나 자신에게 묻는다. 과연 너는 명함을 새길 만한 그릇이 되는가. 터무니없다. 나에게 명함은 개똥과 같다. 정작 필요할 때는 '어디 가서 명함도 못 내민다.' 이런 내 마음도 모르고 어느 분은 "명함 좀 주세요."라며 버티고 서 있다. 나는 어정쩡한 미소로 "저는, 얼굴이 예뻐서……" 이 무슨 무례인가. 그런데 정말 내가 예쁘기는 한 모양이다. 망발하는 앞에서 모두 환하게 웃는다. 명함을 주고받는 사람은 그 정도 너그러움은 이미 지닌 것 같다. 나는 여태까지 살면서 고현정이나 김태희가 명함을 가지고 다닌다는 말은 '연예가 중계'에서도 들어본 적이 없다.

그래서 그런지 고귀하신 분의 명함에는 이름보다 사진이 더 크다. 그것도 모자라 뒤편에는 그동안의 공적과 직책이 좌청룡 우백호처럼 빼곡하다. '시류야是柳也', 나는 나다. 단지 명함을 건네는 '순발력을 놓쳤을 뿐이다.'라고 위안 삼아보지만, 일부러 챙겨서 나간 날은 차마 멋쩍어 손이 오므려진다. 집에 와서 혼자 되뇐다. 나는 괜찮은 사람이다. 나는 아직 쓸 만한 사람이다. 나는 군자의 성정을 지니고 싶다. 나는 꼿꼿하다. 꽃, 꽃 할 것이다. 날마다 화花하하 웃음꽃을 피우다 보니, 어느새 연임의 임기까지 끝났다. 그런데 아직도 명함 한 통이 고스란히 남아있다.

"명품은 아무나 되나♬" 자공은 역시 훌륭하다.

* 호련 : 고귀한 인격을 가진 사람이나 학식과 능력이 뛰어난 사람을 비유적으로 이르는 말. 공자가 자공의 사람됨을 평하여 '호련'이라고 한데에서 유래.

날이 차가워진 뒤에야

– 세한연후歲寒然後

'후에' 모임이 있다. 마을의 기관장을 맡았던 사람들의 모임이다. 나보고 그 모임에 들어오라 한다. 참으로 영광이기는 하지만 벌써 원로 두 분께서 타계하셨다. '후에' 모임의 회원들은 은퇴 후, 명예 회장이거나 고문역할을 맡고 있다.

공자께서 말씀하시기를 <u>세월이 차가워진 뒤에야</u> 소나무와 잣나무 가 늦게 시드는 것을 알 수가 있느니라.

子曰 <u>歲寒然後</u>에 知松栢之後彫也니라 – 子罕

내가 잘 나가고 부유할 때는 모두가 좋은 친구다. 구름과 바람마 저도 아부하여 싹 틔우고 무성한 인맥을 만든다. 진한 꽃향기 진동하고 단풍도 오색이다. 천지자연이 빛나지 않을 때가 없다. 서리가 내리기 전까지 꽃처럼 아름다운 시절, 화양연화다.

"남산 위의 저 소나무 철갑을 두른 듯…" "일송정 푸른 솔은 ~♬" 은 다 상록수다. 상록수는 지조와 정절을 상징한다. 한결같은 마음, 송백의 품성이다.

논어 속의 '세한연후'의 문장은 추사 김정희 선생의 세한도로 더 빛을 발한다. 논어의 문장을 읽지 않은 사람도 세한도 그림으로 그 절경을 기억한다. 1844년 당시 완당이라는 호를 쓰던 추사는 나이 59세에 제주에서 유배생활을 하게 된다. 제자 이상적이 연경에서 책을 구해 보내준다. 스승은 제자의 고마운 마음을 소나무와 잣나무가 있는 풍경 ≪歲寒圖≫를 그려 보내준다. 그림 옆에는 당시 심정을 적었다.

지난해에는 ≪만학≫과 ≪대운≫ 두 문집을 보내주더니 올해에는 우경의 ≪문편≫을 보내왔도다. 이는 모두 세상에 흔히 있는 것도 아니고, 천만리 먼 곳으로부터 사와야 하며, 그것도 여러 해가 걸려야 비로소 얻을 수 있는 것으로 쉽게 단번에 손에 넣을 수 있는 것도 아니다. 게다가 세상은 흐르는 물살처럼, 오르지 권세와 이익에만 수없이 찾아가서 부탁하는 것이 상례인데, 그대는 많은 고생을 하여 겨우 손에 넣은 그

책들을 권세가에게 기증하지 않고, 바다 바깥에 있는 초췌하고 초라한 나에게 보내 주었다. 공자께서 말씀하시기를 "날이 차가워진 뒤에야 소나무가 뒤늦게 시든다는 사실을 알게 된다."고 했는데, 지금 그대와 나의 관계는 전이라고 더한 것도 아니요, 후라고 줄어든 것도 아니다. 아! 쓸쓸한 이 마음이여! 완당 노인이 쓰다.

그러나 후에 세한도는 유랑한다. 이상적이 죽은 후, 제자 매은 김병선에게 김병선의 아들 소매 김준학에게, 훗날 평양감사를 지내고 휘문고를 설립한 민영휘의 자식 민규식에게, 완당을 연구하는 동양철학자 일본인 후지츠카 지카시의 손에 들어가 북경 유리창과 서울 미쓰코시에서 전시도 한다. 1943년 태평양전쟁으로 당대 서예 수집가 소전 손재형은 후지츠카에게 "원하는 대로 해드릴 테니…" 그림을 달라고 사정한다. 나중에는 일본까지 쫓아가 졸랐지만, 거절당한다. 그럼에도 불구하고 두 달간 매일 예를 갖춰 문안인사를 했다. 후에 후지츠카가 아들에게 유언하기를 "선비가 아끼던 것을 값으로 따질 수 없으니 어떤 보상도 받지 마라."는 아버지의 유지를 받들어 소전 손재형에게 주니, 이 소중한 세한도가 귀국한다. 석 달 후 1945년 3월 10일 후지츠카 가족이 공습을 피해 있던 사이, 서재 폭격으로 모든 북학파 자료들이 다 타버린다. 그렇다,

다행히 세한도만 살아남았다. 하지만 손재형이 국회의원에 출마하면서 선거자금이 쪼들려 삼성 이병철에게 그림을 다 넘기면서, 세한도만은 차마 넘기지 못하고 있다가 사채업자 이근태에게 저당 잡힌다. 그러나 국회의원에 떨어져 이근태가 미술품 수장가인 손세기에게 팔아 그의 아들 손창근이 소장하다 2010년 국보 180호로 지정되어 국립중앙박물관에 맡김으로써 세한도는 민중에게 돌아왔다.

우리네 인생처럼, 세한도의 일생 또한 파란만장波瀾萬丈했다. 세한도가 실경實景이든 선비들의 이상적인 낙원이든 생각은 각자의 몫이다. 사람이나 그림이나 서로 의지하고 보호할 사람을 잘 만나야 한다. 주종관계가 아닌, 함께 뜻을 좇는 울타리다.

나는 요즘 위기를 느낀다. 한 발 뒤로 물러설 때가 되었음을 짐작한다. 왜 이토록 힘없는 생각이 들까. 남편에게도 자식에게도 친지들에게도 지적을 받는 횟수가 잦다. 사람들이 말하는 세상의 흐름을 따르지 않고, 내가 지켜온 것만 옳다고 여기는 버릇이다. 이러다 점점 고집불통 할망탕구가 될까 두렵다.

장자가 우언편에서 "공자는 나이 60이 되기까지 60번이나 변화하여 처음에 옳다고 생각하던 것도 끝에 가서는 틀렸다고 여겼소. 그러니 60세인 현재에 옳다고 생각하는 것도 지나간 59년 동안에는 틀렸다고 생각했는지도 모를 일이오."라고 했다. 위나라 어진

대부 거백옥도 공자처럼 육십이 되기까지 육십 번이나 변했다. 모든 사물은 계절처럼 변화하게 마련이다.

　이제 나는 나를 진심으로 걱정하는 가족들의 뜻을 따라야 한다. 예를 들어 자가운전으로 하루 만에 서울·부산을 오가며 일을 하기에는 무리라고 하면, 하룻밤 자고 와야 한다. 신세 지기 싫다고 밤새워 운전하면 오히려 여러 사람에게 민폐를 끼치게 된다. 세월이 익으면 못 이기는 척, 슬며시 수그러들 줄도 알아야 한다.

　둥근 해는 어린이에게 주고, "자〜 떠나자" 동해 바다는 청년들에게 주자. 아직, 세월 운운하며 엄살 떨 나이는 결코 아니지만, 세상을 파릇파릇하게 바꿔놓을 청춘의 패기는 더더욱 아니다. 옥탑방 별당 마님으로서 극성스럽게 아이들 살림에 참견하지 않고, 무엇보다 '냅네!' 하며 나서는 항원노릇은 금줄을 쳐야 한다. 그리고 조촐하게 차츰차츰 소멸해야 자연스럽다. 뒷모습이 아름다운 사람이 되고 싶다.

　'논어야 놀자!' 연재 원고를 탈고한 후에, 자신을 대접하여 '유배'의 휴식을 주고 싶다. 유배지 그곳, 소요逍遙자락에 송백의 기상을 심으리라. 늘 푸른 나무에 한 땀 한 땀 꿈을 담아 세한도歲寒圖 트리를 만들 것이다. 아들의 아들, 손자에게 '블러드 패밀리'의 사랑을 줄 것이다. 봄 동산을 누리는 그 날까지.

그리움은 흰 바탕에

– 회사후소繪事後素

"마음이 고와야 여자지, 얼굴만 예쁘다고 여자냐♬" 초등학교 당시, 꽃미남 가수 남진이 부르던 유행가다. 이건 대놓고 너는 얼굴이 예쁘지 않다는 노래다. 나는 예쁜 여자가 되고 싶었다.

유년은 어두웠다. 희미한 등잔으로 불을 밝혀야 하는 산골이라서만은 아니다. 색동저고리를 입던 열 살 이전까지 나는 엄마의 한숨소리와 눈물을 보며 자랐다. 누가 잠깐 쳐다만 봐도 물이 고이는 커다란 눈으로 세상을 바라보기 시작했다. 엄마의 마음을 기쁘게하려고 색종이로 꽃도 만들고 크레파스로 그림도 그렸지만, DNA 깊은 곳의 마음자리는 늘 눅눅한 수묵화였다.

여고 시절, 나는 스스로 설 자리를 찾았다. 친구들 앞에서 재잘재잘, 선생님 앞에서 야단맞으면서 또는 회초리로 매를 맞으면서도 웃다가 더 많은 매를 부르기도 했다. 교정의 종달새도 내 웃음소리에 주눅이 들어 소리를 낮췄다. 나를 시기하던 친구는 "쟤는 너무 웃음이 헤프다."며 친하지 말라는 소문을 냈다. 그러나 나의 주변은 온통 웃음 꽃밭이었다. 묘약은 '명랑 모드'다.

웃음에도 질투가 있는지, 삶이 그다지 녹록하지 않았다. 가슴 X 레이 영상 안에 찔레꽃이 하얗게 피었다. 한방을 쓰는 엄마에게 들킬까 봐 전전긍긍 미열에 시달리며 이불을 뒤집어쓰고 잔기침을 참았다. 끈질기게 결핵균이 엄습했지만, 나의 경쾌한 웃음소리를 이기지 못하고 칠 년 만에 떠나갔다.

서예대전에서 대나무로 '대상'을 받은 지인이 있다. 그는 대를 치는 일은 스승이나 제자나 별 차이가 없다고 말한다. 다만 '바람차이'라고 했다. 바람 앞에 대나무 잎을 표현하는 것이란다. 나는 남들과 어떤 차이로 살고 있을까?' 하루, 일주일, 한 달…. 행복해서 웃는 것이 아니라 웃으니 행복하다는 바로 '웃음 차이'다. 나는 지금도 하회탈처럼 웃고 있다.

이전의 꼬맹이 소녀는 울타리 밑에 쪼그리고 앉아서 울었고, 개울가에 물소리를 들으며 울었고, 밤하늘의 별을 바라보며 울었다. 바탕화면이 우울이다. 그 우울을 보송보송하게 말리느라 오버over 를 잘하는 편이다. 언제나 기쁨조를 자처하니, '저 여자, 어떻게 된 것 아냐?' '진실일까?' 때론 견제구를 맞기도 한다. 이 지나침은 체력소모가 대단하다. 한나절 온 힘을 다하면 밤새 꽁꽁 앓고, 한 학기 수업에 온 힘을 다하면 방학 내내 앓아눕는다. 그래도 가라앉는 분위기는 싫다. 누군가 나로 인해 우울한 건 참아낼 수가 없다.

자하가 물었다. "예쁜 웃음에 보조개가 예쁘며, 아름다운 눈에 선명한 눈동자여! 흰 비단으로 채색한다 하였으니, 무엇을 말한 것입니까?" 공자께서 말씀하셨다. "그림 그리는 일은 흰 비단을 마련하는 것보다 뒤에 하는 것이다."

子夏問曰 巧笑倩兮며 美目盼兮여 素以爲絢兮라ᄒ니 何謂也잇ᄀ
子曰 繪事後素니라 – 八佾

자하는 아름다움에다가 흰 분粉을 덧칠하는 '하얀 가면'의 뜻으로 물었다. 공자는 바탕이 고와야 채색도 아름답다고 말씀하신다. 예禮는 인仁의 바탕에서 배어 나와야 자연스럽다. 사람은 아름다운 자질이 먼저요, 꾸밈은 그 다음이다. 웃는 모습이 선한데 입가에 점까지 찍어 교태를 부리거나, 눈매가 아름다운데 빛나는 컬러렌즈까지 낀다면, 미美는 오히려 추하다.

예뻐지고 싶은 마음이 시동을 건다. 슬며시 편승하여 질주한다.

요즘 성형과 화장의 기술은 특정인의 전유물이 아니다. 연예인이든, 정치인이든, 거리의 행인이든, 대중목욕탕 욕조 안의 나신까지 그 얼굴이 그 얼굴, 방금 구워낸 풀빵처럼 부풀었다. 점점 팽팽해지는 낯이 낯설다. 그들의 본모습은 앨범 속에서 빛바래고 있다.

클라우디아 수녀님은 어렸을 때, 무지개 빛깔의 스웨터나 공주풍의 원피스를 좋아하셨다고 한다. 그런데 수녀가 되어 흰색, 회색, 검은색의 수녀복만 입으신다. "예쁜 빛깔을 지나치게 좋아했기에" 받는 벌이라며, 목련꽃처럼 웃으셨다. 혹여 벌이라면, 그런 청아한 벌을 받고 싶다. 소녀의 감성으로 수녀님은 여전히 '꽃 시詩'를 쓰신다. 누군가에게 시집을 줄 때도 소녀의 그리움처럼, 꼭 알록달록한 색연필로 사인하신다.

어떤 형태로 어떤 삶을 살더라도 태생의 빛깔과 추구하는 빛깔은 다른 것 같다. 성질이 난다고 제 마음대로 마구 심술을 부리면 성깔[色]이 사나워진다. 타고난 배경과 일상생활을 잘 영위하여 품桌과 격格이 갖춰지기를 소망한다.

나는 바탕이 촌스럽다. 세련의 기준은 뭘까? 눈의 착시현상일 것이다. 신랑의 검정 슈트와 신부의 하얀 드레스는 빛깔이 신성하다. 그런데 나는 그 아름다운 신부 앞에서도 눈물이 흐른다. 두레박줄이 짧은지, 감동의 도가니가 현현한 우물 안에 갇혀있다. 가끔 신부가 들고 있는 부케처럼 일에서도 글에서도 색다르고 싶은 날이 있지만, 용기가 없다. 이 글을 쓰면서도 한 구절 집어넣었다가, 화들짝 놀라 아예 한 단락을 삭제해 버렸다.

"그림 그리는 일은 흰 비단을 마련하는 것보다 뒤에 하는 것이다."

공자님, 그렇다면 저는 무엇을 그리워할까요? 흰 바탕에 여지餘地를 두고 있습니다. 모든 빛깔을 다 흡수하여 검은빛이 되고, 모든 빛깔을 다 반사하여 하얗게 날려버리는 흑백黑白의 논리에서 벗어나고 싶습니다. 물과 같이 바람과 같이 제 빛깔로 살고 싶습니다. 매화가 봄의 전령이라 한들, 연둣빛 능수버들이 봄바람이라 한들, 저는 아직 춥습니다. 그저 봄 햇살처럼 환하게 웃고 싶습니다.

지나침 & 모자람

– 과유불급過猶不及

　서울과 불과 40분 거리지만 북한과 가까웠기에 전혀 개발의 기미 조차 보이지 않았던 경기도 포천군 정교 분실 초등학교에 "류창희, 워디 갔다 온겨?" 진한 충청도 사투리와 함께 새 바람이 불었다.

　두 개뿐인 교실에 비라도 내리는 날엔 두 학년이 합반 수업을 받고, 맑은 날은 운동장의 돌을 삼태기에 주워 담았다. 겨울에는 동산의 솔방울을 주워 난로를 때고, 여름에는 개울에 나가 멱을 감았다. 산, 들, 개울이 모두 열린 교실이었다.

　공부보다는 동생들 돌보는 것이 우선인 우리에게 "견문을 넓혀야 한다."며 본교의 만류에도 불구하고 서울 나들이를 강행하셨던 박상룡 선생님. 검은 팬츠에 흰 러닝셔츠 고무신을 신고 운동회를 하던 우리. 남산기슭의 리라 초등학교 견학은 남의 나라 같았다. 노란

빛 학교건물, 노란 스쿨버스와 노란 교복이 달력 그림처럼 보였다. 창경궁을 둘러 찾아간 5층 건물에서 귀청이 떨어져 나갈 듯 '윙'하는 소리와 함께 신문이 나오던 모습은 나에게는 신문화였다.

일손을 놓고 자식 덕분에 서울 나들이한다고 송편과 달걀, 밤 등을 삶아 머리에 이고, 고운 한복차림으로 따라오신 엄마들을 일일이 카메라로 사진을 찍어주시며 흐뭇해하시던 선생님. 분교 뒤 모퉁이 숙직실에서 가족들과 함께 생활하시던 선생님께서는 학교에도 없는 풍금으로 노래를 가르쳐주셨다.

그 다음 해, 우리 가족은 서울로 이사했고, 지금은 부산남자와 결혼하여 부산에서 살고 있다. 아이들을 키우면서 성적과 입시로 이어지는 현실에서 함께 뛰고 땀 흘리고 생각하고 참여하는 공동체 생활로 이끌어주신 선생님의 덕분으로 지금은 마음 편하게 학부모 역할을 하고 있다. 현재 서울 경기고등학교에서 국어를 가르치시는 박상륭 선생님의 건강을 빈다.

1994년 5월, 부산일보 〈나의 스승〉이란 제목으로 실렸던 내 글이다.

초등학교에 다니던 1960년대 즈음, 선생님과 제자의 관계는 거의 피붙이나 다름없었다. 언감생심, 어찌 혈육을 갖다 붙일까. 유학적인 용어 중에 군사부일체君師父一體라는 말이 있다. 임금과 스승과 어버이의 은혜는 다 같다는 말이다. 당시 임금에 버금가는 대통령 용안은 벽보로 보고, 부모님은 논이나 밭, 그리고 부엌에서 마주쳤다. 그때 우리는 국어, 산수, 사회, 자연, 바른 생활을 선생님께 배웠다. 상을 받고 벌을 주고 상급학교 진학도 모두 선생님이 결정하셨다. 내 마음을 몰래 적어놓은 일기장도 선생님께서 가장 먼저 보셨다.

나는 매년 '스승의 날' 편지를 보내드렸다. 몇 해 전, 현대수필문학상을 타면서 선생님께 연락을 드렸더니, 친히 시상식장에 오셨다. 축하연자리에서 부산에서 서울까지 동행해준 나의 문우들에게 와인을 한 잔씩 따라주시며 "쟈 국어를 나가 갈쳤는디…" 자식의 일처럼 기뻐하셨다.

그날 선생님께서 내 손에 봉투를 하나 건네주고 가셨다. 하얀 봉투 안에는 수표가 들어있다. 이렇게 하려고 연락드린 것은 아닌데…, 난감하다. 그해 스승의 날, 나는 선생님의 넥타이와 사모님의 스카프를 사고, 나의 인터뷰 기사가 실린 잡지 한 권을 보내드렸다. 며칠이 지나도 받으셨다는 전화가 없으시다. 혹시 내가 주소를 잘못 썼나 싶어 전화를 걸었다. 수화기 속에서 "나가 너를 그렇게 가르쳤단디?" "……" "무신 사제지간의 정이…" "아유~ 선생님, 그게 아니고요." 내 말은 끝까지 들어보시지도 않고 "편지 한 통이 귀허지…" 그 옛날 4학년 호랑이 선생님의 목소리로 호되게 호통을 치셨다. 서운함과 노여움이 가득한 목소리다. 잠시 내 마음 편하자고 나는 얼마나 많은 사람에게 이토록 정나미 떨어지는 짓을 했었을까. 따뜻한 정을 차가운 저울대에 올려놓은 막돼먹은 제자가 되어 버렸다.

> 자공이 묻기를 사師와 또 상商중에 누가 현명합니까? 공자 가라사대, 사는 지나치고 상은 미치지 못하니라. 자공이 또 묻기를 그렇다면 사가 더 낫습니까. 공자께서 대답하시기를 <u>지나침은 모자람</u>과 같느니라.
>
> 子貢이 問 師與商也 孰賢이닝잇고 子曰 師也는 過ᄒ고 商也는 不及이니라 曰 然則師愈與잇가 子曰 <u>過猶不及</u>이니라 – 先進

사師는 재주가 높고 뜻이 넓다. 빨리 녹祿을 받아 그럴싸하고 번듯하게 살고 싶어 한다. 대범하기는 하지만 마음이 조급하니 행실이 늘 지나쳤다. 상商은 원칙과 예禮를 중요하게 여긴다. 의롭고 강직하여 외롭다. 전전긍긍 소심하다. 사가 현자賢者와 지자智者의 지나침을 지녔다면, 상은 우자愚者와 불초자不肖子의 모자란 성격의 소유자다.

나는 어떤 사람일까? 때론 넘치고 때론 모자란다. 양면성을 다 가지고 있다. 지나침과 모자람의 처음은 털끝만큼의 작은 차이처럼 보이나, 오십보백보도 끝에 가서 보면 천 리나 어긋난다. 마음의 중심을 잘 잡아야 한다.

공자가 추구하는 삶은 관계關係의 미학이다. 사람과 사람 사이의 조화調和를 귀하게 여긴다. 자공은 마치 "엄마가 좋아? 아빠가 좋아?"라고 묻듯이 어느 쪽이 더 나은가 하고 스승에게 물었다. 질문하는 자공은 재화財貨도 성격도 지나치게 활달하다. 공자께서는 자공의 넘침을 경계하여 "지나침은 모자람과 같다."고 중도中道의 균형을 말씀하신다.

그래도 굳이 둘 중에 하나를 택하라면, 차라리 모자라는 것이 낫다. 나는 점점 순수함을 잃고 있다. 선생님께서는 결코 무엇을 바라신 것이 아니다. 그냥 제자에게 주고 싶어 주신 것이다. 선생님의 귀한 마음을 예의라는 도구로 포장했다. 뒤늦게 가시나무새되어 노래한다. "내 속엔 내가 너무도 많아 당신의 쉴 곳 없네. ~♬"

일장춘몽

- 유항자有恒者

혼자서 식사를 하고 있다. 형광등 몇 개 켜놓은 실내다. 그날 입은 옷에는 그녀의 상징인 브로치마저도 없다. 시립도서관 구내식당의 정식수준이다. "이렇게 혼자 식사하시는 줄 알았더라면…" 꿈속에서 주로 내가 말을 하고 대통령은 식사하면서 내 이야기를 들었다. '대통령이면 뭐하나?' 측은하다는 생각을 하며 "제가 일주일마다 함께 식사해도 되느냐?"고 물었다. 아마 대통령을 논어강좌를 들으러 온 수강생정도로 생각했던 것 같다.

공자가 말했다. "성인을 내가 만나볼 수 없다면, 군자라도 만나볼 수 있으면 좋겠다." "선인을 내가 만나볼 수 없다면, 항심恒心 있는 사람이라도 만나볼 수 있으면 좋겠다. 없으면서도 있는 체하고, 비어도 찬 것같이 하고, 가난해도 태연해야 하니, 한결같은 마음을 지니기도 참으로 어렵도다."

子曰 聖人을 吾不得而見之矣어든 得見君子者면 斯可矣니라 子曰
善人을 吾不得而見之矣어든 得見有恒者면 斯可矣니라 亡而爲有ᄒ
며 虛而爲盈ᄒ며 約而爲泰면 難乎有恒矣니라 - 述而

　성인, 군자, 선인, 유항자, 대통령, 수강자… 다 다른 사람인 듯
해도 한결같이 초심을 잃지 않으려는 자신이다. 내가 날마다 울타
리치고 기둥 세우고 서까래 올리며 내 집이라고 만드는 나다.

　봄학기 들어 몸무게가 푹푹 늘고 있다. 이상한 일이다. 30여 년
동안 겨우 1~2킬로 늘었는데, 두세 달 동안 갑자기 3~4킬로가 늘었
다. 처음에 구두 신은 발이 아팠다. 발등이 붓는 것으로 알았는데,
몸무게의 문제다. 사실, 오전 오후 급하게 운전하고 분 단위로 시간
다툼을 하다 보면 밥시간을 더러 놓칠 때가 있다. 축적된 열량이 부
족한 나는 이 한 끼 굶은 상황이 가장 힘들다. 손발이 벌벌 떨리며
등줄기에서 식은땀이 나고 입에서 단내가 나며 혀가 말려들어 간다.

　어느 날, 부전도서관 수업을 하려고 오래된 뒷골목에서 1,500원
짜리 수제비를 먹고 있었다. 그 골목은 자격증 취득이나 취업을 목
표로 공부하는 동네라 음식 값과 사람들의 행색이 비교적 소박하
다. 식당 밖에서 물끄러미 쳐다보는 시선과 눈이 마주쳤다. 개량

한복을 곱게 차려입은 여자 분이다. 내 수업에 들어오는 분인데 지나가던 중에 나를 발견한 모양이다. 그분이 들어와 내 얼굴을 빤히 바라보다 덥석 손을 잡는 것이 아닌가. 그리곤 두 손으로 내 손등을 문지르며 "에구~ 먹고 사는 게 뭐라고…, 먹고 사는 게 뭐라고…." 눈자위마저 그렁그렁 젖는다. "낮게 잡숫고 다니소!" 오히려 내가 민망하여 아니라고 그런 게 아니라고 정색을 했다. 다음주부터는 당신께서 된장 뚝배기라도 사주시겠단다. 그분의 눈에는 내가 하는 일이 '먹고사는 일'이라고 여긴 것이다.

참 우스운 일이다. 초라한 나의 꼴이 꿈에서는 대통령이 되어 나타나다니 말이다. 그러한 꿈을 언제 꿨는지조차도 까마득하게 잊고 있다가 휴대전화기 메모장에 보니 잠결에 무의식적으로 찍어놓은 문자다. 이어 이런 메모도 곁들어 있다.

성철스님이 당신을 친견하고 싶으면 삼천 배를 하라고 했다. 불심이 강한 신자뿐만 아니라, 친조카 수필가 이병수 선생님도 마찬가지였다고 한다. 생전에 두 번 뵈었다고 들었다. 부처 앞에 무릎 꿇고 108배를 해 봤는가. 그것도 참 힘들다. 삼천 배의 수고로움을 할 수 있다면 성철 스님 아니라 그 누구인들 못 만나랴. 삼천 배 뒤에 만나지는 건, 결국 자신이다. 삼천 배는 나의 본심을 비춰보는 거울이다.

내가 봐도 무슨 귀신 씨나락 까먹는 말인지, 금세 대통령이었다가 논어문구였다가 부처였다가 밑도 끝도 없는 봄날의 개꿈 메모다.

사실 나는 먹는 일에 공을 들이지 않는다. 끼니마다 순대처럼 빈 속을 때우는 수준이니 남들에게 위로를 받아 마땅하지만, 그렇다고 스스로 측은하게 생각한 적은 없다. 간편한 것이 좋아 떡국이나 수제비를 먹는다. 그 시간만큼은 오롯이 나만의 시간이다. 마주앉아 말 접대의 부담이 없으니 하루 중 가장 자신을 대접하는 시간이다. 내 의지대로 없어도 있는 척하고, 비어도 가득한 것같이 하며, 가난해도 태연한 것처럼 한결같은 유항자有恒者가 되기도 힘들다.

외국어를 배울 때, 외국어로 꿈을 꾸면 말문이 열린다고 들었다. 대통령에 공자에 부처까지 넘나들다니, 아무래도 내가 득도한 군자가 되려나 보다. 수제비 한 그릇으로 끼니를 때울지언정, 국격國格을 상징하는 대통령처럼 품격을 지키고 싶은 절규다. 오호통재라! 오매불망寤寐不忘, 나의 자존감.

"사는 게 무엇인지, 아픔이 무엇인지~ ♬"

2017년 3월 10일, 그분께서 현직에서 탄핵되어 나의 자존감까지 곤두박질쳤다.

기도하는 마음으로

– 구지도구의 丘之禱久矣

사람이 우선이다. 공자는 귀신을 공경하되 멀리하는 것이 지혜롭
다고 했다. 유학은 본래 현실적이고 이성적이고 실용적인 인본주의
다. 왜곡된 유교적 관습이 세대 간을 불편하게 한다면 조상이 무슨
소용인가. 살아생전 잘 모시면 된다.

공자께서 병이 심하여 위중하자 자로가 신에게 기도를 드리자고
했다. 이에 공자께서 "그런 이치가 있는가?" 하고 묻자, 자로가 대
답하기를 "있습니다. 뇌문에 '너를 천신과 지신에게 기도하였다.'
라는 기록이 있습니다." 하였다. 공자 가라사대. 그렇다면 "나는
기도한 지가 오래이다." 하셨다.

子疾病이어시늘 子路請禱흔대 子曰有諸아 子路對曰 有之흐니 誄

예 曰禱爾于上下神祇라 ᄒ도소이다 子曰丘之禱久矣니라 – 述而

신 앞에 인간은 나약하다. 신은 한없이 나락으로 떨어질 때, 잡아주는 따뜻한 손일 것이다. 잘못을 뉘우치고 선으로 옮겨가는 마음이 기도가 아닐까. 공자께서 "나는 기도한 지가 오래다."는 말은 날마다 기도하는 마음으로 정성껏 생활했기에 일부러 따로 기도할 필요가 없다는 말씀이다.

『예기』에 "병이 위독하면 오사五祀의 신에게 기도한다."고 하였다. 이는 절박한 정情에서 그대로 있을 수 없어서이다. 기도할 당초에 병자에게 전한 뒤에 기도하는 것은 아니다. 오사는 대성전이나 대웅전 대성당처럼 크고 번듯한 곳이 아니다. 그 집안의 대문 방문 뜰 부엌과 중류 즉, 채광구멍이나 낙숫물 떨어지는 곳까지 소홀하지 않게 다독이는 것이니 일상의 거처가 다 신전이다.

친정엄마도 시어머님도 절에 다니셨다. 시어머님이 돌아가시기 전 나는 초하루, 보름, 또는 달마다 지장재일, 관음재일, 해마다 정초기도나 사월초파일까지 어머님을 모시고 쫓아다녔다.

기도하는 사람들은 나를 보면 좋아한다. 눈꼬리가 처져 순종적으로 보이기 때문이다. 푼수처럼 '잘 웃고 명랑한 분위기로 남을 즐겁게 한다.'고들 말한다. 나를 전도하던 어느 지인은 귀담아듣지 않는 내가 얄미웠던지, 네가 아직 사는데 "쓴맛을 보지 않았다."며 그동안의 나의 삶까지 간을 봤다. 지나친 겸손으로 너는 "신에 대해 너무 교만하다." 라며 우정에 선을 그었다. 정령, 그럴까? 사경을 헤매며 힘들 때만 죄의식을 느낀다. 그러다 또 살만 하면 절대자의 노여움을 까마득하게 잊고 날마다 용량초과의 에너지로 돌진한다. 어쩌면 나는 삶에 대해 정말 교만했었는지도 모르겠다. 본래 남의 시선이 나의 거울일 때가 있다. 내 뒤태가 어떤 모습인지 자신은 모른다. 여태까지 거울 앞에 보이는 얼굴만 보며 살았다.

달마다 계주 릴레이하듯 우환이 바통터치를 한다. 지난해에 아들이 두바이를 다녀와서 격리 치료를 받았다. 갓난쟁이 손자가 난데없이 장이 꼬였다. 더 왕성하게 제2의 인생을 시작할 거라며 명예퇴직한 남편이 의기충천하더니 전기 톱날이 손가락을 스치고 지나갔다. 낮에도 커튼을 치고 밤에 암막을 쳐도 쪽잠이 어둠을 깨운다. 이럴 때 소심한 나는 '내 탓이다.' 일어나는 사건 사고를 몽땅 끌어안고 버둥거린다. 나는 날마다 성실하게만 살면 되는 줄 알았다.

시름이 깊다. 늘 가족이 잘되기를 바랐었는데, "내 기도가 부족했다."라고 말했다. 그러나 사실 나는 기도하지 않았다. 막연히 '잘되겠지.'라며 요행을 바랐던 것 같다. 모든 곳에 신을 둘 수 없어 '어머니'를 만들었다는데, 나는 어미 역할을 다하지 못했다. 이 병원 저 병원으로 바쁘게 뛰어다니다가 문득, '아~ 지금 벌을 받고 있구나!' 자책한다.

내가 도덕적으로 옳다고 만들어 놓은 틀에서 조금만 벗어나면 비판의 잣대만 들이댔다. 어떤 특정한 단어들, 예를 들어 조강지처, 결혼, 행복, 건강, 겸손, 정의 등의 반대말만 들어도 매몰차게 부정하거나 경멸했다. 그들의 아픈 사연에 귀 기울여 공감하지 않았다. 누군들 정성스럽게 살고 싶지 않았을까. 누군들 시간이 남아 찬바람을 가르며 새벽에 기도하러 나갈까. '진인사대천명'이라 했거늘, 그동안 사람의 도리는 다하지 않고 무슨 배짱으로 그리도 당당했었는지.

공자님의 친구 원양이 오만하게 걸터앉았는데, 공자께서 "어려서도 예의가 없었으며 장성해서도 겸손하거나 칭찬할 만한 일이 없었으며, 늙어서도 죽지를 아니하니[老而不死], 너는 세월을 도적질하는 것"이라며 지팡이로 그의 정강이를 때렸다.

이제야 나는 어머니의 마음을 읽으려 한다. 내 모습이 평생 잘한 것 없이 인륜만 무너뜨린 원양의 꼴이다. 정강이를 맞을 정도면 그래도 낫다. 오체투지로도 모자란다. 나이 들어서도 내가 행하는 일이 옳다며 아집에서 벗어나지 못하니, 감히 누굴 위하여 기도하겠는가. 촛불을 밝혀 기도하는 일은 그래도 명분이 크다. 비록 화분에 초롱꽃 한 포기를 심어 기도하더라도 오롯이 우매한 자신을 위해 기도하고 싶다. 신과 만나는 재계의 순간은 간절하다. 날마다 정화수 한 사발을 장독대에 올리시던 어머니처럼 어미답게 살아야 한다. "기도하는 사랑의 손길로 ~♬" 아~ 아~, 그런데 나는 왜 이다지도 일상의 기도가 어려울까.

내 사랑 내 곁에

– 애지욕기생愛之欲其生

"넌 요즘 어떻게 지내니?" 아무도 묻지 않는다.

나는 겨울 석 달 동안 낮에 나가지 않았다. 저녁이 되면 모자를 눌러쓰고 울타리 쳐놓은 빈터를 찾아가 다섯 바퀴씩 돌고 왔다. 내가 일을 놓은 것도 내 짝지가 하던 일을 놓은 것도 아무도 모른다. 또 그 일이라는 것이 당장 먹고사는 일도 아니다. 그런데 스스로 터널 안에 있다.

개강을 앞두고 동네 미장원에 갔다. 머리를 커트하고 있는데, TV에서 어느 개그맨이 나와 말한다. 몹시 힘들던 시절에 최악의 나쁜 행동을 하기 직전, 누구에겐가 전화 한 통을 했다. 상대는 아주 유명한 사람이다. '내 전화를 받아주겠나… ?' 반신반의하는데, 전화를 받자마자 "그래, ○○아! 네 얘기 듣고 싶었어." 그의 집 근처에서 만나 밤새도록 자신의 이야기를 하고 일어서며 "○○형, 나 열심히 살 거야!" 묻지도 않은 약속을 했다. 유재석은 지갑을 통째로 주며 "택시 타고 가라!" 했다고 한다. 미용사 몰래 나는 속울음을 삼켰다. 나도 누군가와 마주 앉아 "그래, 네 얘기 듣고 싶었어!"라고 말하고 싶다. 그런데 오늘도 또 내 근황 이야기에만 바빴다. 국민 MC는 아무나 하는 것이 아니다.

어느 해 겨울, 나는 거의 내 키만 한 배낭을 짊어지고 인도印度를 걷고 있었다. 기차를 타고 버스를 타면서도 역에서 길거리에서 배낭을 끌어안고 쪽잠을 잤다. 그들이 내 짐 따위를 훔쳐다가 무슨 큰 영화를 누릴 거라고, 기껏해야 배고픈 사람에게 밥 한 끼 못 사고 인색하게 굴며 싸들고 간 잡동사니들이다. 어디 짐뿐인가. 대통령이 누가 되든, 강의가 들어오든 말든, 세상이 무너질 것도 아닌데…. 걱정을 껴안고 살았다. 게스트하우스에서 남편이 인터넷을 검색하다가 말한다.

"조성민이 자살했대." "누구?" "최진실 남편, 조성민!" 몇 년 전 수업시간 중에 누가 최진실이 죽었다고 했다. "왜?" 그때는 충격이 컸었다. 그런데 조성민의 죽음에는 충격보다 마음이 아픈 건, 꼭 아이들 아빠이기 때문만은 아니다. 그 무엇이 그를 죽을 만큼 힘들게 했을까. '베르테르 효과'라는 것이 있다. 최진실 한 명이 죽었는데 그 해에 '따라쟁이' 1천 명이 저 세상으로 따라갔다고 한다. 우상으로 여기던 사람의 자살이 무서운 이유다. '자살을 밥 먹듯이, 자살을 내 똥 누듯' 정신적인 황폐가 생명경시 풍조를 만들었다. 그날, 이런 생각을 했다. 혹시, 사흘 전에 인도에 도착했더라면, 짐 풀고 적응하느라 생존 본능의 끄트머리라도 붙잡지 않았을까. 아무도 모르는 곳에서, 아무 상관도 없는 사람들. 정신없이 시끄러운 릭샤의 빵빵거림과 뿌자 의식 속에서 마음의 고요를 찾지 않았을까. 옴마니반메움을 읊조리며 사체를 태우는 갠지스 강가에서 빵 한 조각과 짜이 한 잔으로 소소한 행복이 차오르지 않았을까. 그때 나는 바라나시에서 내가 살아있다는 자체가 숭고했다.

　매스컴은 사망원인을 찾지만, 누구 때문도 무엇 때문도 아니다. 다만 '극기克己'를 못했다. 충동적이고 감성적인 자아에 미혹 당했다. 자신이 스스로 업신여긴 다음에 다른 사람이 업신여기는 것이며, 자신이 스스로 무너진 다음에 다른 사람이 무너뜨리는 것이다. 내가 나를 소중하게 생각하면 다른 사람도 나를 소중하게 대해주고, 내가 나를 버리면 다른 사람도 나를 버린다.

　자장이 덕을 높이고 미혹을 분별하는 일에 대해서 묻자, 공자가 말했다. "충성과 신의를 중하게 여기고, 도의를 실천하는 것이 곧

덕을 높이는 일이다. 사랑할 때는 그 살기를 바라고, 미워할 때는 그 죽기를 바라는 것이 이것이 미혹이다."

子張이 問崇德辨惑ᄒ대 子曰, 主忠信ᄒ며 徙義 崇德也니라 愛之란 欲其生ᄒ고 惡之란 欲其死ᄒᄂ니 旣欲其生이오 又欲其死 是惑也니라 - 顏淵

사랑과 미움으로 현혹되어보지 않은 사람이 있을까. '생사는 천명이다.' 그런데 자신의 감정 잣대로 생사를 결정하려고 한다. 사랑 덕분에 살 만하고, 미움 때문에 못 살겠다고 아우성이다. 사회 인사나 기업인이 법정조사를 받던 중 억울해서 뛰어내리거나 목을 매는 경우가 종종 있다. 공직자 윤리를 지켜야 할 전직대통령도 부엉이 바위에 오르고 현직 총리도 목숨을 내놓겠다며 국민을 위협한다. 이유는 단 하나 결백을 보여주겠다는 완강한 의지다. 예전에는 "쯧쯧" 혀를 차며 '오죽하면…', 측은지심을 발휘하면 상황이 끝났다. 지금은 어떤가? 죽은 자는 말이 없으니 "설마~?"하면서도 온갖 누명을 다 덮어씌운다. 억울할수록 살아서 증명할 일이다.

자신을 사랑하는 사람이 어찌 자신을 버릴 수가 있는가. 자살할 용기를 거꾸로 바꾸면 '살자'가 되듯 내 힘이 '힘내'다. 가끔은 견딜 수 없지만, 내 힘들다를 거꾸로 바꿔 '다들 힘내'로 희망차게 살아간다. 내가 나를 지키는 〈내 사랑, 내 곁에〉다. 내가 없으면 아무것도 없다. "힘겨운 날에 너마저 떠나면 비틀거린 내가 안길 곳은 어디에…, 비틀거린 내가 안길 곳은 어디에…♬" 나만 죽는 것이 아니다. 부모도 이웃도 사회도 병들게 한다. 죽을 만큼 절박하게 아파보지 않은 내가 이런 글을 쓰는 것은 감정의 사치일 수 있다.

새댁 시절, 새우튀김을 하고 있었다. 그런데 튀김옷을 입히지 않고 끓는 기름에 새우만 집어넣었다. 그 모습을 본 시어머님께서 "정신머리를 어디다 빼놓았느냐"고 불호령을 하셨다. 순간, 나는 몹시 두려웠다. 아무에게도 말하지 못하고, 방 안에 들어가 소리도 내지 못하고 울었다. 시외전화로 외할머니 부음을 듣던 날이다. '외할머니께서는 왜, 농약을 마셨을까?' 외할머니도 누군가에게 말하고 싶었을 것이다. 손자의 뿌리가 할아버지라면 손녀의 정체성은 외할머니다.

감 & 동

- 수소필 작雖少必作

그들은 어디로 가는 걸까. 삼삼오오 짝을 지어 빠져나간다. 혼주에게 얼굴도장만 찍으면 자리를 뜬다. 나는 내 남편이 그러지 못하도록 항상 그를 안쪽에 앉힌다. 친구들이 빨리 나오라고 손짓하더니 못 봤나 싶어 연방 문자를 보낸다. 신랑 신부가 혹은 양가 혼주들이 인사하려고 뒤돌아서면 객석은 듬성듬성하게 빈자리가 많다. 길어야 30분이면 끝나는 예식장 안의 풍경이다.

신랑 신부가 웨딩마치에 발맞춰 나올 때까지 지켜보면 마음도 그림도 얼마나 훈훈한가. 더구나 즐거운 뒤풀이 순서들이 기다리고 있다. 그들의 서투른 노래와 춤, 뽀뽀세례까지 달콤한 행복이 저절로 스며든다. 꼭 오월의 신부가 아니더라도 신랑 신부, 그들은 싱그럽다. 그 아름다운 순간을 마다하고 밥 먹으러 온 사람들마냥 식당

안은 진작부터 왁자하다.

벌써 뷔페 몇 접시와 건배 몇 잔으로 얼굴이 상기되었다. 신랑 신부는 사모관대와 족두리 차림의 폐백을 마치고 피로연장으로 들어와 테이블마다 다니며 나붓나붓 절한다. 서로 처음 보는 얼굴이 기십상이다. 예전 우리처럼 친구 집을 오가며 잠자고 밥 먹던 세대가 아니다. 나는 그들이 우리 쪽으로 다가오면 얼른 일어선다. 그리고 박수로 환대한다. 어느 입바른 지인은 '누가 아이들 앞에 어른이 일어나느냐'며 대놓고 언짢아하는 분도 계시다. 그렇지만 나는 그들을 어른과 아이로 만나는 것이 아니다. 앞날을 축복하기 위해 의관 갖추고 참석한 축하객이다.

내 어찌 그 청춘들을 위하여 일부러 또 날을 잡아 만나볼까. 혼자 감흥에 젖어 눈시울이 붉다. 이런 대책 없는 감성이 동행한 지인들에게는 생소할 수 있다. 그들 앞에 나는 교양인이고 싶다.

얼마 전, 부모님 초상을 치른 어느 분이 정기 모임에서 밥을 내셨다. '오늘 밥을 내셨다'고 하니, 모두 손뼉 쳤다. "어쿠!" 그동안 잘 모신 것은 분명하겠으나, 박수소리를 누가 들었을까 겁난다. 정정하게 낭랑 108세를 사셨더라도 자식에게 부모의 초상은 결코 박수받을 일은 아니다. 어느 상가에 가면 묻지도 않았는데, 상주가 먼저 "호상好喪"이라고 말씀하신다. 참으로 민망하다.

예전에 초상집에는 죽을 한 동이씩 부조했다. 지금처럼 편하게 금일봉이 아니다. 상주가 죽을 먹는 모양은 지나가는 그 누가 보더라도 입을 다물고 슬퍼하는 모습이다. 물론 남들의 시선에 맞춰 사는 것은 아니지만, 세상의 눈이 있다. 아무리 보이지 않는 사각지대라도 자식으로서 마땅히 지켜야 할 도리다.

어느 분이 다른 친구들도 다 그렇게 하는데 나만 밥을 안 내면 욕을 먹는다고 말씀하신다. 내 경우는 그랬었다. 친정아버지 초상을 아무에게도 알리지 않았다. 시어머니 돌아가셨을 적에도 내 쪽에는 친정어머니만 오셨다. 내가 누구 엄마, 누구 며느리, 누구 아내로만 살고 있던 때였다. 뒤늦게 문학 모임에서 단체 부조금을 보내주셨다. 나는 한 분 한 분께 감사하다는 손 편지를 보내드렸다.

공자께서는 상복을 입은 사람을 보거나, 혹은 관복 차림을 한 사람이나, 소경이 앞에 나타나면 비록 나이가 적을지라도 반드시 일어나 예를 차리고, 그 앞을 지나갈 때에는 보폭을 좁게 하여 종종걸음으로 조심스럽게 걸으셨다.

子 見齊衰者와 冕衣裳者와 與瞽者를 보시고 見之예 雖少必作하시며 過之必趨러시다 - 子罕

어느 날, 소경인 악사樂師 면이 공자를 찾아뵙자, 그가 층계 앞에 오면 "층계입니다." 하고, 그가 자리 앞에 오면 "자리입니다." 하고, 그가 자리 잡고 앉으면 "아무개는 여기 있고, 아무개는 저기 있습니다."라고 안내하셨다. 예절은 '시중時中'이다. 옛날 문헌에 있는 것이 아니라, 지금 여기 일상생활 속에서 상대방을 배려하는 마음일 것이다. 대법원에서 자줏빛 관복 입은 법관이 입장하면 모두 기립하는 것은 헌법에 대한 예며, 나라 대통령이 움직이면 부처 직원들이 수행하는 것도 국가에 대한 예의. 몸이 불편한 사람이나 노약자를 대할 때, 내 마음과 같이 여겨 공손하고 경건하게 마음을 전하는 것은 일의 크고 작음, 지위의 높고 낮음, 나이의 많고 적음의 차별화가 아니다. 어느 시대 어느 장소이건 진정한 조화는 몸소 배인 자연스러움일 것이다.

뮤지컬이나 콘서트 장에서 브라보! 올레! 나이스! 얼쑤~! 추임새와 박수가 한꺼번에 터진다. 환호의 맞장구가 사람을 얼마나 흥기시키던가. '내가 왜?' 기립박수를 쳐야 하냐며 반응에 인색한 분들도 있다. 우리는 돈을 소비하러 간 것이 아니라 문화를 향유享有하러 간 것이다.

내 마음이 감感하는 곳에 내 몸이 동動한다. 바로 '감동'이다. 기쁘면 기쁜 대로 슬프면 슬픈 대로, 성별이나 나이에 상관없이 표현하는 예절은 아름답다. 오른손 왼손 어느 한쪽 손바닥만으로는 소리를 낼 수 없다. 너와 나, 세상은 함께 박수를 보낼 만한 홍겨운 축제다.

2

사
딜

MINI

− 상인호傷人乎

자동차 사고가 난 이야기다.

차가 막혔다. 동아대 쪽에서 나와 영주 터널 쪽으로 가는 중, 태풍 '볼라벤'이 훑고 간 복구 작업으로 줄지어 서 있다. 터널 안으로 진입하는데, 뭔가 묵직하다. 그렇지 않아도 오래된 터널이라 폭이 좁고 어두워 항상 겁이 나던 곳이다. 하필이면 그곳에서 멈췄다. 저절로 시동이 꺼졌다. 비상등을 켜고 보험증서, 돋보기, 휴대폰을 찾는데, 가슴은 벌렁벌렁 손이 덜덜 떨린다. 뒤차들이 사정없이 빵빵거리며 경적을 울린다. 옆으로 지나가는 운전자들은 나에게 소리 지르며 삿대질까지 한다. 설상가상으로 앞 범퍼에서 불꽃이 튄다. 잠시 후, 다시 시동을 거니 조금씩 움직인다. "끼익~, 끽! 끼~익" 겨우 터널을 빠져나오기는 했는데, 눈앞이 온통 뿌옇다. 공포와 긴장으로 내뱉은 입김인 줄 알았는데, 차 안이 온통 연기다.

마구간에 불이 나서 탔다. 공자께서 퇴청하여 "사람이 상했느냐?"
하시고 말에 대해서는 묻지 않으셨다.
廐焚커늘 子退朝曰 傷人乎아ᄒ시고 不問馬ᄒ시다 – 鄕黨

나는 내 차가 소중하다. 십 수 년을 오로지 나를 위해 네 바퀴가
굴러주었다. 요일마다 마티즈 자동차는 내가 부리는 대로 몇 개의
구를 돌며 일했다. 이즈음에 투정을 몇 번 부렸으나 매번 급한 불만
껐다. 차의 세부기능을 모르니 목적지를 향하여 앞으로 가는 것만
알았다. 여기저기 성하지 않은 곳이 없다. 그날은 '에어컨 압축기'
가 나갔다고 한다. 그동안 애쓴 공로를 불꽃으로 표출하는 것을 보
니, 몹시 서운했던 모양이다.

나는 사고 이야기에 기계음 소리와 사고 상황을 모노드라마 연출
하듯 리얼하게 재연하는데 듣고 있던 아들놈이

"엄마, 무슨 색깔로 하실래요?"

"얘는?"

"…"

뭐라 한다.

"엄마, 누가 가장 겁나요?"

"으음, 남들이⋯."

"남들이 엄마 차 기름 넣어 주나요?"

옆에서 듣던 남편도 "차를 수리하면 아직 한참 더 타도 된다."며 펄쩍 뛴다.

"엄마, 엄마는 앞으로 얼마나 더 사실 것 같아요?"

"글쎄, 아마 차 한두 대 더 뽑을 정도는⋯."

"그러니까 지금 좋은 차 타세요."

며느리가 생글생글 웃으며

"어머니, 빨간색이 가장 예뻐요."

"얘들은! 내가 일하러 다니지, 피크닉 다니니?"

"그러니까요, 엄마는 이제부터 피크닉 다니듯이 사세요."

"⋯."

"엄마, 아빠께는 죄송한 말씀이지만⋯, 아빠는 평생 엄마에게 좋은 차 못 사줘요."

그로부터 몇 주 후, 2012년 10월 1일 볕 좋은 날 아침이었다.

"엄마, 잠깐 내려와 보세요."

파란 물빛 MINI자동차 앞에 영국 황실 앞의 근위병들처럼 서 있다.

"엄마, 누가 묻거들랑, 아빠가 사줬다고 하세요."

"그걸, 누가 믿겠니?"

"그럼, 엄마가 돈 벌어서 샀다고 하세요."

내가 그동안 내 손으로 자동차를 살만큼 돈을 벌어 놓았을까.

후기 : "얘들아, 너희들 돈 모아서 어서 집 사야지"

"엄마, 엄마가 세상을 잘 모르시는데요. 요즘 집값이 한두 푼 하는 줄 아세요?"

집은 나중에 사도 된다며, 자신의 월급으로는 10년 안에 우리나라에서 집은 사지 못할 거라 한다. 그런데 "십 년 후에 엄마는 자동차 타고 매일 출근할 곳도 없을" 거라며, 지금 누군가 불러 주면 무조건 예쁜 차 타고 날마다 나다니시란다. 차는 소모품이니 절대 아까워하지 말라고 신신당부까지 한다. 춘추전국시대, 사람의 안위安危만을 소중하게 여기던 공자님의 후예가 틀림없다.

나는 요즘, 날마다 피크닉 나가듯 차를 몰고 가볍게 일하러 다닌다. 내가 강의하는 곳이 하필이면 모두 공공 기관이라 들어설 때마다 눈치를 살핀다. 내가 전하는 이야기에 비해 'MINI' 자동차 이름이 크다는 생각 때문이다. 이 글을 쓰면서 아들의 마음을 자동차에 실어 당당해지고 싶다.

아름다운 세상

– 일이관지—以貫之

그러했으리라.

아무 일도 없는 듯이 각자의 방향으로 질주한다.

그날 나의 벗 미카엘라가 지휘하는 '아름다운 세상' 연주회를 보러 가는 길이었다. 가야성당으로 내비를 맞추고 거의 목적지 근처에서 주춤거렸다. 불빛에 반사되어 더 보이지 않았다. 사실은 익숙하지 않은 길이다. 한 블록을 더 가서 좌회전해야 하는데, 1차선에서 주춤거리니 2차선에 있던 택시가 돌발적으로 좌회전하다가 "찌찍, 찍~~" 내 차를 긋고 지나갔다.

택시 운전자가 먼저 내려 깍듯하게 인사한다. "죄송합니다, 놀라셨죠?" 나도 같이 내려 "아유, 바쁘신데 어쩌죠?" 운전자가 준수한 청년이다. 내 기준으로 보자면 그렇다는 말이다. 서로 차를 살펴보니 어둡기도 했지만, 무엇보다 차도 멀쩡한 것처럼 보였다. 어디서 그렇게 큰 소리가 났는지 모르겠다고 하니, 꼼꼼하게 부딪히고 긁힌 자리를 짚어 설명해준다. 이럴 때, 이떻게 하느냐고 물으니, 원하는 대로 따르겠다며, 가장 깔끔한 처리는 보험회사를 부르라고 한다.

5년 전, 십년 넘은 나의 애마 마티즈가 터널 안에서 불꽃을 튀기며 멈췄다. 아들이 사고 이야기를 듣더니, 나이 들어 시간 강사로 뛰는 어미에게 차를 선물해줬다. 민트빛깔의 차다. "얘는, 내가 피크닉 다니니? 일하러 다니지."라고 하니, 이제부터는 피크닉 나간 듯 가볍게 일하시라 했다. 내 몸과 내 마음크기에 딱 맞는 사이즈다. 차는 작지만 조수석 바퀴 위의 플라스틱 범퍼라 해도, 전문수리 업체에 가면 가격이 만만치 않다. 내가 더 미안해하고 마음 졸이는 이유다. 분명 내가 어정어정 사고 빌미를 제공했을 것이다.

보험회사직원이 왔다. 사진을 찍고 경위서를 작성하고, 대략 견적이 어느 정도 나올 것이라는 설명을 해준다. 겉은 멀쩡해도 안의 보호막이 찢어졌을지도 모른다고 한다. 택시 운전사는 줄담배를 피우기는 했지만, 예의바른 태도는 그대로 성실하다. 나는 보험회사 직원에게 그냥 가라고 하고 싶은데, 어찌하면 되겠느냐고 물었다. 그냥 가면 절대 안 된단다. 정 그렇게 하고 싶다면 다만 일이십만원이라도 합의금을 받아야 나중에 마음이 바뀌지 않는다고 일러준다. '아~, 그럼 됐다.' 나는 택시운전자에게 마치 장난처럼 "그럼, 천원만 주세요."로 마무리했다. 물론 천원도 받지 않고, 사고접수 취소사인을 했다. 수정터널 앞, 컴컴한 골목어귀에서 세 사람은 고향에 다녀오다 길에서 헤어지는 오누이마냥, 모락모락 온정을 피워올렸다. 만약에 내가 모르는 절대자 그분께서 사고현장을 보고 계셨다면, 그분들 또한 한 호흡을 멈추고 휴정하는 시간이었으리라. "먼저 가세요." 그들을 보내고 나서야 떨리는 가슴을 쓸어내렸다.

스타치오statio, 숨 고름 시간. 나는 하늘을 올려다보았다. 별이 총총하다. 작은 산골마을, 그곳에서 봐주는 이, 알아주는 이 없이도 별을 바라보던 여린 풀꽃소녀와 눈이 마주쳤다. '그래 잘했어, 잘했고 말구.' 셀프위로를 했다.

행사장에 도착하니 거의 끝날 시간이다. 자리가 없어 뒷자리 출입문과 가까운 기둥 뒤에서 쳄발로, 오르간, 류트, 테오르보…, 고음악 연주악기들로 스프라노 테너 바리톤의 조화로운 음악을 들었다. 오늘의 제목 〈르네상스와 바로크 성음악과 세속음악Ⅲ〉을 친구는 '시대음악'이라 했다. 그 당시, 작곡가 연주자 노래하는 사람들은 핍박받고 무시당했다고 한다. 난세의 세상을 바꾸는 사람들은 늘 외롭다. '시詩에서 흥기하고 예禮에서 바로 서고, 음악樂에서 인생을 완성'하셨던 공자님도 당대에는 '상갓집 개[喪家之狗]'라는 취급을 받았었다. 시대를 짝사랑하는 사람들은 훗날 추앙받기까지 가시밭길이다. 그들의 고난으로 사랑은 완성된다.

르네상스와 바로크의 과도기에 이탈리아에서 활동한 몬테베르디(1567~1643)는 르네상스 시대의 최후를 장식했을 뿐만 아니라 바로크라는 새로운 음악을 창시한 위대한 음악가입니다. 성모 마리아의 저녁기도는 르네상스적인 구양식과 바로크적인 신양식의 융합은 물론 성악과 기악의 놀라운 융화를 이루어낸 걸작으로 당시로 볼 때는 파격적이고 가히 혁명적인 종교작품입니다.

가톨릭센터 신부님의 설명도 들었다. 어렵고 긴 음악을 함께 연주한 분들을 바라보며 친구가 한분, 한분 소개한다. 지휘하던 그 손끝의 소망이 고스란히 전해진다.

지난 날, 우리는 독서회를 했었다. 어린 아이들을 돌보며 외출조차 어렵던 시절, 다섯 명이 한 달에 한 권씩 책을 읽고 토론하였다. 전문지식도 없이 날마다 기저귀나 갈고 이유식이나 만들던 손이다. 그때 우리가 읽던 교육문제나 사회문제의 씨앗이 발아한 걸까. 친구는 지휘를 한다. 나는 그 이전까지 지휘는 남자의 성역으로만 알았었다.

독서회 멤버들은 책 읽고 독후감을 발표하듯, 지금 모두 제자리에서 꿈을 디자인하고 있다. 밤하늘의 별을 바라보던 소녀는 그저 두 손을 모은다. 가톨릭에서는 '외인外人'인 나에게도, 음악의 아우라가 은하수 물결되어 연주한다. 아마도 미카엘라가 연주하는 꿈도, 몬테베르디도, 성모마리아도, 내가 존경하는 공자의 말씀 일이관지一以貫之도 한 마디로 사랑일 것이다.

> 공자가 자공에게 물었다. "사야, 너는 내가 많은 것을 배우고 그것들을 다 기억하고 있다고 여기는가?" "그렇지 않습니까?" 그렇지 아니하다. "도는 하나로써 통한다."
> 子曰 賜也아 女以予로 爲多學而識之者與아 對曰然ᄒ이다 非與잇가 曰非也라 予는 一以貫之니라 - 衛靈公

아름다운 세상으로 가는 길, 피크닉 나온 듯 충만하다.

여고 동창회

– 인부지이불온人不知而不慍

　어느 여고 동창회에 초대를 받았다.

　한 시간 정도 〈인문학 강의〉를 해달라고 한다. 난 아직 한 번도 여고동창회라는 곳에 가본 적이 없다. 간혹, 부부 동반하여 남편 고등학교 동창회에 쫓아가보면 회장단 이·취임식을 하거나 자랑스러운 선후배 소개를 한 다음, 동창들과 담소도 잠깐 춤과 노래로 여흥을 즐기다 한 아름 경품이나 들고 온다. 오늘 K여고에서는 식전행사로 고리타분한 '인문학 고전'을 택했다. 이전에는 기념행사에 가수를 부르거나 와인강좌 등을 들었다며, 지적인 문화를 누리고 싶다고 했다. 이례적이다.

　나보다 2년 정도 선배들이다. 비슷한 연배의 여사님들은 과연 어떤 모습일까. 호기심이 더 컸다. 더구나 말로만 듣던 부산 최고의 명문여고다.

번화가 높은 'L호텔 42층' 현수막에 '신년하례'라고 쓴 연회장이다. 휘황찬란한 전등빛 아래 고급스러운 차림새와 분위기에 주눅이 들었다. 아직 내 이름이 불리지 않았는데도 가슴이 쿵쾅거린다. 강사 프로필 소개가 끝나자 박수소리와 함께 '해피 뉴 이얼~♬' 흥겨운 음악으로 맞이한다. 강단으로 올라가는데 밴드의 악기소리가 벅찼다. 모두 나를 바라보고 있다.

한 시간이 어찌 지나갔는지…. 압도된 분위기 속에 횡설수설 몇 번의 까르르까르르 웃는 소리에 잠깐씩 긴장은 풀렸으나, 정작 하고 싶은 말을 놓친 아쉬움도 크다. 강연이 끝나자 밴드음악에 맞춰 박수를 받으며 집으로 왔다. 돌아오는 길, 눈앞이 물안개다. 역시, 나에게는 동문이나 동창회라는 거창한 이름이 어울리지 않는다. 여고뿐만 아니라, 초등학교, 중학교, 그 외에 뒤늦게 등록금을 내고 수료나 졸업을 한 학교 모임에도 가본 적이 없다. 서울 부산의 지역 거리라고 말해보지만, 사실 학창시절 뭐하나 제대로 잘한 것이 없었으니 당연하다. 연락하여 '보고 싶다, 친구야'라며 애절하게 알음알음 나를 찾는 친구도 없다.

이제 나는 회비를 낼만큼 여유도 있고, 운전하여 운동장이나 강당으로 갈 수 있는 기동력도 있는데, 나의 진가를 알아주지 않으니

서운하다. 그런저런 생각을 하며 혼자 늦은 저녁을 먹고 있는데, 때마침 문자 하나가 날아온다. 내가 졸업도 하지 못하고 5학년 때 떠나온 고향, 포천 '정교분실'초등학교다.

'친구들 2월 21일 윷놀이대회
고모리 권○○농장 10시, 회비 3만원
흑돼지잡음 연락바람'

촌스런 문구에 콧날이 시큰하다.

공자, 가라사대 "배우고 때때로 익히니 기쁘지 아니한가. 벗이 먼 곳으로부터 찾아오니 즐겁지 아니한가. 사람들이 알아주지 않더라도 서운해 하지 않는다면 군자가 아니겠는가?"
子曰 學而時習之면 不亦說乎아 有朋自遠方來면 不亦樂乎아 人不知而不慍이면 不亦君子乎아 - 學而

언감생심, 어찌 군자까지야 바라겠는가. 소인이나 면해보자는 궁색한 변명이다.

이력서

- 사십견오四十見惡

"오우~, 멋진데…"

세상 부러울 것 없어 보이는 국제적인 보잉사 사모님께서 네임카드를 목에 걸고 싶다고 한다. 전에는 이름표를 근무 책상 앞에 붙였다. 이제 관료주의 제복은 책임감이 무거워졌다. 아예, '꼼짝 마라' 개목걸이처럼 옥죈다. 위아래로 이름표를 훑어보면 '너의 목줄은 내가 쥐고 있다.'는 엄포다.

요즘은 일하는 자체가 능력이다. 나는 얼굴과 엉덩이가 매우 방정하게 생겼다. 착실하게 앉아 책 읽는 모양새다. 오로지 외모가 나라 국[國]자처럼 네모반듯하여 길거리에서 캐스팅되었다. 꼭 국가의 기록이 담긴 서책처럼 보였던 모양이다. 내가 꿈꾸던 일이다. 간서치看書痴, '책만 보는 바보' 이덕무처럼 '라이브러리언librian'이다. 지역의 작은 도서관에서 맡은 소임을 다하고 마칠 무렵, 문화공간으로 관을 발전시킬 인재가 필요했다.

일을 같이 해온 집행부 선생에게 넌지시 부탁했다. 기관장의 자격이 필요하니 이력서를 제출하라고. "이력서요?" 깜짝 놀란다. 결혼하고 아이 둘 낳은 것밖에 한 일이 없는데, 뭘 써야 되느냐고 되묻는다. 처음에는 장난하는 줄 알았다. 정말, 한 번도 써본 적이 없다고 한다. "아니, 어떻게 이력서 한 번을 안 써보고 살았어요?" "정말?" 정말, 정말이냐고 몇 번이나 물었다. 취임식 때 그의 이력을 보니, 현직대통령 영부인이 나온 명문 여자대학 출신이다. 대단하지 않은가? 우리나라 재원才媛들이 이력서 한 장을 써보지 않고 가정에서 아이들만 키웠다. 세계에서 가장 빠르게 선진국으로 도약함은 당연한 일이다. "아, 아~ 대한민국. 아, 아~ 나의 조국♬"이다.

'그대는, 이력서를 써본 적이 있는가?'

요 몇 년 사이, 초·중·고등학교가 얼기설기 겹쳐지는 친구들을 만난다. 30년 넘은 공백에 서울 달동네출신 여섯 명이다. 저녁에 와인 한 잔씩 따라놓고 "얘들아, 내 말 좀 들어 봐." 이력서 한 번 써보지 않고 평생을 산 사람이 있더라. "말이 되니?"라고 물었다. 그만큼 나에게는 생각지도 못했던 일이다. 친구들은 이구동성으로 "정말,

팔자 좋은 양반들이지.” 이력서 한 장에 팔자타령까지 부른다.

청소년기를 함께했던 내 친구들은 지금도 다 현역이다. 지난 날, 대기업재벌총수의 비서와 경리를 지냈던 경력도 결혼이라는 이름에 묻혔다. 그 시절, 아이나 노인을 돌보거나 모시는 일이 훗날 직장이 되리라고 어느 누가 짐작이나 했을까. 우리들은 ‘학벌’이라는 단어는 모르고 오로지 주산이나 부기 타자급수만이 최고인 줄 알았었다. 산전수전 공중전을 겪으며 버텨온 세월의 보상인지 나와 친구들은 현재 유아원, 노인병동, 복지관, 도서관 등 생활전선에서 일하고 있다. 일 년에 한두 번 만남도 휴가 날짜를 조절하느라 애를 먹는다. “세상, 참 웃기지 않니?” 사람들이 환갑 넘어 ’출근‘하는 것이 부럽단다. 서로 묻고 대답하며, “그래, 맞아” 자식에게도 남편에게도 “당당하긴 해.”라며 서로 위안이라는 안주를 씹는다.

‘그대는, 이력서를 써 본 적이 있는가?’

나는 지금도 해마다 이력서를 쓴다. 고정적으로는 1년에 대여섯 장을 기관에 제출한다. 비정규직 시간 강사는 학기가 바뀔 때마다 재계약 자료로 이력서를 낸다. 평생에 내가 가장 부지런히 하는 작업이다. 처음 이력서는 고3 여름방학에 자필로 썼다. 고작 고등학교 졸업예정자에게 학력이나 경력에 무엇을 썼을까? 가혹하다.

1956년, 경기도 포천 출생, 1964년 정교분실 국민학교 입학, 1968년 미아국민학교 전학, 1969년 미아국민학교 졸업이다. 시시콜콜한 이력을 펜촉에 잉크를 콕콕 찍어 한 글자 한 글자 서각을 파듯 기록했다. 그때와 다름없이 지금도 성실하게 손가락을 꼭꼭 눌러 자판을 찍는다.

오늘도 나는 다섯 군데 이력서를 제출했다. '일거리 창출'이라는 프로젝트다. 새로운 정부가 공공기간 채용비리를 바로 잡는단다. 학력, 경력, 해당분야 자격증과 해당분야 실적자료를 연도뿐만 아니라 월, 일까지 기재하여 사실증명서를 모두 첨부하란다. 일일이 원본을 가져가 원본대조필에 사인도 한다. 나잇살이나 먹고서 담당자들 앞에서 돋보기를 끼고도 어릿어릿 겸연쩍다. 2차 면접의 질문에서는 더듬거리기까지 했다. '이 참에 일을 놓아버려' 순간, 순간 숨어들고 싶다. 그러나 절차에 따라 법을 잘 지키면 일자리를 준다는데, 이왕이면 따뜻한 밥을 먹고 싶다.

집에 돌아와 나는 지금 이중 이력서를 작성하는 중이다. 소장용이다. 소장용은 한 줄 한 줄 적을 때마다 차오르는 감흥이 모락모락하다. 작품이력이다. 무엇이 다른가. 기관제출용은 출생년도부터 한 계단 한 계단 밟은 그야말로 다시 되돌릴 수 없는 생존의 발자국이다. 문학 소장용은 꿈으로 오르는 사다리다. 첫머리는 언제나 올해 오늘이요, 맨 밑에 칸은 2001년 '에세이문학' 겨울 완료추천이다.

평생에 행복지수가 가장 떨어지는 시기가 사십 대라고 들었다. 꿈을 향해 열심히 달려가다가 꿈을 포기하는 나이란다. 포기란, 불행이다. 그렇다면 나는 얼마나 행운아인가. 나의 꿈은 바로 불혹의 나이에 시작됐다. 40세까지 다 버려도 아까울 것이 없다. 중간 중간 어느 해는 아무 실적이 없다. '나, 이렇게 멈춰있어도 되는 거야.' 어쩌면 나는 삶의 궤적을 남기기 위해 오늘도 문학의 허울로 글을 쓰는지 모른다.

> 공자, 가라사대 "나이 사십이 되어서도 미움을 받으면 그대로 끝나고 말 것이다."
> 子曰 年四十而見惡이면 其終也已니라 - 陽貨

나이 사십이 되면 자신의 얼굴에 책임을 지라고 했던가. 주름이 유난히 많은 나는 잔주름 하나하나가 내 글의 행간, 나의 정체성이다. 어느 날, 느닷없이 글 쓴 이력마저 다 버려야 할 것이다. 그때 또 어찌 할까. 노르망디 상륙작전 짜듯 D-day를 잡아야 한다. 오늘부터, 아니면 3년 후, 더 길게 십년 후는 어떨까. 또 미련이 동지섣달 움파 자라듯 웃자란다. 어제 내린 하얀 눈은 오늘 내 앞길을 질척하게 할 뿐, 뒤돌아보지 말자. 탕湯왕이 이르기를 '진실로 어느 날 새로워졌거든, 나날이 새롭게 하고, 또 나날이 새롭게 하라!'[苟日新, 日日新, 又日新*] 오로지 새롭게, 새롭게 하라고 했다.

글이여, 나의 문학이력을 날마다, 날마다 새롭게 진화시키기를!

* 湯之盤銘日 苟日新 日日新 又日新~ 大學章句

탕왕의 반명에 이르기를 '진실로 어느 날에 새로워졌거든 나날이 새롭게 하고, 또 나날이 새롭게 하라!'

[문학이력]

메타 논어 『타타타, 메타』

예에서 노닐다 – 수필은 – 욕파불능 – 명품의 탄생 – 날이 차가워진 뒤에야 – 그리움은 흰 바탕에 – 지나침 & 모자람 – 일장춘몽 – 기도하는 마음으로 – 내 사랑 내 곁에 – 감 & 동 – MINI – 아름다운 세상 – 여고 동창회 – 이력서 – 사달 – 연예인 병 – 어찌 숨길 수가 있는가 – 꼰대 – 사무사 – 좋은 동네 – 아는 것이 없다 – 달력 – 맹춘 – 성냥 – 법 & 밥 – 미인이거나 글을 잘 쓰거나 – 그놈이 그놈 – 답다 – 패턴, 0410 – 성정대로 – 위장전입 – 솔직하게 – 요산요수 – 닭 잡는데 소 잡는 칼을 쓰다 – 전 삼일, 후 삼일 – 삼년은 너무 길다 – 밤나무를 심는 까닭 – 오캄 – 무늬만 며느리 – 일등 사윗감 – 불꽃, 지르다 – 쪽박 & 대박 – 궁팔십 달팔십 – 베풀지 마라 – 꿈틀 – 문양 – 타타타, 메타 – 살롱에서 클럽으로 – 통통통 – 악, 예에 깃들다 – 자, 논어란? – 지상인터뷰 – 법고와 창신의 글쓰기 – 바람의 문장에 풀꽃을 심다

『내비아씨의 프로방스』

봄의 질주 – 욕파불능 – 해 질 녘 – 님에 대한 변 –『규합총서』, 이 한 권의 책 – 절차탁마 – 몰입 – 그녀도 찔레꽃을 보고 있을까? – 수수깡부기 – 아뿔사! – 나는 럭셔리하다 – 엄마의 딸 – 그곳에 J가 있었다 – 나의 플라멩코 – 나는 괜찮다 – 낙엽들이 말하다 – 삼만원 – 돈의 무게 – 동지섣달 꽃 본 듯이 – 2박3일, 달콤하고 떫은맛 – U턴 – 선상문학 – 나도야, 선수 – 불꽃, 지르다 – 내사, 내 마음대로 한다카이 – 미끼 – 몽마르트르를 탐하다 – 명 클리닉 – MERS의 강 – 마담, 모르쇠 – 파리지앵, 이 남자 – 적자생존, 찍자생존 – 파리지엔느, 이 여자 – 어젯밤에 당신이 한 짓을 나는 안다 – 체크인 체크아웃 – 고흐의 환생 – 내비아씨의 프로방스 – 야영장, 낯선 풍경 – Innisfree, 그곳 – 가파른 사랑 – 아버님의 안경 – 옷을 잘 입어야하

는 이유 – 싸한 맛, 공부 – 잉여 – 자는 아이가 예쁘다 – 맹춘 – 어에 머물다 – 성냥 – 원 – 별을 품은 그대

논어 에세이 『빈빈』

고전의 향기 – 생색내다 – 호시절 – 으악새 슬피운다 – 꿈꾸는 크레송 – 손을 말하다 – 들키고 싶은 비밀 – 관솔 – 산골짝의 다람쥐 – 마지막 수업 – 우리 아버지가, 훔쳤어요 – 산앵도나무 꽃이여! – 머피 & 샐리 – 여자 & 남자 – 병기사불식자 – 화, 꽃차로 피워내다 – 지지 – 차라리, 막대 걸레를 잡겠다 – 아~, 아름다운 세상 –감성, U턴하다 – 밥 먹는 것도 잊다 – 설령, 거친 밥을 먹더라도 –꿈엔들 잊히리오 – 따뜻한 외로움 – 무화과 – 위산일궤 – 학운에 중독되다 – 문학을 하려거든 – 세시풍속 – 퇴계의 향기를 찾아서 –북극성 – 아침 꽃 저녁에 줍다 – 병영 도서관 – 계례 – 치자꽃향기 코끝을 스치더니 – 상견례에서 '통과!'를 세 번 외친 사연 – 텐프로 – 빈빈 – 미친놈과 고집 센 놈 – 뜰에서 가르치다 – 오키나와에서 삿포로까지 – 가족사진 – 온독이장 – 제우담화문 – 문상객 – 옛날의 금잔디 – 아리랑 동동 – 그 뿐이라 – 원숭이 똥구멍 – 가까이하기엔 너무나 먼 당신

『매실의 초례청』

　빗금 – 길음동 골목 – 아버지의 방 – 이월매조 – 할머니의 축문 – 고전의 향기 – 문화 류씨 – 초사란 – 봄 뜰 – 매실의 초례청 – 그리움은 수묵처럼 번지고 – 4월의 빛깔 – 회색과 갈색의 눈길 – 불씨 – 우담화의 제문 – 추석빔 – 발한 – 화양연화 – 가화 – 술독 – 술이 고픈 날 – 아지매여, 꽃이 피었소 – 원숭이띠의 변 – 숨죽이어, 숨 쉬지 않는 것처럼 – 떠나보내기 – 쏜살 – 홀로 먹는 밥 – 한 삼태기의 흙 – 덩샤오핑 – 너도 풀꽃과 – 불평즉명 – 고리 – 바람은 감각이다 – 장마 전선 – 무기를 버리다 – 김 상병과 이 이병 – 민지 – 성인식 시연 – 풀꽃꽃병 – 운치는 나를 보고 초막을 지으라 하지만 – 각시회 – 속알머리 – 종파티에서 종소리가 울렸다 – 솜꽃이고 싶다 – 감추어 두시겠습니까? – 댓돌위의 흰 고무신 – 여행을 떠나다

사달辭達

책이 나왔다. 시중서점에 깔릴 예정이다. 어떤 모양으로 나올까. 포털 사이트 D사에 검색하니 아직 소식이 없다. 다시 N사로 검색하니 '어! 뭐지?' 책 모양의 박스 안에 '성인인증필요'라는 문구만 있다. 그 밑에는 빨간 표시가 있다. 저자, 출판사, 가격코드까지 다 나오는데, 표지가 없다. 얼굴 없는 책이다.

이 무슨 변고일까. 어디에다 신고를 할까? 거대 포털 사이트 N사에 전화는커녕 접속하기도 쉽지 않다. 설레던 마음은 삽시간에 사라지고 소심한 나는 겁부터 난다. '아~ 까불다가……' 표제작 〈내비아씨의 프로방스〉 내용 중에 걸리는 단어가 있기는 했다. 내비기계에게 아씨와 도령이라는 예우까지 해줬다. 그런데 어찌 귀신처럼 잡아냈을까? 단어를 검색해보니, 책제목이 아예 '연놈'인 것도 버젓이 판매되고 있다.

남편이 대신 성인인증을 하고 들어가 N사에 사유서를 올렸다. 책표지 제목 목차 표사를 스캔하고, 먼저 나왔던 두 권의 책도 다 스캔하여 파일첨부를 했다. 첫 번째 책은 '현대수필문학상' 수상집이며, 두 번째 책은 '2015 문체부 우수도서'로 선정이 되었다. 책의 작가는 '유학儒學을 강의하는 도덕적(?)인 사람'이라는 내용증명을 보냈다.

무엇이 겁나는가. 나는 여태까지 살아온 사생활까지 뒤돌아본다. 책은 그 사람의 궤적이다. 〈매실의 초례청〉에서 '대낮의 햇볕이 진공상태처럼 답답하다. 동네의 개 짖는 소리도 물 흐르는 소리도 고요하다. 방아깨비가 긴 다리를 어기적댄다. 알록달록 무당벌레가 업은 듯 포개어 지나가고, 물잠자리도 덩달아 서로 꼬리를 맞대고 주위를 맴돈다. 매듭 풀잎을 뜯어 손끝으로 잡아당기니, 오린 듯 우수로 쪼개진다. 머지않아 댓돌 위에 아기 고무신이 놓이리라.' '이 무슨 조화일까, 아직 비녀와 옷고름은 풀지도 못한 채 속곳부터 벗기려 했는가. 설탕이 몽당 기진맥진하여 항아리 밑바닥에 굳어 있는 것이 아닌가. 밤마다 실랑이만 벌이다 날이 밝은 게 틀림없다.' 는 문구로 매화화인이 찍히기는 했다. 에로수필이라기보다는 '낯설게 보기'의 대표작이라는 평자들의 칭찬도 많았었는데…, 설마 그

건 아니겠지.

그렇다면 〈여자 & 남자〉일까. 한동안 진달래 시리즈 우스갯말이 유행하던 시절이 있었습니다. "진짜 달래면 주나?"로 시작하여 저도 어언간 붓을 들어 풍류를 논할만한 진달래꽃이 되었습니다. 진달래, 진짜 달라면 주느냐고요? 내 집 아궁이에 불 지피지 않는 '집 밥만 아니라면 몽땅 드립니다. 이 가을의 낭만을!' 이 글도 작가의 관음적觀淫的 시선이 좋다고 했다. 세상을 비판하면서 세속의 소문을 능청스럽게 풍자로 전한다. 다소 무거운 주제인데도 오히려 독자가 거부감 없이 동조하게 하는 경어체기법이라 했다. 그 무엇보다 나는 청소년 윤리교과서를 집필한 것이 아니다.

그럼 뭘까. 혹시 〈2박3일, 달콤하고 떫은맛〉? '남자들은 왜 자신이 집을 비우면 안 된다고 생각하는지. 중세시대『르네상스 풍속사』에서 그들은 긴 시간 집을 비울 때, 아내에게 정조대를 채웠다. 여자들은 대문에 기대어 남편을 배웅한다. 야릇한 표정 뒤에 감춰진 손으로 뒷문을 열어 정인을 맞아들인다. 정인은 물론 복제된 정조대 열쇠쯤은 가지고 있다. 그들은 처음부터 정조대 따위는 만들지 말았어야 했다.' '2박3일, 2박3일은 내게 풍퐁퐁 소리가 나는 와인 맛이다. 품질이 좋은 와인일수록 단맛보다 떫은맛이 강하다고 한다. 요즘 남편 앞에 나의 심기는 점점 떫어진다. 아무래도 나는 질(?) 좋은 아내가 틀림없다.' 나는 단지, 빈집에서 홀로 와인을 즐기고 싶었을 뿐이다. 한 편 한 편 곱씹어 보니, 아슬아슬한 단어와 문장이 서너 군데 숨어있기는 하다.

그렇다면 여행수필 때문인가. 인디아 카주라호 락슈마나사원, 일명 '에로템플'의 에로틱한 조각품을 이틀 동안 보았다. 1천 가지가 넘는 체위를 더 가까이서 자세히 보려고 카메라렌즈를 줌으로 당겨서 찍었다. 그리고 다음날, 울타리 밖 눈높이의 철망 앞에서 한나절 더 봤다. 몇몇 동정녀를 닮은 여성군자들이 손으로 입을 가리고 헛구역질하며 지나가는 표정을 훔쳐본 것이 말썽일까. 인문학은 상상력이 아니던가. 고문헌과 고건축을 차경借景하여, 주름잡던 번데기가 나비로 변하는 아름다움을 보아야 한다. 누에고치 시렁처럼 켜켜이 생각을 얹다보니 억울함이 크다. 그렇다고 책 보따리를 싸 들고 다니며 독자들에게 일일이 사족을 달까. 문文이란 글과 사상이 바탕을 이룬다지만, 어찌 문학에서 해학과 풍류를 빼놓을 수 있을까.

공자께서 말씀하셨다. "말은 통달일[辭達] 뿐이다"
子曰 辭는 達而已矣니라 – 衛靈公

논어 문장 중 가장 짧다. "말은 뜻이 통하기만 할 뿐" 언어나 문장의 목적은 자기의 의사를 충분히 나타내면 그만이다. 미사여구로 풍부하고 화려함을 구하지 않는다. 군소리나 가식이 필요 없다. 말의 경제는 내가 살고 있는 부산이 최고다. 어느 날 사직야구장에 갔더니, 상대편 선수가 우리 팀 선수 앞에서 알짱거린다. 얼마나 알미운지 나라도 뛰어 내려가 한 대 치고 싶다. 그때 들려오는 "마!" "마!" 우레와 같은 함성, 간결하고도 명석한 외마디. 내 글에는 '마'가 부족하다.

'내비아씨의 프로방스' 참하지 않은가. 그런데 어쩌자고 '19금'으로 분류되었을까. 혼자 제목을 파자破字해 본다. 내 비밀 [별당]아씨의 프로방[텐프로] 스[들]. 아고~, 망측하다. 사흘 동안 탄원하여 성인인증에서 해금되었다. 남편은 아침마다 내게 문안인사를 한다. "프로아씨, 당신 참으로 대~단하십니다. 남편과 각방을 쓰면서도 19금 수필까지 쓰시다니요." 아~, 나도 이참에 "마!" 하고 싶다. '침묵은 말실수를 줄이는 지름길. 말은 생각과 감정을 담아내는 그릇. 그걸 아무 생각 없이 대화라는 식탁 위에 올려놓으면 꼭 사달이 일어난다.' 말의 품격을 배우는 중이다.

지레 겁먹고 하마터면 꿈속의 에로까지 'Me too' 할 뻔했다.

연예인 병

– 교언영색巧言令色

"저 할머니, 무서워!"

지하 주차장 엘리베이터를 타려는데 어린아이가 아빠 뒤로 숨는다. 순간 뒤돌아 봤다. 나밖에 없다. "저 할머니, 귀신같아!" 아이 애비가 그런 말 하면 안 된다며 슬며시 아이 이마에 꿀밤을 먹인다. "아야!" 소리를 지르며 아이가 울먹인다. 나는 아이 앞에 앉으며 "응, 할머니가 무서웠구나?" 괜찮아, 솔직하게 하는 말은 나쁜 말이 아니라며 칭찬했다. 아이가 금세 환하게 웃는다. 나는 괜찮지 않다. 기가 막히고 코가 막힌다. 그리고 생각했다. '왜지?'

단발머리를 파마도 안했다. 흰머리를 염색도 안했다. 당연히 화장도 하지 않고 다닌다. 옷차림은 무채색이다. 아이 눈에 내 모습은 영락없는 저승사자였을 것이다. 자연스러운 것이 오히려 낯선 세상이다. 집에 오자마자 홧김에 머리 염색부터 했다.

공자 가라사대, "교묘하게 말을 잘하고 용모를 보기 좋게 꾸미는 <u>사람</u>이 어진사람이 드물다."
子曰, <u>巧言令色</u>이 鮮矣仁이니라 – 學而, – 陽貨

혼자 독불장군처럼 살면, 도깨비 취급에 뿔까지 난다. 타인의 시선에서 자유로울 수 없다. 너와 나는 개인이지만 세 사람이 모이면 공인이다. 잘 보이고 싶다. 누구인들 말 잘하고 인상 좋은 사람을 마다할까? 농경시대에는 수신修身을 귀히 여겼다. 정보화 사회에는 남에게 평가받는 것이 중요하다.

출신학교도 성적도 다 좋다. 그런데 면접에서 떨어진다. 무엇 때문일까. 교언영색이 요즘은 현대인의 필수 덕목처럼 되었다. 예전 선비들은 인仁을 가장하여 남의 마음을 빼앗는 것은 담을 뛰어 넘는 도둑질보다 심하다고 나무랐다. 말은 어눌하게, 용모는 수수하게, 행보는 정중하라고 권한다. 그러나 어수룩한 도덕군자를 어느 세월, 그 누가 알아줄끼. 빨리 손을 빈찍 들어 또박또박 발표 살하는 내 아이가 최고다. 오죽하면 초등학교 교실에 '엄마가 보고 있다'는 급훈이 걸렸을까.

엄마가 무서운가, CCTV가 무서운가. 요즘 호환마마보다 무섭다는 세력이 있다. 얼마나 하고 싶은 말이 많으면, "나 여기 있다!"고 입술을 새빨갛게 칠하고 나오겠는가. 아이로도 어른으로도 인정받지 못하는 중학교 2학년이다. 중2 병이 무서워 북한에서 쳐들어오지 못한다는 우스갯말이 있을 정도다. 그래선지 평창올림픽에 여동생만 보냈다. 아침 일찍 깊이 눌러 쓴 검은 야구모자와 검은 마스크 차림의 여학생들이 지나간다. 연예인 코스프레다. 어느 간 큰 분이 다가가 "새벽부터 누가 너희 얼굴을 볼 거라고."라며 호통을 쳤다나. "어떻게 사람들에게 '쌩얼'을 보여줘요." 되받아 발끈 하더란다. 열다섯 살, 지학志學의 학동들도 민낯은 민간인에게 절대 보여줄 수 없다.

화려한 화장이나 성형은 연예인만 하는 줄 알았었다. 어느 날, 패티김의 인터뷰를 본 적이 있다. "눈을 성형하셨죠?" "아니요, 성형 안 했는데요." 누가 믿을까. 잘 때도 눈이 감기지 않는다는 '카더라 통신'을 들은 적이 있다. "코도 성형하셨다는데…" 손 사례까지 치며 아니, 아니라고 딱 잡아뗀다. "그 당시, 전염병이 돌았어요." 노련한 가수는 말도 역시 거장이다. 병명은 연예인 병이다.

연예인만 외모를 가꾸는가. 우리나라 방방곡곡 다니는 전국노래자랑을 보면 한결같다. 관람하는 사람들을 순간순간 클로즈업하여 보여준다. 아마 마을회관에 모여 단체로 시술받은 모양이다. 눈썹 문신이 한 사람 솜씨처럼 보인다. 나도 한때, 처진 눈꼬리를 살짝 끌어 올리고 싶은 적이 있었다. 당시, 현직 대통령부부가 청와대에서 눈 쌍 커플 수술을 한 시기다. 만약, 그때 유행을 따랐더라면 '천사 할머니' 소리를 들었을까.

영색만 무서운가. 말 잘하는 교언이 더 무섭다. 지식인들이 교묘한 말과 글로 이팔청춘들을 선동하여 학도병 혹은 홍위병으로 내몰았다. 우리나라뿐만 아니라 큰 나라의 트럼프도 시진핑도 푸틴도 정치행보를 영상 또는 댓글공작으로 여론몰이를 한다. 권력유지 정책이다. 연예인보다 스케일이 훨씬 크다. 날마다 지지율을 검색하며, 실시간 일어나는 일을 트위터나 페이스북으로 전한다. 높든 낮든 크든 작든 우리 모두는 타인의 시선마사지를 받고 있으니, 나날이 말과 외모가 반들반들하다. 저절로 윤이 나는 교언영색이 된다.

나는 새 책을 내면서 3년 전 프로필사진을 그대로 사용하려고 했다. 정면을 바라보지 않는 시선이 마음에 들었다. 아들이 펄쩍 뛴다. "엄마가, 연예인이에요?" 망치로 박는다. 그 사진도 아들이 찍어준 것이다. 나는 아름답고 싶다. "세상에 늙지 않는 것처럼 추한 것이 없어요." "그 사람의 변해가는 모습이 진정한 작가답다!" 자신이 생각해도 말의 강도가 심하다고 여겼던지 "산 사람을 액자에 보존하는 것은 어리석다"며 박았던 못을 슬며시 빼준다.

설핏, 어미의 영정사진으로 쓰려는 속셈이 보이기도 했다. 나는 남편의 말은 사사건건 거꾸로 들어도 아이들 말은 대통령 담화문보다 더 믿는다. 담화문을 발표하던 분께서 오늘, 1심 징역형 선고를 받았다. 담화문도 부질없다. 그래도 시대의 작가라면 "프로필사진은 그 해, 그 해, 해마다 찍어야 한다."는 아들의 말에 한 표 더한다. 진짜 귀신이 되는 그날까지 세월 따라 하루하루 나의 생활이 순수예술이었으면 좋겠다.

수수하게 정중하게 아름다운 연륜을 꿈꾼다.

어찌 숨길 수가 있는가

― 인언수재人焉廋哉

‘너는 누구냐?’ 새 한 마리가 검은 자동차를 콕콕 쪼며 항의한다. 적개심이 있는 곳에는 늘 적敵이 있다.

한여름 밤, 바깥마당에 멍석을 깔아놓고 저녁밥을 먹는 중이었다. 불이 바람에 흔들렸다. 주위를 어슬렁거리던 누렁이가 갑자기 짖는다. 시끄럽다고 야단쳤다. 그런데 다시 또 으르렁거린다. 조금 더 큰소리로 컹컹 목청껏 짖는다. 동네 개들도 덩달아 이 산 저 산 메아리로 메들리를 엮는데, 한탄강에서 난리가 쳐들어오는 듯하다. 급기야 작은아버지께서 작대기로 후려치고, 개는 더 거세게 울부짖으며 벽을 향해 돌진하는 사태가 벌어졌다. 마침내, 나무에 걸린 램프 불이 꺼지니, ‘픽!’ 개는 피를 흘리며 그 자리에 쓰러졌다. 제 그림자에 제가 놀랐던 것이다.

새댁시절 장롱과 화장대 문갑 등 가구배열을 한다. 그중 금기사항이 있다. 화장대만큼은 방문과 마주 보이게 정면으로 놓지 않는다. 새댁은 고단한 시집살이의 서러움을 삼키며 무심코 혼자 방에 들어서다가 기겁하여 실신하는 경우가 종종 있다. 뿌루퉁한 제 모습이 화장대 거울에 비친 것이다. 그림자는 표정이 없지만, 본인만 아는 마음의 그림자가 되비추며 공격했기 때문이다.

어느 남자분이 창문을 쳐다보며 혼자 삿대질한다. 티브이 속의 그는 몹시 화가 난 얼굴이다. 날은 어두워지고 식구들은 아직 들어오지 않는다. 일어서 밖을 내다보는데, 어느 심통 맞게 생긴 영감탱이가 내 집을 들여다보고 있다. 엉겁결에 "가!"라고 소리쳤지만, 그놈이 당최 가지를 않는다. 가지 않을 뿐만 아니라, 되레 맞서서 삿대질까지 한다. '고얀 놈' 끓어오르는 화를 참지 못하고 십장생 개나리 시베리안 베스키까지 동원하여 한바탕 육두문자를 날린다. 분노 조절이 안 된다. 마침내 야구방망이를 휘둘러 유리 창문을 깬 다음에야 그쳤다. 치매 환자의 서글픈 현실이다.

요즘은 화장실에도 향기로운 음악이 흐르지만, 이전에는 구린내 나는 뒷간이다. 뒷간에 들어설 때는 몇 걸음 떨어진 거리에서 반드시 헛기침을 했다. 안에는 정랑각시가 긴 머리카락을 빗으며 앉아 있다. 인기척을 안 하고 문을 벌컥 열었다가는 놀란 정랑각시가 얼개빗을 도기자루처럼 코앞에 들이대며 위협한다. 서로 뒷걸음치다 가는 내용물을 밟거나 통에 빠져 변便에 변變을 당하기 십상이다. 이토록 사물은 모두 제자리를 지키는 본성이 있다.

나도 나를 지키고 싶다. 스스로를 존중하자. 잠시, 물에 비친 자신의 아름다운 모습에 수선화가 되어버린 나르시시즘이 필요하다. 자기애다. 지나친 자아도취 상태도 안타깝지만, 그 어떤 살뜰한 피드백도 나누지 못하고 자폐의 덫에 갇히는 경우도 있다. 사랑도 자존감도 다 사람의 관계 안에 있다. 나의 천국이 남에게 지옥이 된다면 어찌할까. 내 자존감은 누가 떨어뜨리는 것이 아니라, 스스로 무너지고 난 다음 남이 나를 무너뜨리는 것이다. 외적인 것이 아니라 내면이다. 내 마음이다. 누구 때문인 것 같지만, 결국 내 못난 그림자에 허우적댄다. 타인이라는 거울에 나를 비춘다. 실상이 아니라 허상이다. 허상의 허명 놀이에서 균형 감각이 깨진다.

SNS시대, 그림자가 컬러로 변했다. 실상은 우울한 무채색이다. 그러나 SNS 안의 사진은 늘 꽃그늘이거나 고급카페가 배경이다. 일상을 보정하고 덧칠하여 '행복'의 빛깔로 채색한다. 너만 그런가. 나도 그렇다. 유령손님으로 발자국을 남기지 않았다고 스카이라운지에서 추락할 이유가 없다.

어차피 소셜미디어는 허상인 줄 알고 시작한다. 그런데도 게시물에 댓글이 달리지 않으면 고깝다. 왜 그런지 뻔히 알면서도 나는 자주 허사虛辭에 휘둘린다. 그림자가 본문 주제어 옆에 붙어 문장을 풍성하고 선명하게 감성까지 곁들어 맛깔나게 만들어 준다면 얼마나 좋을까. 결국, 제 그림자를 보고 저 혼자 놀라 피 흘리는 개나 글 앞에 징징대는 나나 똑같다. 못났다, 그렇다고 불을 끄고 아예 절필하지도 못한다. 혼자 두메산골에 숨어 산다고 치자. 또 다른 별별 나라 별별 사람들이 '나 홀로 산다'를 찍겠다고 찾아올지도 모른다. 몰래 숨어 소신所信대로 살기도 어려운 세상이다.

> 공자께서 말씀하셨다. "그가 하는 행동을 보고, 그 행동의 연유를 살피고, 그가 편안하게 여기는 것을 살펴보면, 결국 그 사람을 알 수가 있으니, 사람의 됨됨이를 어찌 숨길 수가 있는가, 사람의 됨됨이를 어찌 숨길 수가 있겠는가."
> 子曰 視其所以ᄒ면 觀其所由ᄒ면 察其所安이면 人焉廋哉리오 人焉廋哉리오 - 爲政

시視, 관觀, 찰察, 살피고 살펴보는 가운데 소이所以 소유所由 소안所安의 행동과 이유, 그리고 안주하는 그의 과거 현재 미래가 다 있다. 빛이 있는 곳엔 그림자가 있게 마련이다. 그림자는 스토커처럼 따라붙어 꼬드긴다. 온갖 나팔 불고 꽹과리 치며 나오라고 나를 유인한다. 그놈에게서 벗어나고 싶다. 서 있어도 옆에 있고, 걸어가도 쫓아오고, 뛰어가도 숨소리가 귓가에 따라붙는다. 나는 언제까지 뜀박질을 할 것인가.

휴우~ 잠시, 그늘에 앉자. 그림자도 쉬어가는 '식영정息影亭'이다. 숨 고름하자.

순간, 꽃밭이다. 내가 앉은자리가 꽃자리, 나비처럼 마음이 한가롭다. 비록, 저잣거리에 살아도 책 한 시렁, 거문고 하나와 내 마음의 고요가 바로 선비라고 하지 않던가. 창호의 햇살이 자판을 두드리는 두 손 위로 한나절이나 머문다. 이 시간만큼은 A4용지 두 장의 공간에서 마음껏 노닐 수 있다. 누가 내 방문을 노크만 하지 않는다면, 나는 곧 신선이다.

꼰대

― 향원鄕原

'향원'에 대해 설명하다 연암 박지원의 「호질虎叱」에 나오는 북곽
선생 이야기를 했다. 높은 학문과 덕행으로 사람들의 존경을 받는
북곽선생이 성이 다른 다섯 아들을 둔 열녀 과부 동리자와 밀회하
고 있다. 그 둘이 서로 밀회를 하다 들켜 북곽선생이 황급히 도망치
는 와중에 똥구덩이에 빠지게 된다. 똥투성이로 기어 나오는 그를
본 호랑이는 덜덜 떠는 북곽선생을 밤새 꾸짖기만 할 뿐, 더러워서
잡아먹지도 않고 가버린다는 소설이다.

공자 가라사대 "향원은 덕을 해치는 도적이다"
子曰, 鄕原은 德之賊也니라 ― 陽貨

'향원'은 무엇일까. 향원은 마을의 저속한 사람이다. 고을에서 남보기에 비난할 데 없이 점잖은 척, 근후한 척, 성실한 척, 멋진 척 갖은 폼은 다 잡지만 행실은 형편없다. 호시탐탐 월매나 춘향이를 넘보는 사람이다. 무식하면 그쯤에서 그쳐야 하는데, 또 신이 났다. 연륜과 덕행을 갖춘 분들 앞에서 나는 어설피 너스레를 놓는다. 내가 자란 서울에서는 이런 경우, '해삼 멍게 말미잘'이라 한다며, 아무 죄도 없는 해산물을 들먹이다가 '바보 쪼다'라고 마무리했다. 다시 호기심이 발동하여 "'쪼다'는 어느 나라 말이에요?" "…?" 혼자 짓이 나서, "일본말인가요?" 물었다. 졸랑대는 여자 훈장을 쳐다보기 민망한 듯 어느 분께서 넌지시 운을 띄어주신다.

"에~, 조달調達은 석가의 제자 이름인데…", 석가를 시해하고자 했던 못된 사람이다. 원명은 제바달다인데 이를 한역漢譯하면서 축약하여 조달이라 했다. 그는 석가의 사촌동생으로 매우 똑똑한 사람이었지만, 야망이 지나쳐 스승인 석가가 이끌고 있던 교단을 빼앗으려고 음모를 꾸몄다. 자기 아버지를 죽이고 왕위를 찬탈한 아사세 왕과 친하게 지내면서, 그의 도움을 받아 왕실의 검은 코끼리에게 술을 먹여 취하게 한 뒤, 걸식을 하러 나온 석가를 밟아 죽이려고 시도했던 인물이다.

조달은 머리는 명석하였지만, 헛된 욕심이 지나쳐 나쁜 짓을 하여 끝내는 지옥에 떨어졌다. 타고난 명민함을 잘못 써서 악인이 되었으니 참으로 어리석은 사람이다. 그야말로 바보 즉 '조달'이 바뀌어 '쪼다'가 되었다. 쪼다의 사전적 의미는 '제구실을 못하는 좀 어리석고 모자라는 사람을 속되게 이르는 말'이다. 그렇게 깊은 뜻이 내포되어 있는 줄도 모르고, 나는 여태까지 욕을 욕되게 써왔다.

'궁금한 건 못 참아'의 어느 분이, 그럼 향원이나 쪼다는 '바보축구'냐고 물으신다. 그러고 보니 흔히 듣던 말이다. "으이구~! 바보축구 같으니라구." 바보는 알겠는데, 축구는 또 무슨 뜻일까? 남이 웃으면 따라 웃기는 했어도 뜻은 전혀 몰랐다.

'바보 축국蹴鞠'은 예전에 장정들이 공을 땅에 떨어뜨리지 않고 차던 놀이다. 가죽 주머니 속에 짐승의 털이나 겨 따위를 넣은 공으로 혼자서 차기도 하고 두 사람이 서로 마주보고 서서 공을 찼다. 조선시대에는 공에 꿩 털을 꽂아 놀았는데 젊은이들 사이에 널리 행해졌다고 민속사전에 나온다. 아하! 제기차기다. 제기를 땅에 떨어뜨리지 않으려면 손과 발의 균형을 잘 맞춰야한다. 그 몸짓이 마치 바보 같다하여 바보 축구畜狗, 혹은 축생畜生으로 집에서 기르는 짐승에 비유하여, 사람답지 못한 짓을 얕잡아 이르는 말이다.

제기차기 놀이는 아름답다. 국화꽃송이 같은 제기를 연달아 차올리는 정겹고 신난 모습이다. 놀이삼매경에 빠지면 당사자는 모른다. 제아무리 풍자의 대가 찰리 채플린의 팬터마임이나 빨간 피터의 고백도 멀리서 보면 몸짓이 우스꽝스럽다. 갖은 기교와 기술을 예술이라 하지만, 문외한이 보면 바보들의 행진같이 보인다.

향원도 그러하다. 어느 특정 고지에서 공을 세우고 내려왔다. 꽃 피고 새 우는 고향으로 돌아와 보니 면장님도 이장님도 다 계시다. 내 자리만 없다. 그 분들 앞에서 어르신대접을 받고 싶다. 왜 나의 공적을 알아주지 않느냐고 가래를 모아 헛기침을 해본다. 국민의 존경을 받던 어느 분은 아예 대선도 꿈꿨다. 배부른 몸집을 거꾸로 처박아 우물 안으로 들어가는 개구리 형색이다.

영화映畵가 끝났으면 몸은 빨리 스크린에서 빠져나와야 한다. 한바탕 개인의 영화榮華로움은 끝났다. 점잖게 명예만 지킬 일이다. 말이 쉽다. 입에 꿀까지 발라 명예회장을 해 달라, 운영위원을 해 달라, 자문위원을 해 달라, 고문을 해 달라. 달게 모시겠다고 단맛으로 고문하면 미각을 잃는다. 결국 바보축구, 쪼다에 마침내는 볼썽사나운 꼰대, 바로 향원이 된다. 병장이 제대했다고 전쟁이 나지는 않는다고 들었다. 동네가 재미있으려면 광장에 한 명쯤의 바보가 있어야 매력이 있다. 그렇다고 일부러 피에로pierrot 행군을 자처할까.

증자가 말하기를 "조정朝廷에서는 벼슬만한 것이 없고, 향당鄉黨

에서는 나이만한 것이 없고, 세상을 돕고 백성을 다스리는 데에는 덕德만한 것이 없다."고 했다. 고을에서는 연륜이 우선이다. 나이를 감투로 삼아 덕德을 도적질할 수는 없다. 도서관 일을 맡아 취임사를 쓸 때, 퇴임사도 함께 썼다. 초심을 지키고 싶었다. 그런데 심술이란 놈은 고약하여, 어느 순간 감 놔라 대추 놔라 감투할미가 될지도 모른다. 세상이 변했다. 말없이 이 말 저 말 다 들어주고 너른 그늘에서 쉬게 할 수 없는 느티나무는 땔감으로 쓰일 잡목만도 못하다. 도덕경의 '공수신퇴功遂身退'라는 말을 핑계 삼아, 살던 곳에서 재빠르게 이사 나왔다.

사무사思無邪

– 생각에 사특함이 없다

긴장감이 최고조다. 현장에 나가 있는 기자들의 육성이 급한 어조로 목소리를 높인다. 드디어 9명의 재판관이 들어와 착석했다. 모든 카메라가 돌아가는 가운데 술렁이던 분위기는 정지화면처럼 멈췄다.

그런데 이게 뭔가? 솟아오르던 거품이 스르르 가라앉으며 묵직하다. 자주색의 법복, 정의에 찬 눈빛, 밧줄에 묶인 피고인, 객석의 배심원, 다 다른 듯 모든 시선과 귀는 재판관의 한일자 입매만 클로즈업한다. 나도 숨을 참는다. 중계방송을 하는 아나운서 옆에 특별출연자인 법률전문가가 "통상적으로 이런 일은 정시에 발표하는데 이례적인 일입니다."만 연발한다. 발표시간에서 7분쯤의 침묵이 흘렀다. 마침내, 대법관이 입을 열었다.

"사무사, 무불경" 나는 내 귀를 의심했다. 결정문을 낭독하기 직전, 민주주의 국가에서 헌정사상 처음으로 헌법재판소의 명령으로 'OO진보당'을 해산하는 역사적인 장면이다. 오늘의 핵심을 강조하는 문구다. 김빠진 맥주에 생기발랄한 효소를 가미하는 중이다. 돌고 도는 것이 역사라고 하지만, 춘추전국시대 시경 속의 한 마디가 바로 오늘의 정치다.

'사무사'는 오래 전부터 내가 문학의 화두로 삼고자 감춰두었던 문구다. 문학적인 문구가 대한민국 헌법을 돕다니. 생각과 판단에 삿됨이 없고, 늘 공경하고 존중하고 배려하는 정신을 잃지 않고자, 제3, 제4, 고민하고 노력했다며 헌법재판소장이 확고한 의지를 밝힌다. '법보다 사람을 섬긴다.'는 말을 떠올린다. 나는 오로지 사무사라는 구절이 반가워 혼자 "야호!" 쾌재라! 거실바닥을 쿵쿵 소리내어 밟았다. 후세 역사가들이 오늘을 어떻게 평가하든 나와는 무관하다.

그렇다면 '사무사'는 무엇인가.

공자 가라사대, "≪시경≫에 있는 3백 편의 시를 한마디로 말하면 <u>생각에 사특함이 없다.</u>"

子曰 詩三百애 一言以蔽之ᄒ니 曰 思無邪니라 - 爲政

고대 《시경》은 풍아송風雅頌으로 나눈다. '풍'은 주나라 민중들의 노래, 즉 백성들의 목소리다. '아'는 귀족들의 노래이다. 소아와 대아가 있다. 의식 행사 때, 조수미나 임형주가 축가를 부르는 거나 마찬가지이다. '송'은 그야말로 송가이다. 종묘제례악이나 문묘제례악을 연주하는 찬송가이다.

본래 노래란 감성이 우러나오는 대로 소리를 내는 것이다. 그 소리의 원천은 까투리와 장끼가 짝짓기 하는 데서 유래되었다고 한다. 짝짓기는 가장 본능적인 행위이다. 사랑하는 상대를 만났을 때, 어떤 사심이 있겠는가. 그러나 사람은 동물과 달리 사단칠정이 있다. 그중 수오지심羞惡之心이 있기 때문에 중요부위를 가리기 시작했고, 그로 말미암아 수치심을 가지고 부끄러움을 알게 되어 예의와 염치로 인격을 갖추게 되었다. '아~! 임은 갔습니다.'는 실제로 사랑하는 임이 갔을 것이다. '빼앗긴 들에도 봄은 오는가'는 어쩜 봄을 기다리는 순수한 마음이었을 것이다. 그러나 문학이라는 이름으로 '임'과 '들'은 '조국'이라는 은유로 바뀌었다. 입시문제에 나오니 시험만 끝나면 문학을 읽지 않게 된다. 알퐁스 도테의 〈별〉을 교과서에서 읽은 후, 더는 별을 보지 않았다는 말을 종종 듣는다.

현실은 목표만 있고, 꿈꾸는 별은 교과서 속에나 있다.

요즘의 문제만이 아니다. 중국 고대의 ≪시경≫ 300여 수가 본래는 민중들의 하소연으로 우리말로 하자면 '아리랑'이다. "날 좀 보소, 날 좀 보소, 날 좀 보소 ~♬" 동지섣달 꽃 본 듯이 날 좀 보라고 내 간절한 마음을 전하는 사랑가다. 그러나 무武왕은 은나라 주紂왕을 무력으로 물리친 후, 자신의 아버지에게 '문'이라는 시호를 선사해줬다. 어머니 임任은 당연히 왕비의 칭호를 받는다. 시경 관저편을 빌어 문왕과 왕비의 사랑이라 하였다. 이를 식자들은 '시의 효용성'이라 한다. 서민들의 놀이에 왕과 왕비를 끌어다 넣으니 감히, 보통사람들은 시경을 읊지 못한다. 이렇듯 순수한 노랫말을 빼앗아고서 속에 박아버렸다.

오래전에 나는 '독서와 사색'이라는 제목의 노트를 가슴에 안고 다녔다. 그때는 막연히 내가 문학과 가까운 사이라고 생각하고, 문학 또한 나를 알아줄 것이라 여겼다. 글쓰기는 '먹은 만큼 싼다.'는 속설을 믿었던 것 같다. 그 후, '수필도전, 삼백'이라는 제목으로 바꿨다. 글의 편수를 노후 자산으로 분류했다. 그리곤 내가 꼭 시경 3백 수처럼 팔도 아리랑 여섯 권쯤은 쉽게 써낼 줄 알았다. 300편! 말이 쉽지, 설 추석 제삿날 소풍날 아픈 날 바쁜 날을 빼고, 일주일에 한 편씩 쓴다 해도 어림없는 숫자다. 이즈음에야 제대로 쓴 글

한 편이 평생의 업業임을 어렴풋이 짐작한다.

그럼, '무불경毋不敬'은 무엇인가. 사무사가 정신을 바로 세우는 것이라면 ≪예기≫에 나오는 무불경은 매사를 공경하며 몸으로 행하는 실천덕목이다. 날마다 순수하게 정성껏 사는 것이다. 수필 삼백 편이 마무리될 즈음, 나는 맑고 밝은 심성으로 거듭날 수 있을까. 혹시 내가 죽은 후, 아이들이 우리 엄마는 평생 수필쓰기만 배우다 갔다며 '수필학생부군신위'라고 지방을 쓸지도 모르겠다.

대한민국 헌법재판소가 시경을 도용했다. 장롱 서랍 속 깊이 간직했던 나의 사주단자를 잃어버린 기분이다. 마음 곳간의 정절을 잃은 듯해도 '사무사'의 가치에 흔감한다. 논어는 근본[本] 처세[末]이기 전에 인仁을 실천하는 '문학 장르'이다.

좋은 동네

– 이인里仁

떠나온 동네에서 향원노릇이 얼마나 볼품없는 짓인 줄 잘 안다.

독서 감상문 대회 심사평을 해달라고 한다. 유치부 어린이들부터 초등학생, 청소년과 학부형, 그리고 지역의 몇몇 높은 분들이 오셨다. 자리가 모자라 행사장 밖에도 기웃거리며 들여다본다. 작은 도서관 기준으로 성황리다. 그런데 나는 정치인도 아니면서 기조연설을 자처했다. 쾌활하게 V자를 긋고 나가니 모두 웃는다. "하하하" "왜, 웃어요?" "호호호" "맞아요, 처음 보셨죠? 제가 오늘 립스틱을 칠했습니다. 오늘 여러분들께 잘 보이고 싶어서요."라며 몇 년 전 도서관 사이트에 올렸던 내용을 읽었다.

〈도서관 머리 올리는 날〉

도서관 유리간판 설치를 하는데, 초등학생과 중학생으로 보이는 남학생 둘이 '우당탕탕!' 도서관으로 뛰어 들어왔다. 가장 편안한 자세로 엎드려 걸터앉아 마구, 마구 책을 읽는다. 나는 의아하여 "오늘, 무슨 날?" 학교 가는 날이 아니냐고 물었다. 만약에 시험기간이라 해도 오전 중에 올 수가 없는데. "예, 안 가요." 왜 안 갔느냐고 물으니, 내일 캐나다로 이민 가기 때문이란다. 그렇게 몇 시간 책을 읽던 아이들이 우당탕탕 나간다. 나는 급하게 그 아이들을 붙들었다.

"얘들아, 너희들 이 다음 성공해서 책을 내거나 혹은 연설을 할 때, 나의 조국에는 마을에 'OO작은 쌈지 도서관'이 있었다. 나는 그곳에서 책을 읽었다." 라고 쓰라고 당부했다. "다시 말해봐, 아줌마가 뭐라고 했지?" 아이들은 복창했다. "나의 조국에는 'OO작은 쌈지 도서관'이 있었다. 나는 그곳에서 책을 읽었다." "가서, 꼭 성공해라."

성공이 뭘까요. '마이크로소프트'의 창시자 빌 게이츠는 이렇게 말했습니다. "나의 꿈은 내 어린 시절 시골의 도서관에서 이루어졌다." 빌게이츠만 마을 도서관이 키웠나요. 지역주민, 학부모, 학생, 어린이, 우리 모두 도서관에서 무럭무럭 자랍니다. 그 중 누가 가장 많이 자랐을까요? "나다!" 참으로, 참으로 도서관에 갚을 일이 많습니다.

"그래서, 저는 오늘 빚 갚으러 왔습니다. 어디에 왔어요?" 모두 복창한다. "ㅇㅇ 작 은 쌈 지 도 서 관!" 이제 본론으로 들어가, 오늘 독서 감상문 '심사기준'을 말씀드리겠습니다. 운영위원 네 분께서 엄정한 기준에 따라 심사하셨습니다.

첫째. 내용 생성능력, 30점 – 작가와 작품의 의도를 다각도에서 접근 분석, 자신의 느낌을 창의적 개성 있게 표현하였는가. 둘째. 내용 조직능력, 30점 – 글의 중심이 되는 내용을 충분히 부각시키고, 글 전체가 단계적 유기적 연관성이 있는가. 세 번째. 문화적 사고능력, 20점 – 작품에 대한 이해도는 정확하고, 보편적으로 수용 가능한 가치를 제시하였는가. 네 번째. 문장 표현력, 20점 – 풍부한 어휘, 자연스러움 맞춤법과 원고지 사용법이 올바른가.

"어때요?" 무슨 말이 이렇게 어려울까요? 독후감 평가는 보여주기 행사입니다. 유관기관으로부터 받은 예산을 얼마나 투명하게 썼나를 보고하는 자리입니다. 누가 얼마나 독후감을 잘 썼나? 줄을 세우는 것이 저는 마땅치 않습니다. 그냥 재미있게 책을 읽고 생각이 쑥쑥 자라 세상에 쓸모 있는 사람이 되면 좋겠습니다.

고백컨대, 저는 나이 50이 되기 전까지는 상을 타본 적이 없습니다. 그래요, 개근상은 늘 탔죠. 저의 꿈은 도서관 사서였습니다. 조선시대의 학자 이덕무처럼 규장각에서 책을 읽는 바보가 되고 싶었습니다. 도서관이 늘 저의 꿈자리였죠. 십여 년 전, 우리 도서관에서 자원봉사를 시작하면서 책을 세 권이나 출간하였습니다. 그리고 서문에 '작은 쌈지도서관에서'라고 적었습니다.

　좋은 동네는 어디일까요? 예전에 할머니들은 우물이 있는 마을이 최고였죠. 제 어머니는 가까운 곳에 공중목욕탕이 있으면 흐뭇해 하셨습니다. 제가 국기에 대한 맹세나 새마을 깃발을 보고 자랄 때는 마을에 도서관이 없었습니다. 그때 저는 걸어서 30분 거리에 빨간 우체통이 있으면 행복이 차올랐죠. 요즘 신세대엄마들은 스타벅스, 엔젤리너스, 런던카페에서 브런치를 즐길 수 있는 주거단지를 자랑으로 여깁니다.

　지금 여기 모인 우리들은 가치를 어디에 둘까요? 꿈을 만드는 문화 공간, 도서관이죠. 도서관 중에서도 책과 책 사이에 정情이 머무는 곳, 요일별로 30여 명의 선생님들이 사서봉사를 하는 작은 도서관입니다. 친절하고 정겨운 "어디라고요?" "작은 쌈지 도서관!"이라고 외친다. 나는 유치부 어린이들은 한글을 읽지 못하는 줄 알았다.

　공자님이 말씀하셨다. "마을의 인심이 인후仁厚한 것이 아름다우니, 인심 좋은 마을을 선택하되, 인에 거처하지 않는다면 어찌 지혜롭다고 하겠는가."

子曰 里仁이 爲美하니 擇不處仁이면 焉得知리오 - 里仁

맹자도 '인은 모든 사람이 안락하게 살 수 있는 집'[人之安宅]이라고 했다. 인은 생명[life]과 느낌[feeling] 즉 심미적 감수성이 깃든 집이다. 지금 우리는 어디에 살고 있는가?

새로운 초고층아파트가 들어오면서 몇 달 후, 개관할 구청도서관 분관 건물이 쑥쑥 신식으로 올라가고 있다. 그런데 행정하는 분들의 시각으로 보자면, 장서를 채우고 보존하는 공간을 훌륭하게 여기는 것 같다. 10년 넘게 무보수 봉사로 운영하는 우리지역 작은 도서관의 문을 닫으라는 의지를 비췄다. 없는 것을 새로 만들자는 것도 아니다. 크면 큰 대로 작으면 작은 대로 골목골목 도서관은 많을수록 좋다. 삶을 윤택하게 하는 공간, 그곳에서 소소한 일상을 나눈다. 사람의 마음자리, 바로 숨통이다.

'이인里仁'의 정의는 여러 가지로 말할 수 있다. 리里자를 '마을'로 볼 수도 있고 '살다'라는 동사로 볼 수도 있다. '인仁'자는 사람인[人]변에 두이[二]다. 사람과 사람 사이의 관계다. "걱정을 모두 벗어 버리고서 스마일, 스마일, 스마일 ~♬" 이인은 너와 나, 우리가 함께 활짝 웃으며 소통하는 좋은 동네다.

아는 것이 없다

– 무지 無知

공자 앞에서 문자 쓴다.

공자께서 "내가 아는 것이 있는가. <u>아는 것이 없도다.</u> 어느 비루한
사람이라도 나에게 와서 묻는다면 나는 그 양단을 살펴서 정성껏
다 말해줄 것이다."

子曰 吾有知乎哉아 <u>無知也</u>로라 有鄙夫問於我ㅎ대 空空如也라도
我叩其兩端而竭焉ㅎ노라 – 子罕

공자님은 성인聖人이다. 본래부터 알고 본래부터 능한 양지양능
한 분이시다. 그분께서 나는 아는 것이 없다고 하신다. 그럼 누가
안단 말인가. 술이편에서 공자님은 "나는 나면서부터 아는 사람이

아니라 옛것을 좋아해서 부지런히 구하는 사람이다." [我非生而知之者 好古敏以求之者]고 하셨다.

그렇다면 지知, 즉 아는 것의 단계는 어떤 것일까. 아는 것도 등급이 있다. 나면서부터 아는 생이지지生而知之한 사람, 배워서 아는 학이지지學而知之한 사람, 배워도 모르는 학이부지學而不知한 사람이다. 나는 당연히 배워도 모르는 사람이다.

예전에 어른들께서 공부는 때가 있다고 하셨다. 학창시절에 본분을 지켜 공부를 열심히 하라는 말이다. 지명知命의 나이가 지나 공부를 해본 사람은 알 것이다. 공부는 때가 있다는 말을. 종일 책만 읽으면 좋겠다는 염원은 세월 앞에 무너진다. 돋보기를 끼고 사전을 찾다보면 30분 집중이 어렵다. 나에게 공부할 때는 '맨눈에 사전의 잔글씨가 보일 때'다. 나는 공부하라는 말을 들은 적이 없다. 그렇다면 공부를 아주 잘했을까. 등록금이 문제다. 그 당시 형편은 상급학교에 진학만 하지 않으면 효녀였다.

그럼 여기서 안다[知]는 것은 꼭 학문일까. 국어 영어 수학 말고도 평생 알아야 할 것들이 줄줄이 있다. 학문 기술 예술…, 사람의 관계 등등 무궁무진하다. 세상을 다 배우고 다 실천하기에는 손발과 머리와 가슴이 벅차다. 언제 어디서 내가 무엇을 어떻게 왜 해야 하는지 가늠해야 한다. 그 실마리를 찾는 것이 양단이다. 본말 상하

원근 시종이 균형이 맞아야 한다. 형이상학인가 하학인가. 고용주인가 노동자인가. 안방인가 부엌인가. 양쪽의 상황을 잘 다독여 조화調和로움을 찾아야 한다. 공자님은 그 양단을 눈높이로 잘 두드려주시는 고수다. 스승께서 잘 두드려준다고 내 소리가 될까. 내 북은 내 기술로 내가 쳐야 진정한 고수다.

'무지?'"일부러 힘쓰지 아니해도 저절로 맞아 떨어지고, 일부러 생각하지 아니해도 얻어진다."는 단계[不勉而中 不思而得], 그것이 바로 공자께서 말씀하시는 무지無知의 경지이다.

이렇게 생각해보면 어떨까. 새댁시절, 자고 일어나는 것부터 시어머님께 새로 배웠다. 저녁이면 자고 아침이면 일어나는 것은 본능이다. 그러나 친정에서 자는 것과 시집살이에서 일어나는 차이는 가풍에 따라 법도라는 저울이 있다.

그중 가장 어려웠던 것은 매일 하는 밥이다. 분명 나는 혼수품으로 전기밥솥을 사 갔지만, 어머님은 냄비나 뱅뱅 돌아가는 압력솥을 꺼내신다. 어느 날은 장작불로 무쇠 솥의 누룽지까지 대령하라신다. 솥에 쌀을 안치고 손등을 담가 두 번째 마디에 물이 찰랑거려야 물이 알맞다고 하셨다. 나는 밥할 때마다 손바닥을 눌렀다가 들었다가 했지만, 물 가늠을 못 해 "질다, 되다." 면박을 자주 들었다. 지금은 눈대중으로 대충해도 딱 알맞다. 밥의 달인이 되었다. 밥맛은 물과 불의 문제가 아니다. 밥을 하는 사람과 먹어주는 사람의 마음 맞추기다.

운전도 그렇다. 날마다 운전하고 다닌 지 십 수 년이 넘었다. 그런데 나는 아직 무지의 경지가 멀다. 주차장이 아무리 비어 있어도 차 두 대가 서 있는 가운데 자리를 찾아다닌다. 후진으로 들어갈 때, 양쪽에 세워진 차가 기준을 잡아주기 때문이다. 운전을 처음 배울 때, 앞차 뒷바퀴가 보여야 빠져나갈 수가 있다고 말한 연수선생의 가르침이 정지할 때마다 떠오른다. 규칙은 잘 지켜 내가 앞차를 들이받은 적은 없었지만, 남의 차 앞에서 어정거리니 오죽이나 답답하면 다가와서 나의 뒤꽁무니나 옆구리를 처박겠는가. 차라리 운전면허를 따지 못했으면 괜찮을 텐데…, 남편 옆에서 바쁘다. 장거리 고속도로에서 같이 브레이크를 밟으며 내비아씨의 기계음보다 더 큰소리로 잔소리한다. 운전은 입으로 하는 것이 아니고 몸이 하는 것이다. 지아비를 하늘같이 섬기라는 시어머님 말씀은 까맣게 잊어버리고, 교통법규만 아는 척한다. 나는 아직 남편을 내 편으로 만드는 기술이 운전만큼 어렵다.

세계에서 저작권료를 가장 많이 받는 사람에 대해서 들었다. '사물은 실제보다 가까운 곳에 있습니다.' 자동차 백미러에 쓰여 있는 한 줄의 문구란다. 그 어떤 말보다 힘이 있다. 공자님의 '무지'보다 더 큰, 순舜임금의 대지大知의 단계다.

어디서든 기본이 부족한 사람이 말이 많다. 아는 것은 타고나는 것이 아니라 날마다 정성껏 생활에서 체화된 자연스러움, 그 자연스러움이야말로 무지의 경지가 아닐까. 매번 공자님 말씀을 빌리는 나는 무지無知, 무지가 무지하게 어렵다. 무지 앞에 "황공무지無地로소이다."

3

위장 첫입

달력

– 고삭례告朔禮

자공이 '고삭례'에 쓰는 <u>희생양을 없애고자 하는데,</u> 공자께서 자공
아, 너는 그 양이 아까운가? 나는 예절 사라지는 것이 안타깝다.
子貢이 欲去告朔之餼羊흔대 子曰 賜也아 爾愛其羊가 我愛其禮ㅎ
노라 – 八佾

고대에 천자가 제후들에게 섣달[季冬]에 12달 책력册曆을 나눠줬
다. 제후는 선조의 종묘에 간직해두고 매달 초하루에 양의 희생을
바치고 제祭를 지낸 다음, 백성들에게 일력日曆을 알린다. 그 제사
를 '고삭희양告朔餼羊', 즉 '고삭례告朔禮'라고 한다.

안연이 나라 다스리는 법을 묻자, 공자께서 "하夏나라의 역법曆法
을 쓰라"고 하셨다. 하나라의 역법은 음력陰曆이다. 달의 인력이 지

구를 움직여 조수간만의 차를 알려주어 농사를 짓는데 적합하다. 월식 일식은 물론 24절기로 정월, 입춘 우수. 이월, 경칩 춘분. 삼월, 청명 곡우. 사월, 입하 소만. 오월, 망종 하지. 유월, 소서 대서. 칠월, 입추 처서. 팔월, 백로 추분. 구월, 한로 상강. 시월, 입동 소설. 동짓달, 대설 동지. 섣달, 소한 대한으로 구분하여 봄의 시작과 아울러 씨 뿌리고 거두고, 기러기가 북으로 돌아가며, 물과 못이 두껍고 단단하게 어는 것을 일 년 단위로 알려준다.

요즘은 날마다 TV에서 예쁜 기상캐스터가 나와 그리니치 표준시로 우리나라 지역별 일출, 일몰. 비, 구름, 바람, 습도, 미세먼지 농도 등 불쾌지수를 다스리는 옷차림까지 친절하게 안내한다.

달력을 손님처럼 모시던 시절도 있었다. 지역구 국회의원 사진을 가운데 박고 일 년 열두 달이 인쇄된 한 장짜리 달력, 경치가 6장이 있는 달력, 여자 영화배우가 12장이 있는 달력. 이토록 새해 달력은 선물용으로 최고였다. 달력이 대청마루에도 안방에도 사랑방에도 있는 집은 향리에서 글을 아는 문명의 집안이다. 매끄럽고 빳빳한 달력종이로 새 교과서 표지를 싸면 국어책이 자랑스러웠다.

막내고모는 60년대에도 고모부가 직접 운전하는 자가용을 타고 왔다. 차 안에 달력이 몇 개나 다발로 묶여있고 방석보다 두꺼운 365장의 일력까지 있다. 일력을 아침마다 한 장씩 뜯을 수 있는 분은 당연히 할아버지셨다. 설 명절에 세배객들은 절을 하면서도 할아버지 뒤에 일력을 쳐다본다. 세배기간이 끝나면, 입춘 방과 함께 일력이 밖으로 나온다. 앞마당 기둥위에 대못을 박아 걸어 놓는다. 날마다 하루세끼 밥 먹듯이 일하고, 아이들은 학교가라는 뜻이다.

나는 겨우 한글이나 떼고 구구단이나 외러가는 분실초등학교 어린이다. 아침 일찍 일어나, 손가락에 소금 찍어 입속을 헤적거리는 척 하다가, 물 조금 묻혀 눈곱 떼고 얼레빗으로 대충 머리를 빗는다. 하얗고 미끄러운 미농지 일력이 꾀쟁이 꼬맹이를 내려다본다. 두리번거리며 까치발로 한 장을 '북~!' 찢는다. 누가 볼세라 얼른 뒷간으로 간다. 새끼줄에 끼워놓은 지푸라기보다 아주까리 잎이나 호박잎보다 부드럽다. '똥꼬'가 호강하는 날이다. 하루가 반들반들 상쾌하게 열린다. 나만 뜯었는가. 삼촌도 한 장, 동생도 몰래 한 장 뜯었다. 모두 하루 한 장씩만 뜯었다. 그날 아침은 분명 사월 초하루지만 달력은 벌써 칠월 칠석 날이다.

정갈하게 달 앞에 두 손을 모으는 음력보다, 아침 주식株式시장이 더 중요한 양력으로 자랐다. 남몰래 음덕陰德 쌓을 기회를 잃었다. 양력 달력을 보며, 초, 중 고등학교 시절 여름방학 겨울방학 계획을 세웠으며, 스무 살 무렵은 남자친구의 군대 휴가와 제대하는 날짜,

등록금마감, 졸업식, 월급날, 결혼식 날을 기다렸다.

　서른, 마흔 즈음에는 달력대신 가계부가 필요했다. 살림계획과 먹고사는 대차대조표를 작성하여 적자를 메우려고 애썼다. 그즈음, 나는 없고 울타리 안의 가족만 있었다. 연말이면 가계부를 꺼내놓고 누구 때문이냐며 서로 타박했다. 다시 도전하고 누가 포기할 것인가. 꿈 많은 가족은 순서를 놓고 타협과 결렬사이에서 활기차던 시절이었다. 이렇게는 살 수 없다며, 급기야 아파트 뒷베란다 쓰레기통으로 가계부를 내려버렸다. 19권의 가계부가 연탄재와 함께 주부의 자존감도 곤두박질쳤다. 단지 부아가 치민다는 이유 하나만으로 기록역사를 내동댕이친 것이다. 얼마나 다행인가. 그때 내가 참지 못하고 만약 몸을 던졌더라면, 아마 지금 이글도 못쓰고 도랑만 더럽힌 필부匹婦의 희생양이 되었을 것이다.

　던져버리니 '우와~!' 씻은 듯 시원하다. 가계부의 기록을 다시 볼 수 없으니, 갚을 빚이 없다. 그 전에는 아이 책가방을 사준 사람에게 갚으랴, 생일에 받은 선물 이바지하랴, 매달 갚을 일만 주렁주렁 매달려 있었다. 이제 가계부 한 권을 받으려고 은행에 줄 서고 연말에 여성잡지를 사지 않아도 된다. '신세를 지면 자유를 잃는다.'고 하더니, 뒤늦게 자유롭다. 날마다 맑은 하늘만 보면 되고, 철마다 피는 꽃만 보면 된다. 그때부터 나의 삶은 해마다 흑자다. 지금

이렇게 누리며 사는 것도, 아마 그날 가계부를 한꺼번에 던져버린 과단성 덕분일 것이다. 잘한 일인가? 천애 못난 짓이었다. 아이들을 키우며 하루하루 쓴 돈과 일상을 메모한 단어를 잃어버렸다. 작가에게 시대의 언어가 얼마나 큰 자산이던가. 삼박한 성깔이 정서情緒의 실마리를 싹둑 잘랐다.

언제부터 나만의 달력이 있었을까. 가계부 이후, 나는 날마다 탁상용 달력에 빗금을 쳤다. 마음 설레며 기다리는 날도 있었지만, 대부분은 안도의 숨을 쉬며 겨우겨우 친 날들이다. 어느새 내 책상에서 그마저 사라졌다.

지금은 핸드폰으로 내 일정을 관리한다. 누가 만나자 해도 핸드폰을 꺼내 그 자리에서 입력한다. 강의 일정표와 특강 날짜, 여행계획, 대소가행사와 지인과의 약속도 혼자보고 혼자 결정한다. '혼폰족'이다. 부부동반 모임도 각자 핸드폰 안의 달력을 보며 스케줄을 잡는 일명, 스마트한 부부가 되었다.

각자 핸드폰 안에 달력이 있다. 일정관리를 함께 공유하지 못하는 식구들의 안타까움보다, 마치 '고삭례' 예절을 베풀 듯 생색내는 내 꼴이 더 애석하다.

맹춘孟春

– 획재어천무소도獲在於天無所禱

촛불로 물길을 잡을 수 있을까.

세상은 온통 출렁이고 있다. '창랑의 물이 맑으면 갓끈을 씻고, 창랑의 물이 흐리면 발을 씻겠다.'초나라 굴원이 「어부사」에서 읊는 선비정신이다.

안색은 초췌하고 몸은 마른 나무처럼 수척한 선비가 물가에 노닐면서 세상을 노래하고 있다. 어쩌다 그 꼴이 되었는가. 세상이 온통 사리사욕에 눈이 어두워 흐려 있는데, 혼자 맑았기에 그리되었다. 참으로 딱한 양반이다. 맑으면 맑은 대로 흐리면 흐린 대로 그들을 따라 함께 출렁이지 못하고, 어찌 몸이 그 지경이 되었는가. 그는 차라리 물고기의 뱃속에서 장사를 지낼지언정, 세속의 더러운 먼지를 뒤집어쓸 수가 없다고 하며 떠났다. 다시는 그곳 상강에서 그를 볼 수가 없었다는 이야기다.

어디에서부터 잘못되었을까?

돌 지난 바하가 아장아장 곧잘 걷는다. 아침이면 아파트에 노란 버스들이 줄지어 들어오고 나간다. 배꼽 인사와 줄서기의 기본을 배우는 어린이집 행렬이다. 아이들을 버스에 태워주러 엄마 혹은 아빠가 유모차에 동생까지 태우고 나온다. 그들 틈에 아기 돌보미 아주머니들도 있다. 나도 나가 기다린다. 그런데 어느 날부터 아이가 내 손을 잡고 기둥 뒤로 잡아끈다. 기둥 뒤에는 야쿠르트 판매원 아주머니가 있다. 친한 엄마끼리는 아이들에게 서로 사주기도 한다.

바하도 얼른 가서 줄을 선다. 어느 날은 야쿠르트를 파는 아주머니 앞에, 어느 날은 사주는 엄마 곁에, 혹은 친구 곁에 끼어 선다. "안 돼." 우린 돈을 내지 않았다고 엄하게 말하니, 그예 "앙~" 울음을 터뜨린다. '세 살 버릇 여든 간다.'는 속담이 있다. 안 되는 것은 안 되는 것이다. 그 줄은 공짜와 특혜를 주는 줄이다. 말 못하는 아기도 줄을 잘 서야 야쿠르트를 얻어먹을 수 있다는 것을 눈치로 안다.

춘추전국시대 위나라 대부 왕손가가 "성주대감에게 아첨하기보다는 차라리 부엌의 조왕신에게 아첨하라는 말이 있는데, 그 말이 무슨 뜻입니까?" 하고 묻자 공자께서 "그렇지 아니하다. 하늘에서 죄를 얻으면 더는 빌 곳이 없다."

王孫賈問曰 與其媚於奧론 寧媚於竈라 ᄒ니 何謂也잇고 子曰 不然
ᄒ다 獲在於天이면 無所禱也니라 – 八佾

공자께서는 천벌을 받는다고 일침을 가한다. '출세하려면 모름지
기 줄을 잘 서야 한다.'는 왕손가의 말이다. 하기야 배고팠던 시절,
우리도 백부나 숙부보다 밥을 푸는 고모나 숙모를 찾아가야 국물이
라도 얻어먹었다. 만약 흥부가 놀부를 찾아갔더라면 어찌 되었을
까. 필시 물볼기 세례나 흠씬 받았을 터, 그나마 형수를 찾아갔으니
주걱으로 뺨을 맞아도 뜯어먹을 밥풀떼기라도 있었잖은가.

당시, 왕손가는 비선秘線의 실세다. 정의실현을 한답시고 부질없
이 지방마다 떠돌아다니는 주유열국을 그만하고, 자신에게 잘 보이
라고 공자를 유인하는 장면이다. 정의는 바른 분배다. 그는 각종
이권과 밥그릇의 인사권을 쥐고 있다. 이에 공자께서 "하늘이 무섭
지도 않으냐?"며 거절한다. 예로부터 민심民心은 천심天心이라 했거
늘, 북신北辰이 제 역할을 못하니 민중이 은하수銀河水되어 광장에서
촛불을 켠다.

비선은 거지 근성이다. 거지는 부자를 부러워하는 것이 아니라
자기보다 조금 더 동냥 받은 거지를 부러워한다고 한다. 상대를 부
러워하는 가운데 거지 근성이 자꾸 자란다. 조금 많이 동냥 받은

거지는 점점 그 물에서 오만해진다. 검찰청 현관 앞에 벗겨진 프라다 신발 한 짝이 화면에 클로즈업되었다. 희대의 큰 동냥아치다운 '거지발싸개'다. 이 문전 저 문전 마구 짓밟던 도적盜賊의 신발이다.

어느 사람이 옥황상제에게 소원을 말하러 갔다. 저는 부자가 되고 싶습니다. 그래 알았다. 나가보아라. 두 번째 사람이 소원을 말했다. 저는 부는 필요 없습니다. 귀한 명예를 얻고 싶습니다. 그래 접수되었다. 세 번째 사람이 들어갔다. 저는 앞의 두 사람과는 다릅니다. 부도 명예도 원하지 않습니다. 저는 다만 여우같은 마누라와 토끼 같은 자식들과 알콩달콩 평범하게 살고 싶습니다. "예끼! 이 사람아. 그렇게 좋은 것을 할 수 있다면, 내가 여기서 옥황상제 노릇을 하고 있겠느냐?"며 된통 호통만 듣고 쫓겨나왔다고 한다. 참으로 평범하게 살기가 어렵다.

너무도 고결하여 물에 뛰어드는 선비도, 썩은 동아줄을 붙잡고 올라가 구차하게 밥줄을 붙잡는 비선 특혜도 바라지 않는다. '검소하지만 누추하지 않고, 화려하지만 사치스럽지 않다.'는 백제의 건축처럼 살고 싶다. 날마다 벽돌 쌓듯 하루, 한 달, 일 년…, 반평생을 부지런히 살다 보니, 나는 어느새 집도 있고, 차도 있고, 마주 앉아 차를 마실 커피 잔도 녹차 잔도 다 있다. 물질뿐인가. 인맥의 울타리도 든든하다. 누구의 아내요, 어미요, 할머니이기도 하다. 이렇게 많은 것을 가지고도 부와 명예를 다 갖춘 사람들이 그토록 부러워한다는 글까지 쓰고 있으니, 이 또한 얼마나 고마운 소유인가.

그런데 촛불의 행진을 보며 슬며시 겁이 난다. 과연 나는 분수에 맞게 살고 있었을까. 글을 쓴다는 우쭐함으로 책상 앞에 앉아 컴퓨터를 켜고, 혹은 태블릿 PC와 스마트 폰을 들고 다니며, 메일 문자 카카오 톡이나 손 편지로 그동안 사람의 마음을 아프게 하지는 않았었는지 자신할 수 없다. 자신의 처지에 맞게 사는 것이 검소라면, 쥐뿔도 없으면서 겉만 과하게 행하는 것은 사치라고 한다. 남의 시선을 의식하여 검소와 사치사이에서 여태까지 관계에 인색했을지도 모른다.

"저 푸른 초원 위에 그림 같은 집을 짓고♬" 사랑하는 임과 함께 더불어 살고 싶다. 겨울이 춥다. 한동안 군불을 더 때야 할 것 같다. 선비 비선, 좌파 우파, 주류 비주류, 부귀 빈천, 오픈 클로즈, 북극성과 뭇별들이 한마음으로 "위하야[野]! 위하여[與]!" 함께 건배하는 화합을 기대한다. 지금 나는 손자와 마주 앉아 봄에 뿌릴 씨앗을 고르고 있다. 워킹 맘을 돕는 황혼 육아의 일이다. 갓끈을 씻어 벼슬을 할 만한 일은 결코 아니지만, 물이 맑다. 머지않아 희망의 새싹이 움틀 것이다.

바야흐로, 맹춘孟春이다.

성냥

− 아언雅言

　구경 중에 싸움구경과 불구경이 가장 재미있다고 한다. 불난 집에 부채질을 한다. 산 위에서 구경하다 내려와 보니, 내 집이 불타고 있다. 그래도 재미있겠는가. 아무 곳에나 마구 그어댄다. 붙으면 붙고, 아님 말고 식이다. 불꽃이 두 살배기 손자의 생일케이크 위의 촛불처럼 소망이라면 좋겠다.

　국정농단의 주역들, 잘나가는 국사 강사들, 베를린에서 대종상을 받는 감독이거나 영화배우 그들을 그냥 가십거리로 보아 넘기지 못한다. 좁은 땅의 밀집된 인구, 빠른 인터넷 속도의 폐해다. 나보다 잘살면 나보다 잘나가면 두고 못 본다. 누가 결혼을 두 번했든 세 번했든, 그 일로 반성을 하건 상과 벌을 받건, 모두 개인적인 사생활이다. 그런데 우리는 '그것이 알고 싶다' 집단적인 관음증 증세를 보인다.

　아무 상관도 없는 사안에 기사나 사건과는 무관한 똑 같은 주장과 목소리로 이곳, 저곳 닥치는 대로 성냥을 그어댄다. 성냥[石硫黃]은 마찰에 의하여 불을 일으키는 도구다. 성냥불의 관건은 속도다. 확! 그어야 불꽃이 살아난다. 그것이 아르바이트인지 아니면, 정말 내가 아니면 안 되는 심각한 참여인지 모르겠다. 불꽃뿐인가. 불 꺼진 성냥 개피 그을음으로도 마구 긋는다. 전혀 거르지 않은 육두문자, 입에 담을 수 없는 말들이다.

　그럼, 그렇게 바른 척 말하는 너는? 나, 나는 자시에 태어난 쥐띠도 아니면서 마우스를 손에 쥐고, 정치 경제 문화 사회면을 다 보고 있다. 그런데 무엇이 더 궁금하여 혼자 숨죽이고 스마트 폰을 들여다보는가. 댓글이다. 나도 그것이 궁금하다.

　댓글은 중독성이 있다. 처음에는 아프고 따갑다가 거의 비슷한 내용을 계속 보면 내성이 생겨, 밋밋하면 오히려 가렵다. 일방적으로 '봐라!'하는 공중파 방송의 뉴스, '이래도 안 봐!' 목소리 높여 왕왕거리는 선정적인 종합편성채널보다 나에게는 실시간 댓글이 더 리얼하다. 말은 점점 거칠고 억양과 속도까지 숨이 차다. 나도 생각이 있는데, 나도 소신이 있는데, 자신을 바로 잡으려 애쓰나 어느 사이 무젖는다.

근면, 성실, 하면 된다, 국민교육헌장, 새벽종이 울리는 새마을, 반공 방첩. 초등학교 때부터 획일적인 교육을 받고 자랐다. 어느 소설가는 여태까지 정치가 자유당시절과 공화당시절에서 공회전했다고 꼬집었다. 그런데 요즘의 세태가 다시 다른 잣대로 그 길을 또 가려고 한다. 다름과 차이를 인정하지 않으려 한다. 현직 대통령 탄핵이후, 나는 수업하면서 눈치를 보기 시작했다. 공교육의 학교 교실과 달리 나의 강의실은 20~80대가 다 계시다. 어느 쪽을 부각시킬 수도 폄할 수도 없다. 바로 녹음하고 동영상을 찍는다. 신세대 구세대의 양단이 아니라, 각자 다른 세대 제자백가들의 목소리가 천층만층이다.

15분 단위로 폭소를 자아내게 하던 내 논어 수업에 예禮만 있고 악樂이 점점 줄어든다. 춘추전국시대의 스토리텔링도 조심스럽다. 바로 팩트인가, 허구인가 묻는다. 논어는 중국의 고전이다. 정치의 문제만이 아니다. 사드배치이후, 중국이 심상찮다. 한국산 불매운동, 여행객 불허, K팝과 K드라마를 제재한다. 인문학 논어강의를 사대주의 유물을 일베*의 수준으로 추앙하는 것은 아닌가하는 의심의 눈초리를 보낸다. 느닷없이 공자는 어느 나라 사람인가 묻는다. 중국에서 노신이 '한자가 멸하지 아니하면 중국이 반드시 망한다. [漢子不滅 中國必亡]'는 말을 했었다. 주체사상이 살아야 하니 유학사상儒學思想을 거부하여 공자를 '시인'이라고 표현했다. 사상과 철학보다 나에게 공자의 말씀은 문학이다.

세상에 가장 미련한 사람이 변호사 앞에서 변명하고, 판사하고 이판사판 죽자고 싸우는 사람이라 들었다. 그저 평범하게 사는 사람들이야 무슨 일로 일부러 시간 맞춰 변호사와 판검사를 만나겠는가. 그래서인가. 우리의 시민의식은 광장에서 바로 촛불을 켜는 새로운 시대를 만들었다.

이글을 쓰는 동안, 인천 소래포구에 화재가 났다. 발 빠른 기자들보다 번개같이 빠른 속도로 현장, 또는 이전에 현장에 갔던 사람들이 불꽃처럼 댓글을 달았다. 댓글이 살벌하다. 누구 하나 화형火刑으로 죽는 꼴을 보려한다. 우리나라는 민주주의다. 누구든 자유롭게 말할 수 있다. 그러나 우리 중에 누가 군중의 몰매를 맞아 억울한 일을 당할지 모른다. 언제부터인가. 인터넷 안의 누리 꾼[Netizen]들이 모두 전문가다. 여론이 곧 정의만은 아닐 것이다. 과도한 언어폭력이다. 한번 죽이는 것이 아니라 두 번, 세 번 죽이는 그야말로 육시戮屍할이다.

공자께서 평소의 말씀은 시경詩經과 서경書經과 예禮를 지키는 것이었으니, 다 <u>우아한 바른말[雅言]</u>을 하셨다.

子所雅言은 詩書執禮 皆雅言也러시다 – 述而

　공자께서는 우아한 바른 말만을 하시고 괴변 폭력 난동 귀신[怪
力亂神]에 대해서는 말하지 않으셨다. 나는 사회에 대한 책임의식
이나 윤리도덕처럼 거창한 기준은 잘 모르겠다. 다만 이왕이면 교
양을 갖추고, 크지 않은 목소리로 상냥하고 우아하게 말하고 싶다.
그런데 요즘 나는, 일상적인 말도 눈치를 본다. 누군가 느닷없이
나에게 성냥을 그어댈 것만 같다.

* 일베 : 일간 베스트 저장소, 약칭 일베 대한민국의 인터넷 커뮤니티이다. 주로
　정치, 유머 등을 다루고 있다. 인터넷 커뮤니티단체로 대한민국 보수 성향의 유
　머 풍자사이트이다. – 위키백과

법 & 밥

– 이후화지而後和之

　　현직 대통령 '탄핵인용彈劾認容'을 선포했다. 국회가 제출한 탄핵 소추안을 인용하여 받아들이는 역사적 순간이다.

　　순간, 어느 분은 어린아이처럼 박수치며 환호하고, 어느 분은 아쉬움을 역력하게 드러내는 한숨을 쉬고, 어느 분은 눈물을 글썽이며 "인간적으로는 너무 안 됐지만 ···." 그야말로 춘추전국시대 제자백가諸子百家들이 다 계시다. 강사인 나는 어떤 상황에서도 중립을 지켜야 한다는 비겁한 핑계로 '표정관리'의 처세만 슬쩍 비췄다. 얼핏 '프라하의 봄'이 생각났다.

　　'아아~, 대한민국!' 수업을 마치고 돌아오며 쌩쌩 달렸다. '나부터 달라지자! 아니, 반드시 내가 달라져야한다!' 괜히, 두 주먹에 힘이 들어가며 의기충전 되어 가슴이 쿵쾅댔다. 사는 동네가 가까워지자

자꾸 브레이크가 밟아진다. 앞서가는 택시와 버스와 트럭이 보인다. 거리의 즐비한 간판들이 '팔자 좋은 아줌마'라며 모두 내 차안을 들여다 보는 것 같다. 문득, 자막처럼 문구가 스쳐지나간다.

'법치주의가 살아 있어도 법이 밥을 먹여줄 리는 없고, 밥은 각자 알아서 벌어먹어야 하는 것…. 이 가엾은 중생들의 밥은 얼마나 굴욕적인가.'

김훈의 '라면을 끓이며' 구절이다. 각자 앉은자리 선 자리에서 당당해지려면 '밥벌이'를 해야 한다. 새로운 정부가 내 밥벌이를 보장해 줄 것인가. 슬관蝨官처럼, 잠방이 속에 숨어 사람의 피나 빨아먹는 기생충이 되어서는 안 된다. 나도 남편도 아들도 며느리도 손자도…, 우리가족 모두 살아있는 동안 밥값을 하며 살아야한다.

그랬다. 그러려고 했다. 이번학기에 시민도서관에서 인터넷으로 40명을 모집했는데, 실제 오신 분은 53명이다. 당연히 자리가 없다. 지정석문제도 나오고 청강생문제도 나와 강의실분위기가 술렁거렸다. 올해는 20~30대의 청춘들도 많다. 자리양보의 양해말씀을 구하고 개강수업을 했다. 그 다음 주, 담당자가 수업 전에 수강자들한테 전할 말이 있으니 강사는 나중에 들어와 달라고 한다. 이미 사단事端이 난 것이다.

뭔가를 설명하고 나갔는데, 으레 학기마다 일어나는 자리문제려니 했다. 나는 그 내용을 모르니 한심하게 밥 타령이나 했다. 논어 술이편, 공자께서 "나는 천만다행이다. 만약에 허물이 있다면 남이 반드시 알아차리는구나!"라는 문장이 꽤 길다. 시간 안에 진도를 빼려는데, 더 높은 직원이 왔다. 이번에는 전화가 아니라 인터넷 민원이란다. 도서관 홈페이지가 아니고, 부산교육청도 아닌, '국가 신문고'에 올려 해당 교육청에서 즉시 연락이 왔다고 한다.

'회장과 총무를 먼저 했던 사람이 그대로 한다. 회비를 내는 것은 자유인데, 회비의 목적은 종강할 때 선생님과 책거리를 하며 떡과 음료를 나누는 값이라고 했다. 기분 나쁘다.'

어느 개인의 민원이 국가기관까지 올라가 내가 졸지에 블랙리스트가 되었다. 문제는 '선생님'이라는 세 글자 때문이다. 나는 선생님이 아니다. 비정규직 강사다. 주어진 학기에 강의만 충실하면 된다. '김영란법' 이후, 정년이 보장된 제도권선생님들에게도 카네이션 꽃 한 송이, 캔 커피 하나, 사탕 한개도 허용이 안 된다며, 구절구절 설교가 길다. 나의 장점(?)은 비교적 차분한 편이다. 어려서부터 경거망동하지 않는다. 언제든 큰일이 닥치면 조금씩 틈타서 겨우겨우 숨 쉬며 서서히 바람을 뺀다. 수양이 잘 되어서가 아니라 소심하기 때문이다. 지금 나는 무엇을 하고 있는가. 이런 굴욕 앞에서도 일을 계속 할 것인가. 만감이 교차한다. 스무 해 강사세월이 태풍이 지나간 자리처럼 휑하다.

　세상에 공밥이 어디 있을까? 집의 손자도 내가 먹여주는 밥값을 하느라, 나만 보면 방긋 방긋 웃으며 노래와 춤으로 재롱을 부린다. 나는 아직 남편 밥을 먹고 있다. 남편 앞에 자존감은 지키고 싶다. 의지가 강하면 실천도 깊을 것이다. 혼자의 의지만으로 안 된다. 현직 대통령 탄핵을 하면서 헌법재판소 소장이 '법의 도리는 처음에는 고통이 따르지만, 나중에는 오래도록 이롭다.' 한비자의 법가사상을 인용했다.

　사람이 무섭다. 나는 탄핵받아 사저로 돌아간 전직 대통령도 아니고, 3·1운동의 태동 33인을 언급하다가 고소를 당한 TV프로그램 인기강사도 아니다. 날마다 마음을 들 끓이며 가슴을 짓누르며 평상심을 찾으려는데, 자꾸 누울 자리만 보인다. 매화가 지고 골목마다 목련이 피었다. 저녁 봄비에 목련마저 질 판이다. 게으르면 개나리와 진달래도 보지 못하고 봄이 지나갈 것이다. 아~, 봄날! 그 얼마나 귀하게 여기던 계절인가? 나는 그동안 봄볕이 아까워 잠깐 졸지도 못했었다.

　그리고 다음 주 이런 문장이 나왔다.

　"공자는 남과 같이 <u>노래</u>를 부를 때, 남이 잘 부르면 반드시 그로

하여금 다시 부르게 하고, 그 다음에 <u>함께 맞추어</u> 노래를 불렀다."

子與人<u>歌</u>而<u>善</u>이어든 <u>必使反之</u>ᄒ시고 <u>而後和之</u>러시다 – 述而

그랬었지. '인생은 아름다워' 영화가 생각난다. 나치의 횡포 속에서도 가슴 저미게 아름다운 어린 아들과 아비의 수용소생활이 겹쳐 보이며, '얼마나 다행인가' 불미스러운 일이 우리 반에서 일어난 것이. 이런 상황을 이겨내기 위해 인문학공부를 하는 것이 아닌가, 생뚱맞은 생각이 음률을 탄다. 박자가 정직한 남자선생님께 '고향의 봄'을 선창하시라 했더니, "나의 살던 고향은~" 어느새 "꽃동네 새 동네 ~" 2절까지 모두 함께 합창한다. 음악의 아름다움은 혼자의 소리가 아니다. 독창은 자칫 독선일 수 있다. 공자께서는 예禮로써 질서를 잡고 악樂으로 동화되는 조화調和를 귀하게 여기셨다. 베토벤의 합창도 그러했으리라. 음악의 하모니harmony는 합창, 바로 사람의 화합이다. 논어반 분위기가 봄꽃처럼 아름다웠다.

"복숭아꽃 살구꽃 아기진달래~♬"만 피었겠는가. 화기애애和氣靄靄 '고전의 향기'가 강의실 안에 가득하다. 봄, 여름, 가을…, 혀에 가시가 돋도록 자신을 까칠하게 단속하며 지냈다. 어느덧 겨울이다. 동면하며 좀 쉬어도 좋으련만, 벌써 봄이 그립다.

논어가 '법도'라면, 삶은 '밥맛'이다. 나는 밥도 좋아한다.

위장 전입

— 회덕懷德 & 회혜懷惠

위장偽裝이 도마에 올랐다. 현직 대통령이 대선 후보시절, 위장전 입한 사람은 쓰지 않겠다는 공약을 내세웠었다. 그러나 고위공직 후보자들은 도마에 오른 올림픽 국가대표 체조선수들처럼 고난이 도의 스릴을 보여줬다. 지금 그분들이 모두 현직에 있는 것으로 보 아 위장전입은 오히려 통과의례의 스펙처럼 보인다.

내가 교과서를 보고 성장하던 시절에는 여자 선생님도 귀했다. 내 아이들을 키울 때만 해도 "아빠, 힘내세요. 우리가 있잖아요." 넛지의 응원가를 불렀다. 요즘아이들에게 "아빠한테 이른다."는 엄 포는 플라스틱 장난감 총만도 못하다. "엄마가 보고 있다"는 것이 핵무기다.

남편들은 직장에서 생활비를 벌고 아내들은 밥상머리에서 가정교육을 담당했다. 남자가 매달 생활비를 버는 동안, 여자들은 곗돈을 부어 사글세에서 전세로 집장만까지 가정경제의 주역이 되었다. 집에서 쓸 가전제품만 골랐을까. 학군과 과외선생 입시학원 대학은 물론 어학연수와 자녀들 배우자까지 영역이 넓어졌다. 남자들은 주택마련 대출금과 학자금 대출금의 빚만 갚아주면 된다. 시선이 집 밖으로 나온 여자들은 우유와 야쿠르트 배달을 시작으로 학습지 보험 '떴다방' '뚜 마담' 등 다양한 분야에서 활발하다. 자식을 위해서 '고소영' '강부자' '서경덕' 人라인을 타고 다닌다.

장관후보자가 자녀를 특정 초등학교에 입학시키기 위해 대한성공회 서울교구 주교좌성당 사택을 사수했다. 다른 장관후보도 딸을 명문여고 이사장 사택으로 위장전입을 했었다. 정서적으로 보자면 맹모삼천지교의 모성애다. 그 중 한 분은 전입당시는 덕수궁 옆의 초등학교가 그토록 인기학교가 아니었다고 말문을 막는다. 문제의 초등학교 출신들이 법조계 세력이 된지 오래다.

어느 분이 경남 창원에서 셋째아이를 출산했더니 매달 육아지원금이 나왔다. 남편이 부산으로 발령이 나 집으로 돌아오게 되었는데, 부산은 지원금이 없다. 이사 오면서 큰 아들만 주소를 옮겨놓고 지원금을 챙길 요량을 했다. 그 댁 중학생이 된 아들이 "엄마, 저는 이다음에 훌륭한 사람이 되고 싶어요. 어머니가 바르게 사셨으면 좋겠다."는 말에 정신을 차렸다고 한다.

내 남편도 한옥 짓는 일을 배우고 싶어 여러 군데 알아보다가, 전액 무료인 고장을 찾아갔다. 지역시민에게만 제공하는 프로젝트니 주소지를 옮기면 수업료 면제를 받을 수 있다고 하여 꿈을 접었다.

몇 해 전 어느 도서관에서 수업할 때다. 구립이라 지역의 관리를 받고 있는 곳이다. 4~5년쯤 되었을 무렵, 높은 분이 은근히 압력을 가했다. 그 당시 나는 남구에 살고 있었는데, 해당구로 주소를 옮겨 서류를 제출하란다. '내가 왜?' 눈치 없이 버텼더니 강좌가 폐강되었다.

> 공자 가라사대 "군자는 <u>덕을 그리워</u>하고 소인은 땅을 그리워한다. 군자는 법을 생각하고 소인은 <u>혜택만을 생각</u>한다."
> 子曰 君子는 懷德ㅎ고 小人은 懷土ㅎ며 君子는 懷刑ㅎ고 小人은 懷惠니라 - 里人

이익을 위해서라면 위장전입뿐일까. 국적도 바꾼다. 꼭 정치하는 사람들만의 이야기일까? 알게 모르게 여기저기서 저질러지는 일이다. 군자와 소인의 취향이 같지 않음은 공公과 사私의 간격이다. 공사다망公私多忙이라 했던가. 바쁘기만 한가. 선과 악의 잣대가 양심에 공정하지 않으면 다 망亡한다. 현 정부에서 법과 질서를 잡겠다고 하니, 나라 일은 정치에 입문한 박사 판사 검사 변호사 '사' 자 출신들이 알아서 할 것이다. 그들은 부동산 대책을 어려운 법률 용어로 국민은 세금이나 잘 내라고 종용한다. 지금 내 주머니에 두 끼 밥값정도의 여유가 있는가? 있다면 옆에 앉은 학우에게 오늘 '밥, 사!'라는 '사'자로 문장을 마무리 했다.

가을학기 종강 날, 매주 무거운 옥편까지 넣어 오시는 분이 질문이 있다며 남았다. 행색이 초췌하고 몸은 대꼬챙이처럼 깡마른 굴원의 삼려대부 같은 분이다. 귀가 어두운지 말할 때마다 고개가 한쪽으로 기울어진다. 말을 할 듯 말 듯 머뭇거리다가 "지난 주, 선생님 말씀에…" 집으로 가는 길에 주민 센터에 가서 자신의 등본을 떼어보니, 25번이나 주소를 옮겼다며, 다 먹고 사느라고 일거리를 찾아다녔다. 마침 집 가까운 곳에서 인문학강좌가 있어 등록을 했다는 사연이 절절하다.

"사실, 나는 이 지역 사람이 아닙니다." 길하나 사이에서 구가 갈리는 곳이라 괜찮겠거니 여겼고, 담당자도 주민증 검사를 하지 않더라고. 그런데 선생님께서 "군자와 소인으로 편 갈라" 말씀하시니…, "이익을 쫓은 것이 여간 찔리는 게 아니"라며 표정이 진지하다. 나는 평소처럼 장난기를 섞어 "그럼, 청문회에 출두하시라."는 농담은 차마 못하고, 어물쩍 "괜찮아요."라고 했다. 그분이 나가고, 탁자 위에 강의 자료를 챙기는데 무엇을 잊은 듯 다시 오셨다. 머리를 갸우뚱하며 "정말, 괜찮겠습니까?" 반문한다.

"저도 다른 구에서 강의하러 왔으니…" '공범'이라고 말하는데, 눈앞이 뿌옇게 물안개다. '따뜻한 돼지국밥 한 그릇' 하러가자고, 하마터면 위장胃腸전입을 권할 뻔 했다.

미인이거나, 글을 잘 쓰거나

― 축타祝鮀 & 송조宋朝

"성형이 취업 7종 세트로 자리 잡다."라고 고용노동부 공식 카페에 떴다. 누리꾼들은 정부기관이 SNS로 소개하기에 적절한 내용이 아니라는 반응을 보이자 한 시간 만에 내렸다. 실력은 기본이요, 면접도 중요하다. 〈취업 성형〉 말 잘하고 잘생긴 얼굴도 스펙이라는 말이 어제오늘의 이야기만은 아니다.

항간에 떠도는 말이 있다. 물론 화성에서 온 남자 금성에서 온 여자 수준이다. 10대 여자의 관심은? 연예인, 20대는 명품, 30대 성형, 40대 재산증식, 50대 자랑, 60대 건강으로 변한다고 한다. 그렇다면 남자의 관심은 무엇인가. 10대, 예쁜 여자. 20대, 예쁜 여자. 30대, 예쁜 여자. 시종일관 변하지 않는 예쁜 여자라고 들었다.

남성성 여성성 모계 부계로 돌고 돌뿐, 남녀의 여색 탐구는 끊임없는 관심사다. 요즘은 여성이 대세다. 방송을 봐도 미녀보다 미남이 뜬다. "너 몇 도까지 꺾여봤니?"라며 마스카라 선전을 남자가 하고, 한번 터치에 지워지지 않는다는 파운데이션 광고를 남자들이 한다. 할아버지도 '꽃할배'고 국경 없는 비정상회담의 12명 멤버들도 젊은 외국인 청년들이다. 어느새 요리 프로도 온통 비주얼과 언변이 갖춰진 남자 셰프들이다. 방송채널뿐만 아니라, 집도 차도 결혼도 배우자도 수요와 공급의 논리에 여자가 선택하는 시대가 도래했다.

　　논어에 여자 이야기가 나온다. 딱 한 번 실명을 거론하며 나온다. 그녀의 이름은 위衛나라 영공靈公의 비妃 '남자南子'다. 남자는, 미색을 지녔다. 공자께도 영공을 만나려면 우선 자기를 만나야 알현을 주선한다며, 은밀하게 추파를 던진다. 고지식한 제자 자로가 그 말을 듣고 기뻐하지 아니하자, 공자께서 "내가 만약 그녀와 만나 부정한 짓을 한다면 하늘이 버릴 것이라, 하늘이 버릴 것이라 [子見南子 子路 不說 夫子 矢之日 子所否者 天厭之天厭之]"고 거듭 말한다. 당시 영공의 나이는 70 노령이요, 남자의 나이는 20대다. 미인이었느냐고? 보나 마나 미인이었을 것이다.

공자가 말씀하셨다. "축관 타의 말 잘하는 재주와 송나라의 조와 같은 미모를 갖고 있지 않다면, 요즘 세상에서 화를 모면하기 어려울 것이다."

子曰 不有祝鮀之佞이며 而有宋朝之美면 難乎免於今之世矣니라

– 雍也

그럼 '축타'와 '송조'는 누구일까?

축관祝官 타鮀는 위나라 대부로 종묘 제사를 관장하는 제관으로 구변이 좋았다. 고대에는 제문을 잘 짓는 것이 가장 지성적인 모습이다. 지금 말하는 제도권 교육은 물론이요, 고시에 합격하고 명예를 누리는 것과 같다. 제아무리 높고 존귀한 학문이라도 심금을 울리는 감동이 없으면 쓸모가 없다. 사람이 우선이다. 축문의 극치는 하늘도 울리고 땅도 울리고, 돌아가신 조상님도 애달파 뒤돌아보는 글이어야 한다. 귀신도 감복하는 설득력이 축관의 역할이다.

송조는 송宋나라의 공자 조朝다. 위령공의 부인 남자의 고향에서 만나던 정인이며, 요즘의 기준으로 '태양의 후예' 송중기처럼 '꽃미남'이다. 미색을 갖춘 까닭에 훗날 위나라의 대부가 된다. 영공의 소군小君인 남자의 침소 안에 기거했다는 설이 있다. 어느 날, 남자와 조가 사통私通하는 현장에 영공의 아들 태자 괴외가 뛰어들었다.

단칼에 조의 목을 베려고 했으나, 어리바리 공격을 하다 도리어 조에게 쫓겨, 나라 밖으로 망명했다. 그 충격으로 늙은 왕 영공이 죽었다. 아버지가 죽었다는 소식을 전해들은 괴외는 왕의 자리를 차지하려고 쳐들어오나, 괴외의 아들 첩, 즉 영공의 손자가 남자와 손잡고 제 아비 괴외를 내쫓는 바람에 아들[莊公]과 손자[出公] 아버지 영공의 콩가루 집안 삼파전이 벌어진다. 그 시절 남자의 애인 조는 미남으로 태어난 덕분으로 출세했다.

논어에서 "교언영색 하는 사람치고 인仁한 사람이 드물다"고 공자께서 몇 번을 말한다. 자칫 잘못 해석하면 교묘하게 말 잘하고 착한 안색을 일삼는 '교언영색巧言令色'을 부추기는 말 같으나, 공자께서는 쇠미한 세상에 아첨과 미모가 판치는 당시의 세태를 서글퍼하는 말씀이시다.

연암은 글쓰기에서 "글쓰기는 참되면 그뿐이다. 참됨이란 자기 목소리를 솔직하고 자연스럽게 표현하는 것"이라지만, 짧은 시간에 취업이 결정되니 문제다. 말과 글은 같다. 축타와 같이 말을 잘하고 송조와 같은 외모를 갖추는 것이 현대인의 필수조건이 되어버렸다. 글 잘 쓰고 말 잘하고 용모까지 근사한 것을 누구라서 마다하겠는가. 고용노동부에서 취업 성형이라는 말은 아마도 '내면으로부터 우러나오는 좋은 인상을 요구'한다는 표현이었을 것이다. 그런데 왜, 씁쓸한가.

나는 이마가 넓고 턱은 각지다. 만약 한 세대만 늦게 태어났더라면, 양악 수술도 하고 콧대도 조금 높이고 치아교정에 앞트임 뒤트임 눈 꼬리 올리기로 견적비가 상당했을 것이다. 그러나 돌아가신 나의 할머니가 지금 내가 하는 말을 들으신다면 경을 치실 일이다. 넓고 번듯한 이마와 복이 그득한 사각 턱은 영락없는 정경마님 상이다. 더구나 입이 크고 코보다 돌출되어 남 앞에서 말을 전달하는 강사 노릇에는 딱 맞는 입매다. 할머니는 반달 같으시고 엄마는 초승달 같으신데, 나는 누굴 닮아 열엿새 이지러진 달덩이처럼 태어났을까.

나에게 글과 미의 기준이란? 가족들에게 가장 아름다웠던 아내와 어미이고, 문우와 이웃과 친지들에게 따뜻했던 사람으로 기억되었으면 좋겠다. 훗날, 가을 햇살 아래 목화처럼 피어나고 싶다.

그놈이 그놈

– 유오대부최자야猶吾大夫崔子也

어딜 가나, 그놈이 그놈. 똑 같은 놈은 꼭 있다.

자장이 물었다. "영윤슈尹자문은 세 차례나 출사하여 영윤이 되었
어도 기뻐하는 기색이 없었으며, 세 차례나 파면을 당했어도 노여
워하는 기색이 없었다. 더구나 자리를 떠날 때도 전임인 영윤의
업무를 반드시 신임 영윤에게 일러 주었으니, 그는 어떤 사람입니
까?" 이에 공자 가라사대 "충성스럽다." "인仁하다고 하겠습니까?"
"아직 지혜롭지 못하니, 어찌 인을 얻었다 하겠는가?"

자장이 또 물었다. "최자가 제나라 임금 장공을 시해하자, 진문자
는 10승의 말을 버리고 제나라를 떠나 다른 나라에 갔으며, 거기서
도 역시 '우리나라의 대부 최자와 같다' 말하고 떠났으며, 다시 다

른 나라에 가서도 역시 '우리나라의 대부 최자와 같다' 말하고 떠났으니, 그는 어떻습니까?" ~중략~

子張이 問曰 令尹子文이 三仕爲令尹ᄒ되 無喜色ᄒ며 三已之ᄒ되
無慍色ᄒ야 舊令尹之政을 必以告新令尹ᄒ니 何如ᄒ닝잇고 子曰
忠矣니라 曰 仁矣乎잇가 曰 未知케라 焉得仁이리오 崔子ᅵ 弑齊君이
어늘 陳文子有馬十乘이러니 棄而違之ᄒ고 至於他邦ᄒ야 則曰 猶
吾大夫崔子也라ᄒ고 違之ᄒ며 之一邦ᄒ야 則又曰 <u>猶吾大夫崔子也</u>
라ᄒ고 違之ᄒ니 何如ᄒ닝잇고? - 公冶長

우선 문장이 길다. 길면 요점이 헷갈린다. 그런데 이 문장은 소리 내어 몇 번 읽다보면 음률이 딱딱 맞아 내용이 짐작된다. 어딜 가나 '그놈이, 그놈' 똑 같은 놈은 꼭 있다는 말이다. 불의 앞에 한 사람은 무조건 참고, 한 사람은 무조건 떠난다. 극과 극이다.

여기서 자장은 어떤 사람인가. 허우대가 번듯하고 그럴싸하게 폼 잡는 것을 좋아한다. 어서 빨리 출세하고 싶어 하는 제자다. 공자께서 무엇을 차근차근 설명할라치면 중간에 말허리를 뚝 자르고, "선생님, 기출문제집 없어요?" 성급하게 묻는다. 공자께서는 자장의 그런 성격에 맞춰 대답해 준다.

영윤이라는 사람은 어려서 호랑이 젖을 먹고 자랄 정도로 가난하

고 볼품이 없었다. 세 번씩이나 등용이 되고 세 번씩이나 해직을 당해도 기쁨이나 성냄의 감정을 드러내지 않았다. 그는 국가가 있음만 알고 자신이 있음을 알지 못했다. 자신이 억울하게 파면되더라도, 서류를 마늘 밭에 파묻거나, 캐비닛에 감추지 않고 후임자에게 있는 그대로 다 내 줬다. 하루 먹을 양식이 없으면서도 자신을 위해 비축하지 않았으니, 주변머리라고는 없는 인물이다.

그럼, 진문자는 어떤 사람인가. 더러운 꼴은 절대 못 본다. 세상이 마음에 들 리 없다. 자기 자신을 깨끗이 하려고 어지러운 나라를 떠났으니 청백하다. 그러나 하늘을 우러러 한 점 부끄러움이 없는 사람 곁이 얼마나 고단한가. 저 혼자만 깨끗하다. 그 또한 바람직하지 않다. 살다보면 별별 사람이 다 있다. 내 나라가 마음에 안 든다고 이민 갈까. 내 부모 형제가 못 마땅하다고 의절할까. 결혼한 배우자가 마음에 안 든다고 두 번 세 번 결혼할 것인가. 내 자식이 시원치 않다고 남의 자식을 입양해서 키울까. 임금을 시해하는 최자 같은 사람은 시대마다 나라마다 다 있다. 만약에 정부부처가 최자 같은 사람을 바로 잡지 못하면, 민중이 바로 광장으로 나선다.

그렇다면 힘없는 무지렁이 같은 나도 나서야 할까? 어디든 잘 돌아가려면 최종 책임을 질 수 있는 완장은 필요하다. 군대에서는 계급이 깡패라는 우수개소리를 들은 적이 있다. 군대 상사를 졸병들이 투표하여 뽑지는 않는다. 전시상황처럼 적에 대응하기 위한 군대가 아니라면, 그런 깡패 같은 지도자는 뽑지 말아야 한다. 오롯이 내생각 내 판단이 소중하다. 주권행위가 민주주의를 발전시킨다.

예전에 사람을 평가하던 신언서판身言書判이라는 기준이 있었다. 신체와 말과 글은 남에게 보여 지는 객관적인 모습이다. 프로필에 미혹되어서는 낭패를 볼 수 있다. 우쭐대고 나서기 좋아하는 제자에게 스승은 가장 중요한 판단력判斷力을 요구한다.

소신이다. 가치관 세계관 역사관이 바로서야 참다운 군자다. 살신성인하는 한이 있더라도 정의롭게 현실에 참여하여 더불어 상생하자는 말이다. 만약 최자와 같은 사람이 지금 내 앞에 있다면 나는 어찌할까. 똥이 무서워서 피하나, 더러워서 피하지. 갖은 핑계를 대며 안보면 그뿐, 나도 당연히 피했을 것이다. 우리 속담에 음식이 싫으면 개에게 주지만, 사람이 싫으면 보지 않는 것이 최선이라고 했다. 사람의 좋고 싫음을 전기 스위치처럼 ON, OFF로 차단할 수 있으면 좋으련만. 그래서 어쩌란 말인가? 그 사람을 미워하지도 말고, 그 사람을 거부하지도 말고. 차라리 "네가 바뀌어라!" 말이 쉽지, 적보다 아집我執 꺾기가 더 어렵다. 절이 싫으면 중이 떠나야 한다. 그러나 환자가 마음에 들지 않는다고 의사가 병원 문을 닫아야 할까. 의사의 본분은 환자를 치료하는 것이다. 아~, 나의 본분은 무엇일까.

공자께서 일찍이 군자의 덕은 바람과 같고 소인은 덕은 풀과 같다고 했다[君子之德風 小人之德草]. 풀은 바람이 거세게 불면 반드시 눕게 되어 있다[草之風必偃]. 그만큼 군자의 소임이 크다. 태풍의 위용은 삼엄하지만, 풀은 뿌리를 잘 지켜 비옥한 땅으로 가꿔야한다. 후세들에게 물려줄 땅이다. '리셋, 코리아!' 나부터 바꾸자. 이것이 나의 본분이다. 어미 아비는 생업으로 바빠 못하는 일을 할머니 할아버지가 지켜줘야 한다. 조부모는 토착민의 지혜로 다진 사직社稷이다.

바람이시여! 그대가 진정, 군자君子시라면 풀씨가 날아가 발아할 만큼, 여야가 서로 융합하여 무궁, 무궁 꽃피울 만큼, 최자와 같은 사람을 탄핵할 만큼, 아니, 아니 바람이시여! 청문회 같은 것을 열지 않아도, 지금, 누가 지도자인지 이름을 모르더라도, 아침이면 일어나 텃밭 가꾸고, 내 울안의 샘물을 마시며 호호皞皞할 수 있는 환경을 주소서. 발길과 수레바퀴에 밟히는 질경이 같은 소시민에게 저녁이 있는 소소한 일상을 누리게 하소서.

오늘도 날이 밝았습니다. "Ob la di, ob la da ~ ♫" 인생은 흘러 갑니다.

답다

– 군군신신君君臣臣

나라는 나라답고, 국민은 국민답고, 편 가르기 하자는 것인가.

제나라 경공이 공자에게 정치에 대해서 묻자, 공자께서 "임금은 임
금다워야 하고, 신하는 신하다워야 하고, 아비는 아비다워야 하고,
자식은 자식다워야 합니다." 이에 경공이 "좋은 말이로다. 진실로
임금이 임금답지 못하고, 신하가 신하답지 못하고, 아비가 아비답
지 못하고, 자식이 자식답지 못하면, 비록 곡식이 창고에 가득한들
내 어찌 그것을 먹을 수가 있겠오.

齊景公이 問政於孔子한대 孔子對曰 君君 臣臣 父父 子子니이다.
公曰 善哉라 信如君不君하며 臣不臣하며 父不父하며 子不子면 雖
有粟이나 吾得而食諸아 – 顔淵

국가나 가정은 공동체다. 경공은 공자의 말씀을 실천하지 못했다. 공동체가 잘 유지되고 더욱 발전하려면, 구성원들이 자기의 위치와 본분을 잘 지켜야 한다. 예전의 군신은 지금의 나라와 국민이다. 각자가 주체가 되어 나라의 일을 하는 자, 세금을 내는 국민, 부모와 자식이 된 자는 이름에 맞는 소임이 있다. 역할이 바르지 못하면, 말이 바르지 못하고, 말이 바르지 못하면 일이 성사되지 않는다. 사회체제를 유지하는 데는 명분이 바로서야 한다.

경공은 영공靈公의 아들로 대부 최자가 자기 처와 밀통한 장공莊公을 죽이고, 대신 내세운 임금이다. 장시간 보위를 지켰으나, 총애하는 여자가 많아 그녀들의 눈치를 보느라 태자를 세우지 못했다. 그로인해 군주를 시해하고 나라를 찬탈하는 화근이 된다. 경공의 이름은 '저구杵臼'다. 저구를 빗대어 절구와 절굿공이가 귀천을 가리지 않고 마구 사귀는 것을 '저구지교'라고 한다. 공자는 제자들에게 익자삼우益者三友를 권한다. 정직하고 진실하고 견문이 넓은 친구의 사귐이다. 요즘 부모들도 자식의 교우를 도우려고 위장전입으로 학군과 유치원 조리원동기까지 만들어 주는 세상이다.

우리는 오랫동안 군자답다, 선비답다, '답다'라는 이름값 때문에 옴짝달싹 못했다. 나이 40이 넘으면 자신의 얼굴에 책임을 지라고 했던가. 그 책임이 버거워 일도 결혼도 자녀출산도 마다하는 추세다.

청년시절, 열정적인 연애를 하다가 부모님께 소개하던 날을 기억할 것이다. "걔는…" "엄마 아빠는 알지도 못하면서…" 어쩌구, 저쩌구, '저구, 저구'…. 부모는 안 보고 살 수 있어도 그 아이 없이는 못살 것 같았다. 부모님의 말씀이 이제야 들린다. 아무리 사람모습을 하고 있어도 곰인지 여우인지 다 보인다. 사람의 몸가짐에서 무게와 교양이 드러난다. 평소의 수양과 노력 없이는 입장과 처지가 바뀌어도 적응이 어렵다. 지나보니 어떤 '습용관習容觀'으로 살았느냐에 따라 노후의 풍속도가 다른 것 같다.

삶을 꼭 득과 실로 따질 수는 없지만, 나와 남편의 친구들을 보면 그렇다. 덧셈의 깃발을 고지로 삼아 애썼던 사람들과 자유로운 영혼으로 생활하던 친구들의 모습이 각양각색이다. 옳고 그름은 없다. 다 각자 자신의 인생을 살았을 뿐이다. 지금 나는 환경이나 몸무게가 넉넉해졌는데도 그다지 흔쾌하지 않다. 채우면 좁아지고 비울수록 넓어지는 이론은 뻔하다.

'감정 있으면 말로 하라' 어디 말이나 마음대로 하고 살았을까. 감정에 성품을 더해야 고유한 인격이 된다. 성품을 곱게 쌓을 시간 없이 톱니바퀴처럼 돌았다. 가장이라는 이름으로 '직장'이라는 그릇에 담아졌다. 콩나물시루다. 초임 때의 포부는 월급이라는 급수가 시루 밑구멍으로 다 빠져버렸다. 그동안 개성이나 취향을 존중

받았을까. 매운 고추장 양념으로 콩나물다운 모양새마저 그 나물에 그 밥이다.

직업이 짐꾼일까. 오랫동안 무거운 등짐을 지고 행군했다. "취직만 하면, 가족도 집도 건강도 나라에서 다 챙겨주는 줄 알았다"는 고견은 내 남편의 말이다. 30년 넘게 근무한 직장이 "적성에 맞지 않았었다."고 큰소리친다. 여태까지 열심히 일했는데, 세상은 이제 와서 은근히 따돌리는 눈치다. "내가 돈 버는 기계야?" 아내에게 볼멘소리도 자주 했었다. 만약 기계였다면 진작 교체 당했을지도 모른다. 오로지 직장이 자신의 존재감이었는데 지키던 보루마저 내주었다.

'빼앗긴 들에도 봄이 오는 가' 언뜻 희망같이 들리지만, 이미 빼앗긴 사람들의 항변이다. 10년이면 강산이 변한다고 하는데 누가 강과 산을 복원시켜줄까. 자연은 이미 훼손되었다. 훼손된 것을 어찌 아느냐고? 누가 알아주기 전, 몸이 먼저 반응한다. 억울한 하소연은 소리 없는 진단서와 처방전에 숫자기록만 빼곡하다.

서른 즈음부터 뺄셈의 삶을 배웠더라면 좀 나았을까. "서른?" 서른은 너무 빠르지 않느냐고? '이립而立'은 인생의 기초를 세우는 나이다. 살아보니 그렇다. 어쩌다 나는 운 좋게 가족과 집과 잡동사니를 가졌다. 날마다 더하고 보태느라 평생을 소진했다. 구멍이 숭숭

하다. 진즉에 깨달았다면, 사귀고 싶지 않은 친구를 포기하고, 하기 싫은 일을 거절하며, 벌고 싶지 않은 돈은 벌지 않았을까.

우리 삶이라는 것이 사실 초등학교에서 다 완성된다고 한다. 기본이 국어 산수 도덕이다. 주제파악 잘하고, 분수 잘 지키고, 내가 싫어하는 일을 남에게 시키지 않는 것이 사람다움이다. 나는 매양 주위사람들의 비위를 맞추느라 애간장이 녹았다. 자신을 챙기지 못하여 정서적 자산을 잃었다. 노년은 노년답고 청춘은 청춘답고 꽃은 꽃답고 개는 개다워야 한다. 국가는 국가답고 국민은 국민답고 집안이 제가齊家의 '답다'에 어긋나면, '개 대접, 사람취급'을 받는다.

나는 나답고 싶다.

패턴, 0410

- 습상원야習相遠也

　원인은 잠이다.

　새벽 3시에 일어나 청소하고 쓰레기 갖다버리고, 쓸 만한 것은 성당에 기증한다고 날 밝기 전에 이고지고 나선다. 십오륙여 년 전에 했던 인공관절수술을 다시 재수술한지 한 달밖에 되지 않은 팔순노파다. 새로운 삶을 살아보겠다는 의지로 의자를 놓고 올라가 천장까지 리모델링했다며 "나는 오늘 천만 원 벌었다"는 카톡을 보내온다. 도대체 그 힘은 뭘까?

　말은 따발총처럼 빨라지고 정치 경제 문화의 전문용어가 마구 튀어나온다. 그전에는 연예인 뉴스만 꿰차고 계셨었는데, 그런 걸 다 어디서 배웠을까. "내가 하는 일이란, 잠들 때 까지 텔레비전 보는 일인데, 밤낮 틀어 놓고 잤더니 저절로 나온"다니 섬뜩하다.

밥은 황소 여물처럼 잡수신다. "논을 맸나, 밭을 맸나, 애를 낳았나." 생일 날 아침에는 후렴처럼 혼잣말을 하다가 저절로 웃음이 나왔다. '맞아, 오늘은 내 생일' 엄마가 나를 낳은 날이다. 엄마만 잊어버렸다. 또 서서 허겁지겁 헉헉 끼룩끼룩 토하듯 넘기다가 사래가 걸리고, 기침을 하고, 불안과 강박을 토해내듯 바로 크억크억 트림을 한다. 누가 빼앗아 먹는 것도 아닌데, 볼썽사납게 왜 그러느냐고 잔소리를 했다. 나는 일부러 엄마 앞에 냅킨을 깔고 레이스 컵받침에 일일이 개인 접시에 담아 "엄마, 엄마는 공주에요." 그렇게 손으로 말고 수저를 사용하세요. 옆에서 사위는 한술 더 뜬다. 어머니 젓가락은 두 쪽 다 사용하세요, 그래야 "치매예방도 하고 중풍도 안 걸려요."

엄마, 음식은 조금씩 천천히 우아하게, 자~, 잔부터 부딪치고 "건배!" 건배할 때는 서로 눈을 마주봐요. 그리고 엄마, 식사하면서 "머리, 아파" 타이레놀 좀 줘. "다리, 저려" 진통제 좀 달라고 하지마세요. 나는 의사가 아니라 처방할 수도 없고, 약사가 아니라 약을 줄 수도 없어요. 내가 할 수 있는 일은 병원으로 모시고 가는 일밖에 할 수 없으니, 조금 지루해도 참고 식사는 함께 즐겁게 하자며 달랜다.

그예, 또 금방 기가 죽어 입을 앙다물고 있다가 울먹울먹한다.

그리고 잠시 후, 결심이나 한 듯, 아주 빠른 속도로 우적우적 다 먹고 내 그릇과 사위 그릇을 번갈아 쳐다본다. "충분히 많았어요." 비만이 되면 다시 다리가 아프다고 설명해도 매끼마다 머슴이 된다. 빨리 먹고 직원들 들어오기 전에 쓰레기통 비우고 책상 닦아놔야 한다며 서두른다. 그래야 탕비실에서 잠깐 졸수 있다는 지론이다.

그 옛날, 빌딩 청소하던 힘을 발휘하여 자신도 모르게 일을 해놓고 기진맥진하여 헛소리한다. 자다 말다 세 살 어린이 노릇을 하고 정신 차리라고 다그치면 발버둥 치며 운다. 밤낮이 거꾸로 바뀐 아기가 되어 낮에는 쪽잠을 자고 밤에는 밥 달라 잠이 안 온다고 소리소리 지른다. 그러다 순간 현실로 돌아오면 민망해하다가도, 금세 수술할 때 마취한 것이 풀리지 않아 영안실 냉동고에 보내졌다며 시체처럼 누워있다. 장례를 유교식으로 곡을 하랬다가, 불교식으로 절에 가서 경을 외우라 한다. 벌써 몇 번째 저승사자를 만나고 왔다며 부활이시다.

치매인줄 알고 치매안심센터의 3차 검진까지 했는데, 일시적 정서장애라고 신경과를 권했다. 『정신분석, 이 뭣고』의 선생님이 '해리증상'이란다. 기억이 군데군데 풀리고 떨어지는 증상이라는데, 안정을 찾으면 회복된다고 한다. 빈 건물 안에서 대형 청소기를 돌리고 마대로 닦고 계단 오르내리며 쓸고 닦고 화장실 청소하던 직업병이 날마다 오밤중이면 온다. 3층 빌라를 홀딱 뒤집어 입력된 매뉴얼대로 번개파워 로봇이 된다.

전에 시어머님께서 노인병동에 입원하셨을 때 '여자의 일생'을 보았다. 식사만 들어오면 호미질 하는 할머니, 식객이 온다고 문 닫으라고 호통 치는 할머니, 식탁만 펴면 베 짜는 할머니…. 나는 나중에 어떤 시늉으로 힘들었던 시절을 표현할까?

어릴 적, 엄마의 캐릭터는 '박복한 년'이었다. "서방 복 없으면 자식 복도 없다"는 습관적인 푸념에 나는 원죄설에 걸렸다. 늘 엄마 곁에서 절절매며 숙명처럼 엄마를 돌봤다. 삶은 달걀을 까놓은 듯 피부가 남달리 고았던 우리 엄마. 꽃다운 시절 엄마가 세파에 시달리지 않고 할 수 있었던 일은, 뭇사람들 시선에서 벗어나 엄동설한에도 새벽 첫차를 타던 일이었다.

공자 가라사대 "사람의 성품은 서로 비슷하나 습관에 따라 멀어지게 된다."
子曰 性相近也나 習相遠也니라 - 陽貨

새벽 3시면 일어나던 엄마의 생활습관. 최근까지도 오이도행 첫

지하철을 타고 국선도를 하러 가는 것을 특유의 부지런함으로 알았었다. 평생 열심히 살아온 어미라는 숭고한 이름을 송두리째 잊어버리고 본능적 욕구만 남았다. 얼마 전 정의를 실현하겠다던 올곧은 국회의원이 스스로 빌딩에서 추락했다. 그가 말하던 버스 '6411번 04:10분'의 이야기가 하필 우리 집 창가에 명命줄처럼 걸려있다.

생계형 습이 낳은 패턴 병, 참전용사 고엽제 후유증만 무서운가.

성정대로

– 우로벽언愚魯僻喭

　　매주 금요일이면 논어 수업이 있습니다. 일주일에 한번 논어 공부를
시작한 지 이제 4년째입니다. 딱딱하지 않게 수업해주셔서 매주 즐겁게
공부중입니다. 그중 에피소드 하나 올립니다. 오늘 수업 중에 공자님
제자 중, 자고 증자 자장 자로를 평하는 문구였습니다.

– 사하도서관 추미라 님의 논어 노트

자고는 <u>어리석고,</u> 증자는 <u>노둔하고,</u> 자장은 <u>치우치고,</u> 자로는 <u>거칠</u>
<u>었다.</u>
柴也는 愚하고 參也는 魯하고 師也는 僻하고 由也는 喭이니라
　– 先進

시柴의 성은 고 이름은 시, 자는 자고다. 자고는 어리석었다[愚]. 바보같이 좀 부족하다는 뜻이다. 달 밝은 밤에 나다니지 못한다. 혹시 골목에서 헛기침 없이 나오는 사람의 그림자라도 밟을까 겁이 나기 때문이다. 봄에 삘기나 찔레 순 두릅나물을 마다함은 초목의 첫 잎이 상처 날까 싶어서다. 부모님초상에 이를 드러내어 먹거나 웃지 않았고, 난리가 나도 구멍이나 지름길로 다니지 않았다.

삼參의 성은 증 이름은 삼, 자는 자여다. 가마솥 같은 노둔함을[魯] 지녔다. 효경을 짓고 부자가 대를 이어 효를 실천했다. 증자라고 큰 스승 '子'자 붙은 아성亞聖이다. 제자들을 불러 놓고 "내 손을 열어보아라, 내 발을 열어보아라. 부모님께서 낳아주신 신체발부를 지키느라 살얼음을 밟은 듯, 깊은 연못에 다다른 듯, 전전긍긍했다." 군자의 죽음을 임종臨終으로 마무리했다.

사師의 성은 전손 이름은 사, 자는 자장이다. 성실함이 부족하고 남 앞에 서서 유명해지고 싶은 자이다. 대범하게 튀기 좋아하여 말과 행동이 외형에 치우쳤다[辟]. 무엇이든 거침없이 잘 묻는다. 사려 깊지 못하다. 선생님께서 차근차근 설명할라치면 "됐고요" 말머리를 자른다. 남의 비위를 잘 맞춰 번듯하게 폼 잡고 싶은 편벽便辟된 사람이다.

유由의 성은 중이고 이름은 유, 자는 자로다. 단순하고 의리 있는 행동파다. 거의 모든 캐릭터가 야단맞는 역할이다. 공자님 곁에 그림자처럼 따른다. 문제는 늘 역광이다. 성질이 급하여 공자님이 "도가 이루어지지 않으니 뗏목을 타고 떠날까보다"고 탄식을 하면 새겨듣지 않고 바로 "제가, 모시겠습니다." 나선다. 무모하게 포호빙하暴虎馮河하는 자로는 언행이 거칠어[嗲] 제명에 죽지 못한다.

위의 네 사람은 총명하지 않기 때문에 성실하게 제자로 남았다.

제자들의 행동 중에 여러 가지 예를 들다가, 문득 생각난 듯 에피소드를 얘기하셨죠. 현재 류창희 선생님 나이는 올해 60입니다. 40대 초반부터 논어 강의를 시작했답니다. 가녀리고 젊은 여선생이 논어를 가르치니 짓궂은 남자 분들이 많으셨다는데요. 그중 어떤 노신사가 수업 시간에 꼭 모자를 쓰고 있더래요. 그런데 그렇게 질문이 많으셨답니다. 선생님 앞으로 와서는 "제가 모자를 못 벗는 이유가 이렇습니다." 하면서 모자를 획~ 벗으면, 대머리가 번쩍 코앞에 보인대요. 그렇게 놀라게 하더니, 매주 노트를 가지고 나와서 질문을 하는데, 문장이나 글자의 뜻이 아니라 "이 글자, 획수가 몇이냐?"고 물으셨대요. 처음에는 별 생각 없이 "하나 둘…", 같이 세면서 답을 해드렸답니다. 그런데 몇 달이 지나도 매번 묻는 한자가 모두 18획으로 끝나더랍니다. 오로지 "18" 그 한마디를 들으려고 일부러 질문한 것을 안 순간, 너무 속상하더래요.

그렇다고 '십장생' '개나리' 새와 꽃 타령으로 화답하기도 민망하고요. 그냥 참자니 약이 올라 남편에게 고자질을 했다는데요. 남편 왈, "선생 출신 아니면 절대 질문하지 않는다."며 혹시 수학 선생출신인가 물어보라고 하더래요. 늘 숫자를 가지고 장난을 치니까요. 그 다음 수업에서 "선생님, 혹시 수학선생님 아니셨어요?" 물으니, 심하게 손사래까지 치면서 "사업을 했다."고 하시더라네요. 출석을 부르면서 그 분 이름을 보니 한○수, '수'자가 있기는 하더랍니다. 남편에게 이름을 알려주니, "엇! ○○○, 우리 고3때 담임이셨다."며 수학과목이고 교장선생님으로 퇴직하셨다며 자신의 선생님께 잘해드리라고 하셨답니다. 그리고 몇 년 후, 고등학교 '홈커밍데이'가 있어 부부동반으로 남편의 모교에 갔대요. 3학년 담임이셨으니 당연히 오셨겠죠. 남편이 아내하고 함께 앞으로 나가 인사를 드리니. 순간, 움찔! 뻔히 알아보는 눈치면서도 "선생님, 저 누군지 아시겠어요?" 물으니 단호하게 "모른다." 하시더랍니다. 몇 년을 같이 공부했는데 모르실리가 전혀 없죠? 이글을 쓴 이유는 사람의 인연이란 것을 말하고 싶어서입니다. "사람은 언제나 언행을 조심해야 한다."는 깨달음을 스스로에게 주고 싶어서입니다. 어떤 자리에서 누구를 어떤 인연으로 다시 만나게 될지 모르니, 만사 신중하고 스스로에게 부끄럽지 않게 살아야겠습니다.'

– 추미라 님의 논어 노트 중에서 –

위의 글은 인터넷 검색을 하다가 내 이야기가 있어 옮겨왔다.

그런데 그 수학선생님은 장난기만 있는 건 아니다. 제자 사랑이 얼마나 지극하셨던지. 남편 친구들은 만나고 헤어질 때, 늘 산이 무너져라 땅이 꺼져라 큰소리로 외치는 구호가 있다. "18, 18, 만만세!" 부산 ㅇ고등학교, '18기' 동기들이다.

"사람의 허물을 살펴보면 그의 인덕을 알 수가 있다."[觀過 其知仁] 날마다 마음 밭을 가꾸지 않으면 잡초가 제 성질대로 비집고 나온다. 사람은 성품性稟으로 태어나지만, 일상을 어떻게 사느냐에 따라 성품性品 성격性格 성미性味 성질性質 성깔[性色]의 성정性情으로 자질이 나타난다. 어찌 '우로벽언愚魯癖唁'의 허물뿐이겠는가. 공자께서 제자들의 성질과 심성을 단속하신 것이다.

어떤 사람의 됨됨이를 볼 때, "아~, 그 사람?" '본성이 성인군자이시다. 성품이 비단결처럼 곱다. 성격이 좋다. 성미가 고약하다. 성질머리가 더럽다. 성깔이 GR(?)맞다.'고 한다. 나의 품성은 어디쯤일까. 그저 그런대로 '괜찮은' 성정이고 싶다.

화기애애

– 형제이이兄弟怡怡

　가족의 설움은 가족이 가장 모른다.

　'수필은 자서전도 아니고 소설도 아니다. 그러기에 오감을 만족하게 하는 작가만의 감칠맛이 있어야 한다. 그 맛은 누이가 살아온 인생이다. 어느 글귀에서는 내가 느끼는 신맛이 누이에게는 쓴맛으로 묘사되기도 한다.'

　이 글은 내 아우가 내가 『매실의 초례청』을 냈을 때, 네이버 카페에 책 리뷰로 올린 내용이다. 같은 부모, 같은 환경에서 자랐어도 오누이의 신맛과 쓴맛은 분명 다르다.

　자로가 "어떠하여야 이 선비라 말할만합니까?"하고 묻자, 공자 가라사대, "간절하고 자상하게 선을 권하고, 잘못을 고치도록 애를 써야 하며, 기쁘고 화락하게 하면, 선비라 말할만하다. 벗과 벗 사이에는 간절하고 자세히 선을 권하여 잘못을 고치도록 애를 쓰고, 형제간에는 기쁘게 화락하여야 한다."

子路問曰何如라아 斯可謂之士矣니잇고 子曰 切切偲偲ᄒ며 怡怡如也면 可謂士矣니 朋友애ᄂ 切切偲偲ᄒ고 兄弟怡怡니라 - 子路

왜 형제간에는 절절 시시, 즉 따지지도 묻지도 말고 '화락'하라고만 했을까. 부모가 자식을 키울 때는 '다섯 손가락 깨물어 안 아픈 손가락이 없다'고 말한다. 매우 공평한 말 같이 들리나 손가락마다 차별을 받았다고 생각한다. 왜 그런가. 길이와 역할이 다르기 때문이다. 엄지와 검지가 연필을 잡을 때 중지는 받쳐준다. 아무 역할도 없는 것처럼 보이는 약지는 은가락지 금가락지 금강석까지 낀다. 그렇다고 새끼손가락이 없으면 약속은 어찌할까. 이처럼 상황에 따라 단맛 짠맛 신맛 쓴맛 매운맛의 오감이 다르다.

〈내칙內則〉에서 말하였다. "부모가 과실이 있으시거든, 기운을 내리고 얼굴빛을 온화하게 하고 목소리를 부드럽게 하여 간할 것이니, 간하여 만일 들어주지 않으시거든 공경을 일으키고 효를 일으켜 기뻐하시면 다시 간해야 한다. 부모가 향, 당, 주, 려에서 죄를 얻게 하기보다는 차라리 내가 말씀드려야 한다. 부모가 노하여 기뻐하지 아니하여 종아리를 쳐 피가 흘러도, 감히 미워하거나 원망하지 않고 부모님께 공경하며 효도하는 마음을 일으켜야 한다. 자식이 부모를 섬김에 세 번 간하여 듣지 않으시면 울부짖고 또 울면서 따라야 한다.

임금께는 버럭 대며 내 목소리를 반영하여 나라를 바로 잡을 수 있다. 그래도 통하지 않으면 상소문을 올려 항의하고 댓글로 민심을 모을 수 있지만, 부모와 자식은 떠날 수 있는 도가 없으므로 따를 뿐이다. 그러나 부모에게 하듯 형제를 대하면 형제는 떠나버린다. 그래서 예전에 부모님들은 자식들을 앉혀놓고 '우애' 있게 지내라고 당부하셨다. 벗을 보듯 한계를 지으라는 말이다. 붕우朋友는 벗이지만 아는 형, 아는 동생 정도의 지인이다. 엄연하게 구분하자면 남이다. 남한테는 내 뜻이 받아들여지지 않으면 안 보면 그뿐이다.

시경에서는 형제애를 '체악지정棣鄂之情'이라 하여 산 앵두나무 꽃에 비유한다. 잇달아 줄지어 형제자매들처럼 피어있다. 그 모양과 빛깔은 앙증맞은 아기의 볼처럼 불그름한 꽃 빛이 마치 온화한 기운이 수증기에 해가 비치어 보이는 노을빛 '애靄'다. 기쁘고 온화한 우애가 모락모락 피어나는 화기애애和氣靄靄다.

형제간에 잘 지내는 모습이 부모님 살아생전에는 효도다. '이이怡怡' 기쁘고 화락해야 한다. 명절이나 생신 또는 모임에서 시시콜콜

예전에 어렵게 자라던 때를 추억 삼아 이야기하다가는 분란만 일어난다. '어느 손가락 깨물어 안 아픈 손가락'은 부모님만이 할 수 있는 말씀이다. 자식들은 제각각 후남이 귀남이의 캐릭터로 가슴 한 칸 작은 소견의 방에 갇혀있다. '왜 나만?' 나만 불이익을 당한 것 같은 생각이 들까. 생사의 큰 것이 아니다. 닭다리 하나, 도시락밥 밑에 달걀부침 하나, 양말 한 켤레…. 소풍 가는 날 1천 원짜리 지폐 한 장처럼 소소한 감정들이 해마다 눈밭에 굴러 설설설…, 설움의 눈사람을 만들었다.

그동안 누이가 되어 철없던 시절이 많았을 것이다. 관계에는 타이밍이 있다. 내 사는 것이 바쁘면 형제들이 이해해줄 것 같지만, 서운함이 마음곳간에 쌓여있다. 서운함은 사채와도 같다. 날마다 이자가 불어난다. 마음속으로 후회한들 전해지지 않는다. 상대방이 기억하고 안 하고의 문제가 아니라, 내 마음의 빚이다. 결자해지라고 했던가. 아둔했던 시간을 하나씩 풀어가고 싶은데 내손은 늘 생손앓이다.

55년에서 64년 사이에 태어난 베이비 붐 세대, 그 안에 나와 동생의 간극間隙이 있다. 춥고 배고프고 먹고살기 힘이 들었던 세대다. 본의 아니게 희생당하고 희생시키고 누구의 문제가 아니고 시절의 문제였다. 지금 부모 두 사람을 놓고 여섯이 혹은 열이 시시비비

한다. 그래도 우리 시대는 십시일반十匙一飯이라는 울타리가 있으니 축복받은 세대다. 요즘 태어나는 아이들은 혼자 혹은 둘이서 친가, 외가, 처가, 수명이 점점 길어지는 어른들 복지를 책임져야 하는 막중함이 있다.

하나 있는 자녀가 결혼하려 들지 않으니, 부자간이 없는데 형제와 사촌이 있을 리 없다. 촌수 관계가 없어지고 있으니, '형제간의 우애'라는 말도 점점 소멸하는 언어다.

애써 잘 지내려고 압박받을 필요도 없다. 만나면 무조건 웃음꽃이 최선인데, 그나마 자주 볼 기회도 앵두꽃 피고 지는 시간처럼 짧기만 하다.

오산오수

요산요수 樂山樂水

– 가늘고 길게 & 굵고 짧게

이것이 문제로다, 요산요수!

공자가라사대 "지혜로운 사람은 물을 좋아하고, 어진 사람은 산을
좋아하니, 지혜로운 사람은 움직이고 어진 사람은 고요하며, 지혜
로운 사람은 즐기고 어진 사람은 장수하느니라."
子曰知者는 樂水하고 仁者는 樂山하느니 知者動하고 仁者靜하며
知者樂하고 仁者壽니라 – 雍也

어진 사람은 산을 좋아한다. 선산 아래 정자를 지어놓고 삼강오
륜의 질서를 지키며 숭덕을 실천하는 사람들이다. 조상 잘 받들고
나이와 항렬을 따지며 문중의 종친회를 귀히 여긴다. 문향정聞香亭

에서 고요하게 꽃들의 향기나 즐기는 정적인 분위기다. 남산골샌님이거나 회재 선생처럼 홀로를 즐기는 '독락당'이다. 달그림자와 벗하여 곡차를 즐기는 풍류객이다. 도시에 살면서도 전원을 꿈꾸는 자연인이다.

지혜로운 사람은 물을 좋아한다. 이들은 물결처럼 늘 움직인다. 물 찬 제비 닮은 자동차, 백조처럼 우아한 요트를 렌탈하여 방방곡곡 혹은 지구의 반 바퀴를 집시처럼 유랑하는 생활을 꿈꾼다. 나이나 직책으로 장유유서를 가리는 사람들과 잘 어울리려 들지 않는다. 수평적인 사고로 늘 새로움을 추구한다. 인자처럼 한 우물을 파느라 평생 수고롭지 아니하다. 낚시, 여행, 춤, 그림, 사진 찍기, 재테크… 더 즐겁고 재미있는 동호회 회원들과 함께 움직인다.

그들의 일상생활을 살펴볼까. 어진 사람들은 남도 다 내 마음 같겠거니 여긴다. 식사하고 술을 마시며 자신의 주머니에 돈이 있으면 전부 부담한다. 가끔 식당 계산대 앞에서 서로 밀치고 막아서는 모습을 볼 때가 있다. 우리의 정서를 모르는 외국인이 보면 '저들은 밥 잘 먹고 계산대 앞에서, 왜 저렇게들 싸울까?' 이상하다. '그대께서 잡수신 음식 값을 내가 내겠다'는 세상에서 가장 아름다운 광경이다.

지혜로운 사람들은 남과 나를 엄격하게 구분 짓는다. 이익과 손

해가 분명하다. 혹시 일본인 관광객을 보았는가. 식당 앞에서 각자 동전까지 세어가며 계산한다. 저런 야박한 처사라니, 정나미가 떨어진다. 그런데 살아가면서 부럽기도 하다. 내 밥값 내가 내면 '다음'이라는 부담이 없다. 정서가 맞지 않으면 안 만나면 그뿐이다.

어진 사람들은 지갑 안에 돈이 없어도 밥 먹는 자리에 참석한다. 지난번에 내가 밥값을 냈으니 오늘은 당연히 상대방이 내겠거니 믿음이 강하다. 성직자가 될 소질이 다분하다. 그러나 지혜로운 사람들은 합리적이기 때문에 각자 회비 내고, 자유로운 토론을 한다. 어진 사람들처럼 인도주의를 발휘하여 일방적으로 밥값 낸 사람의 이야기를 참아가며 경청하지 않는다.

예전에 어르신들은 인자에 가까웠다. 내 인생에 나는 없다. 눈에 넣어도 아프지 않다며 내 자식을 무조건 감성으로 껴안는다. 먹고 싶은 것 입고 싶은 것 참아가며 허리띠 졸라매 모은 재산을 자식에게 다준다. 그렇게 하면 노후에 마땅히 봉양 받을 거라는 확신이 강하다. 의존적이다. 노동을 천시하고 선비의 정신을 존중한다. 만물을 품고 하늘을 따라 장수한다.

지자들은 어떤가. 자녀에게 고기 잡는 법만 전수한다. 성인이 되면 가차 없이 독립시킨다. 재산증여는 어림도 없다. 자신의 노후는 자신이 책임진다. 내 손이 내 딸이라며 부모와 자식 간에 범벅도

금을 그어 먹는다. 땀 흘린 만큼 얻는 육체의 가치를 높게 여긴다. 냉철하고 이성적이다. 쓰고 남는 돈이 있어도 사회에 환원한다. 무조건 신神을 공경하지 않으니, 서양에 가서는 교회에 나가고, 고국에 돌아오면 조상 모시고, 절에 가면 절한다. 사회적인 종교다. 아버지는 가난해도 자식은 부자이기도 하고, 부모는 부자라도 자식이 가난하게 살기도 한다. 인자들처럼 아들 손자, 며느리 삼 대의 안위를 걱정하지 않는다. 자녀들도 나처럼 열심히 살면 된다. '지금, 여기'가 '황금'보다 소중하다. 더불어 삶을 즐긴다. 즐겁게 살거나, 즐겁게 죽거나 둘 중 하나다.

인자와 지자, 어진 사람과 지혜로운 사람. 딱히 이것은 옳고 저것은 그르다고 할 수 없다. 한우물만 파내어 샘물이 나오는 것도, 이 물 저 물 옮겨 다니며 서핑을 즐기는 것도 저마다의 성향이다. 백화점 명품관의 상품이건 대형 할인점의 원 플러스원의 물건이든 수요와 공급은 있다. 오로지 고상한 품격을 택하든 두 배의 보너스 인생을 택하든 자유다.

인자는 자존심이 상하는 것을 털끝만큼도 참지 못한다. 초나라의 굴원屈原처럼 상수에 뛰어들어 물고기의 밥이 될지언정, 지켜야 할 절개가 있다. 맑으면 맑은 대로 흐리면 흐린 대로 살지 않는다. 창랑滄浪의 물이 탁하면 발 씻고 물러 나온다. 도무지 타협할 줄 모른다. 추방당하면 바로 부엉이바위거나 빌딩옥상이거나 강물이거나 나무에 목을 매단다. 그러나 지자는 자국의 이익을 위해서는 '평화'라는 이름으로 군대를 파병하기도 하고, 어제의 적군과 손잡고 만세 삼창의 융합도 잘한다.

조용히 먹을 갈고 예의를 지키며 엄중하게 자신을 지킬 것인가. 롤러코스터, 서핑, 행글라이더, 오토바이로 질주할 것인가. 가장 행복한 사람은 현장에서 가는 사람일 것이다. "굿샷!"의 호사를 날리다가 "나이스"의 극치를 꿈꾼 적이 없으니, 나에게 지자는 멀기만 하다. 그렇다고 인자라고 말하기도 민망하다. 그래도 굳이 나눠야 한다면 나는 칠판 앞에서 심판받거나, 200자 원고지 틀에 갇혀 '서로서로讀서로' 규장각의 서책에 가까운 사람이 되고 싶다.

고요한 가운데 움직이는 정중동靜中動. 가늘고 길게 누릴 것인가, 굵고 짧게 즐길 것인가. 아~! 산절로, 수절로.

닭 잡는데 소 잡는 칼을 쓰다

– 할계언용우도割鷄焉用牛刀

형식이 내용보다 클 때가 있다. 라면 한 개 끓이는데 가마솥에 물을 붓고 장작불을 지피는 격이다. 그래도 그게 어딘가. 무엇을 끓이려면 물과 불과 그릇이 필요하다는 것을 아는 것, 바로 기본을 아는 것이다.

공자가 무성에 가서, 현악에 맞춰 노래 부르는 소리를 듣고, 빙그레 웃으면서 말씀하셨다. "닭을 잡는데 어찌 소 잡는 칼을 쓰느냐?" 이에 자유가 대답했다. "전에 저는 선생님께 들은 적이 있습니다. '군자가 도를 배우면 백성들을 사랑하고, 소인이 도를 배우면 부리기 쉽다'고 하셨습니다." 그러자 공자께서 "애들아! 언(자유의 이름)의 말이 옳다. 조금 전의 내가 한 말은 농담이다."

子之武城ᄒ샤 聞弦歌之聲ᄒ시다 夫子莞爾而笑曰 <u>割鷄예焉用牛刀</u>
리오 子游對曰 昔者애 偃也聞諸夫子ᄒ니 曰君子學道則愛人이오
小人이 學道則易使也라ᄒ더시다 子曰 二三子아 偃之言이 是也니
前言은 戲之耳니라 - 陽貨

　공자의 제자 자유가 작은 고을의 읍장으로 갔다. 공자께서는 제자
가 업무를 잘 수행하고 있는지 살피러가셨다. 제자가 징을 치면 마
을 사람들이 옹배기에 물을 담아 바가지를 엎어놓고 두드릴 줄 알았
다. 그런데 격식 차리고 앉아 거문고와 가야금의 현악기로 아악雅樂
을 연주한다. 기특하여 웃음이 절로 나온다. 한편 스승이 변변치 못
해 제자들을 고생시키는구나 하는 서글픈 생각인들 왜 없었겠는가.
　그리하여 "너는 닭을 잡는데, 어찌 소 잡는 큰 칼을 사용하느냐?"
나무라는 것처럼 보이지만, 핀잔이 아니다. 논둑길이나 밭둑길을 지
나 개울 하나 건너는 작은 마을에서 어찌 국가적인 차원의 예악을 연
주하느냐는 말이다. 그런데 고지식한 자유가 정색하며 "저는 선생님
께 그렇게 배우지 않았습니다." 말하는 모습에서 제자의 올곧음을 본
다. 어긋남이 없다. 그래, 제자들아! 자유의 말이 옳구나. 내가 실언을
했다고 멋쩍어하신다. 아무리 작고 보잘것없는 마을이라도 그 안에
예악禮樂의 질서가 있다. 국가에만 법도가 있는 것이 아니라, 국민들

개개인 너와 나 두 사람 사이에도 지켜야 할 도리 '인격'이 있다.

공자님은 덕치德治를 소중하게 여긴다. 무력이나 형벌로 국민을 억압하는 통치는 패도의 악덕 정치라고 했다. 요즘 평화를 지키기 위해 특정지역을 폭격하고, IS 무장 세력이 불특정 다수에게 테러를 일삼고, 노동자의 폭력시위와 과잉진압이 그렇다. 내 것만 옳다고 주장하면 소인이요, 예와 악, 즉 인정으로 조화롭게 화합하는 '하모니'가 군자다. 우리가 원하는 것은 "잘살아 보세, 잘 살아 보세~♬" 우리도 한번 잘 살아 보자고 함께 응원가를 부를 때, 저절로 손뼉과 발장단이 흥겹다. 현악기 관악기 타악기…, 젓가락이면 어떤가. 악기는 사람의 흥을 돕는 도구일 뿐이다.

앞집 꽃잎이가 독일 유학을 마치고 돌아와 귀국연주회를 한다. 나와 남편도 초대를 받았다. '하우스콘서트'다. 초대장에는 연주곡목이 적혀있다. 꽃잎이 가족과 애완견 폴까지 카펫 위에 턱을 괴고 감상했다. 플루트 연주자인 꽃잎은 댕기 머리에 한복을 곱게 입고 사회자는 나비넥타이를 맸다. 10명 안팎이 45평 아파트 안의 적정 인원이라 한다. 나는 그때까지 연주회란, 수백 명이 모여 문화회관 대강당쯤 빌려야 성공한 공연인줄 알았다. 뒤풀이 담소로 눈 마주치며 와인 건배까지 관객들과의 선율이 곱다.

연주회보다 훨씬 전, 아파트 집들이를 할 때다. 집안의 대소가 가족을 초대했다. 새집 부엌에서 국과 밥 몇 가지의 요리를 준비했다. 이제 거실에 상을 펴고 둘러앉아 먹기만 하면 된다. 정성스럽게 만든 음식이 부엌에서 거실로 나오기 직전, 나는 어머님과 아버님 어린조카들을 거실과 부엌 사이로 모셨다. 아파트라는 공간이 서너 사람만 서도 몸이 부딪힌다. 좁은 게 문제인가. 그래서 더 따뜻하다. 네모난 쟁반에 흰 장갑과 가위를 준비했다. 양쪽 끝에서 오색 테이프를 붙잡고 "이렇게 저희 집에 와 주셔서 고맙습니다. 지금부터 테이프 커팅식이 있겠습니다." 하나, 둘 셋! 구령에 맞춰 자르시라고 하니 생뚱맞은 제안에 모두 어색해하셨다.

그날 휠체어에 앉은 어머님은 '아이고, 우리 며느리 별난 짓도 다 하지.'라는 눈빛이 촉촉하셨다. 말씀은 할 수 없었지만, 그날 찍은 사진이 아니더라도 그 눈빛이 무얼 말하는지 나는 안다. 이사하던 그 이듬해 장맛비 내리는 여름날, 어머님은 저승 꽃밭으로 떠나셨다.

우리가 평생 살면서 집들이할 날이 몇 번이나 될까. 어디 커다란 빌딩의 주춧돌만 대단한가. 어느 사찰의 상량식만 근사한가. 세상 내놓으라 하는 유명한 기업인의 준공식보다 내 자식의 초가삼간이 자랑스럽다. 나의 아이들도 집들이로 어미 아비를 초대할 날을 기다려본다. 그날, 가슴에 카네이션 한 송이 달고 내빈으로 가고 싶다. 아직 병아리 살림인데 벌써 나는 소 잡는 칼을 꿈꾼다.

전 삼일, 후 삼일

− 오불여제, 여부제吾不與祭, 如不祭

제사에 자유로운 사람이 있을까.

나는 맏며느리는 아니다. 내가 혼자 제상에 올릴 음식 한 가지를 번듯하게 다한 적은 없다. 제사 사흘 전, 장보기, 다듬기, 탕국 거리 방정하게 썰기, 동그랗게 문어 데치기 등 재료를 준비한다. 그중 주 업무는 제사 당일, 전이 몇 가지가 되던 프라이팬에서 구워내고, 도미 조기 민어 가자미 등의 생선을 익힌다. 말하자면 지지고 볶고 차리는 역할이다. 음식만 지지고 볶겠는가. 전 뒤집다 동서들 관계도 탄다. 대단한 일을 하는 것 같아도 조율이시, 홍동백서, 어동육서, 좌포우해로 격을 갖춰 제사상을 차려내기 위한 나는 소품 담당이다.

제사 때는 조상이 앞에 계시는 듯이 정중하고, 산천의 신을 모실 때는 신이 앞에 있는 듯 경건했다. 공자께서 말씀하셨다.

"내가 제사에 참석하지 않았으면, 제사를 지내지 않음과 같다."
祭如在ᄒ시며 祭神如神在러시다 子曰 吾不與祭면 如不祭니라 -
八佾

'제사에 참석하지 않았으면, 제사를 지내지 않음과 같다.'는 문구에서 자유를 잃는다. 어머님은 재계齋戒의 달인이셨다. 4대 봉제사에 설 추석 성묘 시사까지 한 해에 열두 번도 넘는 제사에 늘 '전 삼일, 후 삼일'을 주장하셨다. 어머님 생전에는 내가 참으로 괜찮은 며느리인 줄 알았다. 시집올 때, 제사상 뒤에 둘러칠 8폭짜리 반야심경 병풍도 손수 붓글씨로 써왔다. 그 당시 며느리 셋 중에 나만 어른과 함께 사는 전업주부였으니, 모든 행사에 온전히 투입되었다. 어머님의 위상은 공자가어孔子家語처럼 우리 집안의 법도였다. 속설에 '집 나가 화냥질한 며느리보다 제사에 팔다리 부순 며느리가 더 불경하다'고 한다. 오죽하면 지금도 명절증후군으로 병원 입원이 쇄도하며, 인터넷에서 명절용 깁스가 품절이 나겠는가. 우리나라 어느 직장에서 여자들이 제사에 일주일 정도를 근신하도록 배려해 줄까. 학교에 근무하던 두 동서는 결국, 직장을 그만두었다.

　제사는 가가례家家禮다. 집집마다 예절이 다르다. 그 댁 어른의 마음이 편한 대로 가풍이 이어진다. 앞마당이 있던 주택에서 이사 했다. 지금은 아파트 21층에서 제사를 모신다. 강철로 된 현관에 들어서면 센서 등이 먼저 기척한다. 긴 복도에 액자를 잠시 떼어내 거나 한지로 가리기도 한다. 조상님들이 제삿밥 잡수러 오다가 혹 시 얼비치는 그림자에 놀라 되돌아가실까 두렵기 때문이다.

　아버님, 큰 아주버님, 장조카는 대를 이어 캐스팅 없는 주연이시 다. 그분들은 제삿날, 지방 쓰는데 정성을 다하신다. 지방은 되도록 가늘게 삐뚤빼뚤 써야 한다. 부모를 생각하는 마음에 눈물이 앞을 가려 손이 떨리고 오열이 나는 듯이 한 글자 정도는 약간 물에 번져 도 괜찮다. 조금 서툴러야 사무치게 사랑하는 후손의 마음이 진하 게 전해진다. 초상화나 사진, 비디오 동영상이 없던 시절에는 신주 를 깎아 모시고 지방을 썼다. 어머님은 생전의 고운 사진이 많은데 도 아주버님은 한문지방을 고수하신다.

　제사음식을 진설한 다음, 굴건제복하고 신을 맞이하는 영신迎神 으로 제1막이 올라간다. 분향焚香 강신降神으로 혼백魂魄을 모신다. 초헌初獻관인 아주버님이 "참신參神" 독축讀祝을 하시면 막내 조카 재환이가 한글로 풀이하여 "참사자는 모두 신위를 향하여 두 번 절한다." 제상 앞에 시동尸童처럼 긴장하여 또박또박 읽는다. 카메오 출현이다. 이제 몇 년 후, 증손자 준우, 바하, 민건이가 글을 읽을 줄 알게 되면 차례로 축문을 읽을 것이다.

공자께서는 "큰제사에 관주灌酒를 부은 후로는 제사를 보고 싶지 않다."고 하셨다. 경건함이 형식에만 지나쳐서 마음은 벌써 뜬구름이다. 발도 저리고, 집에 빨리 가고 싶고, 내일 출근이 걱정이다. 늦은 시간, 도무지 성에 차지 아니한다. 춘추전국시대 성인聖人께서도 예에 어긋나 차마 보고 싶지 않다고 하셨다니, 요즘 우리 모습은 어떠할까. 아헌亞獻은 본래 종부宗婦가 올리기도 하지만, 형제 중에 중요한 일을 앞둔 사람이 올리기도 한다. 내 식구가 종헌終獻의 잔이라도 올리면 마음이 뿌듯하다. 유식侑食 첨작添酌 삽시揷匙 정저正箸 합문闔門 계문啓門 헌다獻茶 철시복반撤匙復飯하여 보내드리는 사신辭神과 철상撤床까지 절차의 막이 내려지면 드디어 거실 불을 환하게 밝힌다. 제사에 커튼콜은 없다. 제관들이 둘러앉아 음복飮福으로 밤이 깊다. 그렇다고 끝난 것이 아니다. 조상님의 혼백이 본래의 제자리로 무사히 돌아갈 수 있도록 아들 손자, 며느리는 또 사흘 동안도 근신하라셨다.

신종추원愼終追遠만이 효孝는 아닐 것이다. 제사는 시적詩的 의미로 보자면 한 조상의 뿌리를 둔 사람들이 모여서 한마음으로 일체

감을 갖는 축제祝祭다. 한 식구, 한 가족, 한울타리, 한 일가를 이룬 한 민족의 한류韓流다. 지금은 농경시대가 아니다. 현대사회에 다양한 직업군에 종사하며 다 같이 한마음으로 감당하기에는 제사가 번거롭다. 나는 솔직하게 전 삼일, 후 삼일이 힘겹다. 사후에 서열 지켜 대소가 납골묘에 안치되는 것도 마다하고 싶다.

계로가 귀신을 섬기는 일에 대해 묻자, 공자께서 "산 사람도 제대로 섬기지 못하는데 어찌 귀신을 섬길 수가 있겠느냐?" 다시 "감히 죽음에 대해 묻고자 합니다." 공자께서 "삶에 대해서도 잘 모르는데 어찌 죽음에 대해 알겠느냐?"고 답하신다. 이처럼 공자의 철학은 '살아 있는 사람'을 바탕으로 한다. 사람으로서 지켜야 할 바른 도리와 바른 행실에 중점을 둔다. 공자의 사상은 지극히 현실적 · 실천적 · 지성적이다.

나는 남편과 한날한시에 갔으면 좋겠다. 몇 년 전, 아이들 혼사를 하면서 〈가족의례〉를 만들었다. 그중 이런 문구를 넣었다. '각자 어디에 살든 현충일 날 아침, 사이렌이 울리면 호국선열에게 묵념하고 난 다음, 마음속으로 부모를 추모하기 바란다.' 엄마 아빠는 대한민국 국민으로서 도덕적으로 사회적으로 현충일 묵념에 어긋나지 않게 잘살겠노라고 제삿날을 미리 정했다. 이왕이면 열심히 일하다 현장에서 순직하면 좋겠다. 그날 아침, 아이들의 식탁에 망

초忘草꽃 몇 송이 꽂혀있었으면 더 좋겠다. 그리하여 나는 세금은 가장 먼저 낸다. 캄캄한 밤, 아무도 없는 건널목 앞에서도 법과 질서를 지키는 푸른 신호등이다.

삼 년은 너무 길다

― 삼년지상三年之喪

삼 년은 소멸과 생성에 가장 적합한 기간이다.

재아가 공자님께 묻기를 "삼 년의 복상은 기한이 너무 오래입니다. 군자가 삼 년이나 예를 지키지 못하면 반드시 예가 무너지고, 삼 년이나 음악을 익히지 않으면 음악이 반드시 시들 것입니다. 그러니 이미 묵은 곡식이 없어지고 새 곡식이 상에 올라오고, 또 불씨를 일으키는 수나무를 바꾸어 새로 뚫어 불씨를 피우는 것처럼, 복상도 일 년으로 끝내는 것이 좋지 않겠습니까?"

宰我 問三年之喪이 期已久矣로소이다 君子三年을 不爲禮면 禮必壞하고 三年을 不爲樂이면 樂必崩하리니 舊穀이 旣沒하고 新穀이 旣升하며 鑽燧改火하노니 期可已矣로소이다 子曰 食夫稻하며 衣

夫錦이 於女安乎아 曰安호이다 女安則爲之호라 夫君子之居喪애
食旨不甘호며 聞樂不樂호며 居處不安이라 故로 不爲也호노니 今
女安則爲之호라 宰我出커늘 子曰 予之不仁也여 子生三年然後에
免於父母之懷호노니 夫三年之喪은 天下之通喪也니 予也 有三年之
愛於其父母乎아 - 陽貨

　공자께서는 "부모님이 살아계시면 어른의 뜻을 살펴 따라야 하
고, 이미 돌아가셨으면 생존 시의 행적을 살펴 본으로 삼아야 한다.
삼 년간을 두고 선친의 도를 고치지 않아야 가히 효라고 말할 수
있다."고 하셨는데, 그예 또 재아가 질문을 던졌다.

　공자께서 되물으신다. 그래 재아야, 그렇게 일 년으로 거상을 마
치고 흰쌀밥을 먹고, 비단옷을 입으면 네 마음이 편하겠느냐? "예,
편할 것입니다." 대답하자 "네 마음이 편하거든 그렇게 해라." 원래
군자는 상중喪中에 있을 때는 맛있는 음식을 먹어도 달지 않고, 음
악을 들어도 즐겁지 않으며, 안락하게 있어도 편하지 않기 때문에
그렇게 하지 않는 것이다. 그러나 마음이 편하다면 그렇게 하라신
다. 재아가 나가자, "재아는 참으로 어질지 못하구나. 자식이 태어
나 삼 년이 되어야 비로소 부모의 품에서 벗어나듯이, 부모의 상을
삼 년 모시는 것은 천하의 공통된 예법이거늘…. 재아도 부모로부

터 삼 년 동안 사랑을 받았을 터인데…" 안타까워하신다.

부모님의 뜻은 물론이요, 생전에 보시던 책을 차마 읽지 못함은 아버님의 손때가 책 속에 배였기 때문이며, 쓰시던 그릇에도 어머님의 입김이 서려 있기 때문에 차마 사용하지 못한다. 부모님께서 귀히 여기던 친인척과 기르던 누렁이도 함부로 하지 않는 것이 도리이다.

삼 년으로 회자하는 이야기 중에 '장생도라지'가 있다. 시어머님과 나는 오로지 꽃이 예뻐서 텃밭에 도라지를 심었다. 인삼은 6년근이 최고라는데 도라지도 뿌리인지라 명품도라지를 기대했다. 육년은커녕 삼 년이 지나니 밑동이 썩어 싹도 나지 않았다. 도라지는 땅속에서 크는 기간이 삼 년이라 한다. 삼 년씩 일곱 번을 옮겨 심어야 효능이 탁월한 21년산 장생 도라지가 된다.

삼 년은 사랑의 시효다. 삼 년을 낭군님을 사랑하다가 큰아이, 작은아이를 본다. 어미젖을 먹는 아이는 삼 년 터울이 자연스럽다. 그다음 시부모님도 공경으로 번갈아 수발한다. 사위도 사랑하고 며느리도 사랑하고 손자들도 사랑하다 보면 식견은 더 깊어지고 취미도 깊어진다. 삼라만상 온 인류를 다 사랑하게 된다.

엄마는 아이의 거울이다. 아기는 배태 시기부터 3년 동안 제 얼굴을 모른다고 한다. 어미 얼굴이 제 얼굴인 줄 알고 엄마가 웃으면 따라 웃고 엄마가 울면 따라 운다. 아이가 태어나 세 살이 되기까지 스스로 똥오줌을 가리고 숟가락을 사용하여 밥 먹고, 기고, 앉고, 서고, 혼자 신을 신고 제 발로 걷기까지 진자리 마른자리 손발이 다 닳도록 부모는 보살핀다.

예전에는 백일 즈음, 정수리 부근의 황새 머리카락을 잘 보관했다가 남자는 관례 여자는 계례[성인식] 때 갓이나 쪽 비녀 옆에 장식하여 꽂았다. 늘 낳아주신 은혜를 생각하다가 부모님이 돌아가셔서 삼 년 탈상脫喪때 태워버렸다. 어르신들 중절모에 꿩 털 장식은 본래 자신의 배냇머리 털로 장식했다. 멋이 아니라, 아직 부모님이 생존에 계시다는 복식의례다. 자식의 도리를 잘하면 장년에 이르러 눈썹 속에 긴 털이 몇 가닥 휘날리는데 이를 황구黃耈라 한다. 황구가 나오면 장수할 조짐이라 하니 예술가처럼 관리하면 어떨까.

삼년지상三年之喪은 천지분간을 못 하던 시절의 부모님 보살핌을 복상으로 갚는 것이다. 그 절차는 임종부터 – 수시 – 고복(초혼) – 발상(초상발표) – 준 – 습(수의는 가시는 길 맺힘이 없도록 실의 매듭이 없게) – 소렴(옷과 이불로 쌈) – 대렴(입관) – 성복(문상객 받음) – 치장 – 천구 – 발인(장지로 떠남) – 운구 – 하관 – 성분 – 반곡 – 초우 – 재우 – 삼우 – 졸곡(3개월) – 소상小祥 (만 1년이 되는 날), 13개월 연복을 빨아서 입고 수질과 요질을 벗는다. 나물과일 붉은 생선 먹음 – 대상大祥 (만 2년이 되는 날), 25개월 만에 젓갈 간장 포 먹음 – 신주 사당으로 옮김 – 대상 후 초상 27개월이 지나면 술 식혜 말린 고기를 먹는다. 마음이 차츰차츰 담담해질 즈음, 담제를 지내고 끝으로 며느리가 활옷을 입고 곳간 열쇠를 받게 되는 길제吉祭를 지냄으로써 삼 년의 복상 소임이 끝난다. 그러나 부모님의 상례는 삼 년보다 더 길어도 한이 없다고 했다.

춘추전국시대에도 공자 문하에서 삼년을 배우면, 녹을 바라지 아니하는 사람이 없었다고 한다. 공자께서도 나를 일 년만 써 줘도 법령과 제도를 고치고 삼 년이면 완성하여 성과를 보여주겠다고 하셨다. 삼 년은 생성의 기초를 닦는 기간이다. 그렇다고 삼 년이면 자녀교육이 끝나는 것도 아니다. 골수에 사무치고 무젖는 세대교체 즉 이립而立의 서른 살이 되어야 겨우 취직도 하고 결혼도 하고 사회구성원으로서 사람 구실을 한다. 자자손손 대를 잇는 육아정책이 휴대전화기 약정기간만큼도 되지 않는다. 국민을 낳고 기르는 소중한 '워킹맘'들의 육아휴직을 6개월, 12개월, 15개월로 한정하니, 어찌 우리 아이들에게 부모의 은혜를 알라고 강요할까.

밤나무를 심는 까닭

– 사민전률使民戰慄

밤나무는 공포정치恐怖政治의 상징이다.

애공이 재아에게 토지신을 모시는 것에 대하여 물으니, 재아가 대답했다. 하나라의 임금은 사수社樹로 소나무를 심었고, 은나라 사람들은 잣나무를 심었고, 주나라 사람들은 밤나무를 심었습니다. 밤나무를 심은 까닭은 백성으로 하여금 두려워하게 함입니다. 공자께서 들으시고, 이루어진 일이라 다시 말하지 아니하며, 끝난 일이라 충고하지 아니하며, 이미 지나간 일이라 허물하지 않겠다. 哀公이 問社於宰我ᄒ신대 宰我對日 夏后氏ᄂ 以松ᄒ고 殷人ᄋ 以栢ᄒ고 周人ᄋ 以栗ᄒ니 曰 使民戰慄이니이다. 子聞之ᄒ시고 曰 成事라 不說ᄒ며 遂事라 不諫ᄒ며 旣往이라 不咎로다 - 八佾

애공은 노나라의 군주다. 애哀라는 시호로 짐작할 수 있듯이 힘이 없는 슬픈 임금이다. 재아는 언어와 웅변에 뛰어난 제자다. 본래 나라에 심는 사수는 각각 그 토질에 적합한 나무를 심는다. 부산은 동백을 심고 서울은 은행나무를 심는 것과 같다. 그런데 그럴싸하게 말을 잘하는 재아가 주周나라에서 밤나무를 심은 까닭은 백성들에게 겁주기 위해서라고 함부로 말했다. 공자께서는 "이미 지나간 일이니 어쩔 수 없다."고 말씀하시나 사실은 재아를 심하게 꾸짖는 말이다.

그리하여 후세에 우리나라도 밤이 많이 나는 마을은 포악한 현령이 다스리던 곳이다. 최명희의 소설 ≪혼불≫에 나오는 율촌栗村댁의 품성은 어땠을까. 한 치의 어긋남도 없다. 스쳐 지나기만 해도 간담이 서늘하다. 그래서일까. 여자를 생각하게 한다는 '시媤'자가 가혹하다. 나는 가훈이 삼강오륜인 집안의 증손녀로 태어났다. 제사 때마다 제사상에 올릴 생률生栗을 팔각으로 치는 반가의 법도를 보며 자랐다.

포천의 현감 또한 날씨처럼 혹독하였던지, 나는 밤 깎는 일에 한해서는 급수가 높다. 어려서부터 밤과 아주 친숙하다. 그중에도 아직 덜 여문 풋밤의 뽀얀 젖살은 저절로 침이 고인다. 고놈의 속껍질은 어린 엄지손톱으로 밀어도 곧잘 벗겨진다. 조금 더 여물면 떫은

속껍질을 "퉤퉤" 뱉으며 밤 살을 깨물어 먹는다. 그러나 엄마들은 그 본디없이 보늬 벗기는 모습을 싫어한다. 무명 러닝셔츠나 흰 블라우스에 묻으면 영락없이 갈색흔적을 남기게 되는데 삶을수록 진하다. 가슴 언저리에 상흔이다.

일본에서 자라신 어머님은 밤 요리를 즐기셨다. 밤을 깎아 곤약을 넣고 간장과 맛술과 물엿을 넣고 밤 조림을 잘하셨다. 금세 하는 쉬운 조리법이지만 밤을 깎는 시간이 걸린다. 요즘은 밤의 겉껍질을 깎는 기계도 나오고, 속껍질을 깎는 기능성 작은 칼도 나왔지만, 내가 새댁시절에는 한 톨 두 톨 …, 겉과 안을 깎아야 했다.

나는 늘 어머님 곁에서 밤을 깎아드렸다. 그런데 밤이란, 까면서 한두 개 먹어야 제 맛이다. 새 며느리가 어찌 일부러 먹었을까. 간혹 벌레 먹은 밤이 나오면 나머지 살을 도려내다 부스러지면 먹는다. 더러는 속살이 단단하고 노란색이 도드라지면 멀쩡한 한 톨을 냉큼 집어먹는다. 밤 까는 재미, 꿀밤이다. 그런데 매사가 정확한 우리 어머님은 밤을 내어주시곤 다 깎으면 반드시 저울에 다시 무게를 재신다. 1킬로를 깎으면 어느 정도 속살이 나오나 가늠해보는 일일 텐데, 나는 늘 조마조마하다. "요만큼밖에 안 되드나?" 물으시면, 벌레 먹은 부위를 보여드리면서도 한두 개 집어먹은 내 꼴이 홀라당 속곳 벗긴 알몸 마냥 부끄럽다.

어느 해, 시어머님이 편찮으셔 친정엄마가 서울에서 문병 차 오셨다. 친정엄마가 오셔도 감자나 마늘 혹은 고구마 줄기를 손에서 놓지 못하는 딸이 안쓰러워 보였든지, 놔두고 어서 병원에 다녀오라고 채근하신다. 그날도 밤을 까고 있었다. 나는 보온도시락에 죽을 담아 나서며 "엄마, 밤 깎으면서 먹으면 안 돼요." "얘는, 안 먹는다." 하셨지만, 서운한 기색이 역력하다. 그깟, 밤 한 톨이 뭐라고! 늙은 어미를 그토록 단속하나. 그만큼 며느리에게 밤은 어려운 물건이다.

오죽하면 초례청에서 밤과 대추를 던져주었겠는가. 흔히 아들딸 잘 낳아 기르라고 주는 뜻으로 알고 있지만, 본뜻은 지엄하다. '대추 조棗와 음이 같은 아침 조朝자와 밤률栗과 음이 같은 두려울 률慄자다. 아침부터 시부모님을 두려워하며 효孝를 다하라'는 형극荊棘의 의미로 배웠다. 요즘 신부들이 폐백을 거부할만하다.

호랑이 없는 굴에 복병이 나타났다. 나는 밤 깎는 일에 대하여는 달인이다. 그런 내게 껍질이 두껍다는 타박이다. "아까워서 그런 게 아니"라고 몇 번을 못 박는다. 차라리 밤 살이 아깝다고 했다면 평정심을 찾았을지 모른다. 제사음식 34년 차, 내가 손에 잡는 일마다 나무란다. 아직 불도 켜지 않은 프라이팬을 보며 탄다고 한마디, 부추전은 두텁다고 한마디, 습관적인 구설이 밤 가시 되어 콕콕 찌른다. 화가 치미는 것만큼 저급한 감정은 없다. 나도 어언, 시어미가 되었다. 여태까지 잘 참아왔는데도 순간순간, 전율戰慄한다. 이제, 시댁 부뚜막에서 나와 황률黃栗가루로 다식판에 문양을 새길 대청마루의 서열이다.

제사의 과일 조률이시棗栗梨柿, 대추 밤 배 감은 씨앗의 숫자를 상징한다. 자손이 잘 성장하여 임금, 영의정 우의정 좌의정, 좌청룡 우백호, 이조 호조 예조 병조 형조 공조 등의 벼슬에 대한 염원이다. 그중 밤을 제사상에 올리는 까닭은, 밤은 다른 종자와 달리 싹을 틔우고서도 아주 오랫동안 껍질을 달고 있기 때문이다. 근본, 즉 조상을 잊지 말라는 의미다. 가시 돋친 밤송이 속의 알밤 세 톨, "툭, 툭툭, 툭탁!"

팔조목으로 밤을 친다. '격물, 치지, 성의, 정심, 수신, 제가, 치국, 평천하!'

오캄

– 자원 방래自遠方來

"아, 일 안 하고 싶다." 원고료로 먹고사는 사노 요코의 말이다.

아침부터 나서려고 했다. 가방 안에 속옷과 책 한 권뿐이다. 그곳이 어디라도 괜찮다. 다만, 당당하게 출가하고 싶다. 초록은 동색이라는데 무색이다. 대소가 가족행사에 한분은 명랑과다이고 못난이는 우울진창이다.

다음날 튕기듯 나왔다. 오롯이 나에게 집중하자. 본부는 합정역 3번 출구, 행동개시는 시청역부터다. 덕수궁 수문장교대식을 따라 궁 안에서 휴식하고 돌담길을 걸어 덕수초등학교에 들어가 수영장과 천문대를 본다. 수위가 나와 묻는다. "법조계에 계세요?" "제가요?" 검은 투피스에 흰 블라우스 때문인가. 아니면 낮은 구두에 민낯 때문일까. 덕수초등 출신이 법조계에 많다며 졸업생인줄 알았단다. 궁 근처에 민가가 없어도 체육관정책으로 추첨하여 입학하는 인기가 있는 학교라고 한다.

초등학교 바로 앞에 경기여고 자리가 있다. 학교는 강남으로 이사 가고, 담벼락에 담쟁이덩굴만 무성하다. 나는 글을 쓰기 전에는 몰랐다. 실제 명문 나온 사람들의 글을 읽으면서 그분들의 생각과 삶을 뒤늦게 배우는 중이다. 녹슬고 부서진 철문으로 마음 놓고 오래도록 들여다본다. 나의 태도가 얼마나 진지하였던지, 지나가던 외국 청년도 나를 따라 내 옆에서 코를 들이박고 들여다본다. 아무것도 없는 빈터다. 코쟁이 청년은 내게 뭘 보느냐고 묻는다. 이곳은 대한민국 최고의 여자 하이스쿨이었던 자리다. 면발치로도 언감생심 하던 곳을 주제 넘는 사설이다.

정신을 차리고 보니 주위에 많은 사람들이 둘러서있다. 아마 안내자인줄 알았던 모양이다. 나는 어설펐던 콩글리시konglish가 부끄러워 서둘러 골목에서 빠져나오며 "어디에서?" 스코틀랜드에서 왔다고 한다. "바이, 바이~ 해브어 굿 타임" 헤어져 조선일보 골목 칼국수 집으로 가면서 "아차차!" 혼자 밥 먹기도 힘든데 같이 식사하자고 했으면 좀 좋았을까. 젓가락질도 가르쳐주고, 김치의 매운 맛도 보여주고. 대책 없이 집 나온 나의 한계, 내 그릇이 딱 고만하다.

칼국수 한 그릇 뚝딱 먹고, 성공회 뜰에서 꼬박꼬박 졸며 해바라기를 한다. 자주 수녀원 앞뜰에서 차 한 잔의 여유를 누리던 곳이다. 서늘한 성공회 교당에 들어가 장엄한 파이프오르간을 올려다보다 막 지하 묘에 들어가려는데, H그룹 회장 선친 묘도 있다는 말에 덴 듯 총총걸음으로 나왔다. 심보가 옹졸하다. 오래 전, 알리앙스 프로세즈와 세실극장도 그대로 그 자리다. 소공동 지하상가에서 곧잘 길을 잃던 청춘시절이 숨바꼭질하듯 되살아난다.

시청 앞 광장, 광화문 우체국, 동아 조선 서울 신문사들도 건재하다. 무교동에서 가장 높았던 20층 빌딩에 남강타워라는 로고가 없었다면 온통 유리벽으로 리모델링한 건물을 모르고 지나칠 뻔했다. 결혼 전, 7년 동안이나 매일 출퇴근하던 건물이다. 건물 뒷골목에 내가 자주 가던 '아가페 다방'은 흔적도 없다. 나는 아가페 마담의 꼬아 올린 한복자태에 매료되어 모닝커피를 시켰었다. 그 시절 마담보다 지금 내 나이가 훨씬 지긋하다. 속절없는 뒤안길이다.

서울은 온통 축제 중이다. 탑골공원, 낙원상가. 인사동 공방 '마비에'에 들어가 간이 의자에 앉으니 친구가 보이차를 연방 우려 준다. 어스름 저녁이다. 목젖이 따뜻해지니 뭉쳤던 다리가 풀린다. "얘, 친구들 연락할까?" "아니, 혼자 걷고 싶어. 나 집나왔어" "야, 너 멋지게 산다." 멋, 그렇다. 몸은 천근만근 너덜너덜해도 마음은 충만하다.

셋째 날, 종각과 종로통 청계변이 야단법석이다. 메가폰 마이크

머리띠 현수막이 빨강 파랑 노랑 초록…, 태극기와 성조기가 각양각색이다. 어느 날 대형마트 앞을 지나가는 깃발을 보며, 세 살배기 손자가 "할머니, 뭐 달라고 그러는 거예요?" "글쎄…" "뽀르르 비타민 달라고 하는 거예요." 으스대며 알려준다. 아기에게도 뽀통령이 있듯, '세상에 나쁜 개는 없다'며 애완동물을 훈육하는 개통령도 TV에서 바쁘다. 모두는 누군가에게 그 무엇을 달라고 시위한다. 그런데 나는 지금 필요한 게 없다.

내가 머물고 있는 방에는 TV도 시계도 없다. 머리빗이 없어 며칠째 손가락으로 얼기설기 쓸어내리며 머리카락을 말린다. 슬프다고 생각했던 천장도 아늑하다. 조금 열어놓은 창문으로 환한 햇살이 비치니 한줄기 바람도 살랑인다. 책읽기 좋은 방이다.

《사는 게 뭐라고》 책을 펼쳤다. '일본인의 노후를 읽었다. 어느 쪽을 펼쳐도 훌륭한 사람들뿐이다. 모든 사람이 긍정적인 데다가 앓는 소리를 하지 않는다. 이 책을 보니 자식들에게 구박받고 푸념을 늘어놓는 할머니도, 교양 없는 할아버지도 없다. 정말로 다들 훌륭하다. 화창한 날씨에 읽고 있자니 우울해졌다.' 진정, 공감한다. 그렇다. 책을 쓰는 사람들은 어쩜 그리도 인성이 다 훌륭할까.

넷째 날, 광화문을 지나 경복궁 앞 현대미술관 뒤뜰에 앉았다. 햇살도 나른하게 한갓지다. 내가 자라던 서울, 궁핍했던 서울이 이토록 고요하고 너그러웠던가. 스무 살 무렵, 나는 서울만 벗어나면 살 것 같았는데, 돌아 돌아 육십갑자 회갑이다. 화갑華甲이 지난 요즘은 돌아만 가면 살 것 같다. 우리라는 관계에서 고립되고 싶다. 곳곳을 배회해도 나를 필요로 하는 사람이 없으니 세상만사가 마냥 화사하다.

출가 나흘 만에 돌아왔다. 발칵 뒤집힐 줄 알았다. 아무도 그 무엇도 묻지 않는다. 그대로 일상이다. 억울하다. 무정하다. 그런데 외려 마음은 고요하다. 여태까지 혼자 펜스 룰을 치고 애면글면했다. 이 낯선 느낌? "오우~ 그래, OKLM!" 드디어 내가 나를 찾은 것이다.

"먼 곳으로부터 벗이 찾아오니 이 또한 즐겁지 아니한가." "남이 알아주지 아니해도 서운한 마음이 없으니 또한 군자가 아니겠는가." 有朋이 自遠方來면 不亦樂乎아 人不之而不慍이면 不亦君子乎아 – 學而

"아, 일하고 싶다." 나의 오캄을 위하여!

* 오캄 : 프랑스어로 '고요한', '한적한'을 뜻하는 말로, 스트레스를 받지 않고 심신이 편안한 상태. 또는 그러한 삶을 추구하는 경향. 'OKLM'으로 표기되기도 하며, 연관 있는 단어로는 스웨덴의 '라곰lagom', 덴마크의 '휘게hygge' 일본의 '소확행小確幸'이 있음. –시사상식사전

솔직하게

– 이직보원以直報怨

혹자가 말하였다. 원한을 덕으로 갚는 것이 어떻습니까? 공자께서
말씀하셨다. "덕을 무엇으로 갚을 것인가? 원한은 정직함으로 갚
고, 덕은 덕으로 갚아야 한다.

或이曰 以德報怨ㅎ되 何如ㅎ니잇고 子曰 何以報德고 以直報怨ㅎ
고 以德報德이니라 – 憲問

덕으로 베푸는 일이 가능할까.

예수는 "원수를 사랑하라" 사랑으로 베풀라고 한다. 노장은 무위
자연으로 자연스럽게 "냅둬"다. 부처는 더 넓다. 무아無我의 경지다.
내가 없는데, 미움이 어디 있고 원수가 어디 있을까. 착하게 살면
천당 가고 악하게 살면 지옥 간다. 극락왕생과 지옥불은 인과응보

다. 사후死後가 있는 종교다.

공자님은 사후가 없다. '지금 여기' 현재를 살아간다. 자로가 죽음에 대해 물었을 때 "삶도 모르는데 어찌 죽음을 알겠느냐" 귀신섬기는 것을 물으니, 산사람이나 잘 섬기라고 한다. 멀리 가신 분을 위한 '신종추원愼終追遠'에 얽매이지 말고, 오늘 내 옆에 있는 사람, 내 가족, 내 이웃들과 조화롭게 생활하는 일상을 권한다. 가장 작은 단위, 너와 나에서 시작하는 관계의 미학이다.

무엇으로 원한을 갚을까. 성정이 조급한 분들은 "눈에는 눈, 이에는 이" 이열치열以熱治熱로 똑 같이 갚아주자고 덤빈다. 전쟁선포다. 그대가 내 코피를 터뜨렸으니까 나도 그대의 쌍코피정도는, 어쩌면 잠시 콧구멍이 시원할 수 있을지 모른다. "아아아~ 잊으랴! 어찌 우리 이날을~" 6월 25일을 기다렸다가 맨주먹 붉은 피로 갚으러 쳐들어갈까. "흙 다시 만져보자 바닷물도 춤을 춘다.~" 일제강점기의 설움을 아베총리에게 광화문 광장에 와서 우리 국민 앞에 무릎 꿇고 사죄하라면 그가 행할까. 중국의 시진핑을 오라하여 청와대 춘추관 앞에서 세 번 절하고 아홉 번씩 머리를 조아리라고 할까. 국제정세는 남북, 한일, 한중이 맞붙어 승부를 가리는 월드컵 축구 경기가 아니다. 땅덩어리의 크기로 핵무기로 대적할 수 없다. 서로 고유한 방법과 문화로 협상하며 공존하는 지구촌이다.

그래, 바로 그거다. 우리는 유일한 동방예의지국이니 '인仁'의 측은지심을 무조건 발휘하는 것이 좋을까. "잘 살아보세, 잘 살아보세~" 노래하다 "아아~ 대한민국, 아아~ 나의조국♬" 자랑스러운 나라가 되었다. 대외적으로 안팎이 정말 잘 살고 있는 걸까. 혈세를 걷어 후덕하게 퍼주며 제발 평화롭게 좀 살자, 평화, 평화…, 언제까지 아이 달래듯 할까. 언제까지 UN에게 치안정리를 부탁할까. 우리가 어려울 때 미국이 원조를 해줬으니, 막무가내 트럼프의 막말에도 고개 숙이며, 혹시라도 모를 무력도발을 막기 위해 방위비 분담금과 미국산 신무기를 자꾸 사야할까. 그들은 평화라는 구실로 계속 부추기고 겁을 주며 뭐든지 비싼 값으로 우리에게 팔뿐이다. 인의예지仁義禮智 균형 감각이 절실하다.

집의 어머님은 친인척들에게 아주 잘 하셨다. 조실부모하여 형제가 없는 아버님께 시집와서 보리쌀 서 됫박으로 내외를 핍박했던 분들을 잊지 않으셨다. 취업을 못해 힘들게 사는 조카에게 운전면허를 따도록 비용을 대주고, 번듯하게 입고나갈 양복도 사주셨다. 조카뿐인가. 그의 자녀들이 학업을 마칠 수 있도록 등록금도 챙겨주고, 친정조카딸이 어미 없이 시집을 가게 되면 폐백음식까지 준비하셨다. 아기가 태어나면 미역국과 기저귀 포대기 배냇저고리를 싸들고 가서 산바라지도 마다하지 않으셨다.

나는 어머님의 며느리다. 대학생이던 신랑에게 시집와 아이를 낳았을 때도, 아이들이 중, 고등학교와 대학 입학할 때도, 며느리에게 손자가 먹은 분유 값까지 월부로 갚으라셨다. 부모가 책임감 있게 살아야 자식이 보고 배운다는 지론이시다. 나중에 병원침대에서만 생활하시면서도 한 사람 한 사람을 따로 병실로 불러 베푸셨다. 기력이 아주 쇠하신 어느 날, "에미야, 얼추 다 갚았다."며 한풀이 마무리를 하셨다. 그동안 얼마나 힘이 드셨을까. 부모들이 내쳤던 몰인정을 그의 자식들에게 덕德으로써 갚아주셨다.

은혜로운가. 공자께서는 원한은 정직함으로 갚으라고 하신다. 직直은 직량直諒이다. 바르고 성실하면 된다. 지공무사至公無私, 지극히 공평하여 사사로운 감정이 없게 하라신다. 덕으로 원한을 갚는 일은 자신을 속이는 일이다. 오른 뺨을 맞으면 왼뺨을 대줄 것이 아니라 "아얏!" 아프다고 말해야 한다. 그것이 정직이다. 사람인데 어찌 증오의 감정이 없을까. 노자 도덕경에 "원한이 있는 자에게 은덕으로써 갚으라.[報怨以德]"는 말은 아마도 앙갚음을 하지 말라는 뜻일 게다.

나에게도 "어디, 두고 보자." 괘씸한 옹치雍齒 몇 사람이 있다. 고까운 병통이다. 안보고 살 수 있으면 좋으련만, 정말 '칸부치看不起'하고 싶다. 못 본체 무시하며 모르쇠 할 만큼 배짱이 두둑하지 못한 나는 미운 마음을 아닌 척 상냥함으로 가린다.

　중국 명 말에 불화佛畵로 유명한 화가가 있었다. 그는 그림을 그리려고 할 때마다 반드시 목욕재계하였다. 그의 이름은 '정중鄭重'이다. 정중이 묘약이다. 우리는 산이 아니라, 돌멩이에 걸려 비틀거린다. 이제 나는 보은도 배은도 여력이 없다. 다만 자신에게 솔직하고 싶다. 그냥 그대로, 내 몸과 내 마음에게 우선 정중하려고 한다.

무늬만 며느리

- 구신具臣

"수리수리 마하수리 수수리 사바하"

청남산장의 본당 영주암이다. 원삼족두리에 연지곤지 단장하고, 행서체 붓글로 써온 혼수품 반야심경 병풍 앞에서 초례청을 차린 곳이다.

식사도중 쩝쩝 음식 씹는 소리, 후루룩 국물마시는 소리. 아버님께서 한 수저 드실 때마다, 어머님은 잔소리로 간을 맞추셨다. 식탁 옆에 두 손 모으고 섰거나, 밥상머리에 무릎 꿇고 앉아, 새댁은 어머님의 관심시선을 종알종알 소리로 방해했다. "아버님, 제가 시끄럽게 하죠?" 넌지시 여쭈면 "너는 종달새 같다"고 하셨다. 두 분의 갱년기시절에 나는 시집왔다.

"아버지 와이셔츠는 다리지 마라" 내 남편과 시숙 시동생 셔츠를

다 다리면서 어찌 아버님 것만 쏙 빼놓을 수 있을까. 다린 셔츠를 들고 큰방으로 들어가면 어머님은 내게 눈을 흘기셨다. 어머니가 삯바느질해서 조석거리를 마련하던 시절, 단추 하나가 떨어져도 세탁소로 갔다고, 양말 한 켤레도 본인이 샀다고, 아내의 안목을 인정하지 않았었다고, 많이 서운해 하셨다. 며느리에게도 마찬가지다. 당신의 세탁물은 본인이 따로 맡기셨다. 조실부모하여 혼자 성장하신 신독愼獨의 습관이시다.

추운 셋방에서 밤하늘을 올려다보며 "차 값이 없어서… " 두 번 세 번 되뇌면, 어머님은 꼼짝없이 쌈짓돈을 내놓으셨다고 한다. 영국제 맞춤양복, 검은 중절모, 미쏘니 넥타이, 버버리 코트, 금테 안경과 지팡이가 찰리 채플린의 화보 같으셨던 분. 평생 오로지 본인 입성만 챙긴다고 불평하셨지만, 허리 꼿꼿한 자세와 머리카락 눈썹 수염 한 올도 흐트러짐 없이 아버님은 깔끔하셨다.

계자연이 "중유와 염구는 대신이라고 말할 만 합니까?" 묻자, 공자께서 말씀하셨다. "나는 그대가 색다른 질문을 할 줄 알았는데, 여전히 사람에 대해 물으시는군요. 이른바 훌륭한 신하란, 바른 도로써 군주를 섬기다가 옳지 않으면 떠나는 자입니다. 지금 유와 구는 머리 숫자만 채우는 보통신하라고 할 수 있겠습니다."

季子然 問 仲由冉求는 可謂大臣與잇가 子曰 吾以子爲異之問이러
니 曾由與求之問이로다 所謂大臣者는 以道事君ᄒ다가 不可則止ᄒ
ᄂ니 今由與求也는 可謂具臣矣니라 – 先進

나는 며느리 자격이 있는가. 하늘이 낸 사람이 맏며느리라면, 손
아래 동서는 수요일마다 수랏상을 차려드린 장금이 며느리다. 나는
아버님 진지를 핑계 삼아 "그래, 바로 이 맛이야!" 맛 집을 찾아다니
며 MSG맛으로 구색具色만 갖춘 며느리다.

바람잡이다. 식사도중 아베의 간특함, 트럼프의 무례함을 성토
하시다가 느닷없이 줄기세포주사를 말씀하셨다. "아차차, 그 양반
이름이 생각이 안 난다" "황우석 박사요?" 그래, 그래 그 양반이
노벨의학상 감인데…. 아버님은 가족들의 일상사보다 세계의 역사
지리 경제 시사와 문화에 대하여 "에~, 또" 장엄하게 연설하신다.
그즈음 "단어가 가물가물하다"며 낙담하셨다. 아버님과 마지막 식
사자리도 그랬다. 바람잡이인 나는 아버님께서 기뻐하실 단어에 초
점을 맞춰, "예~, 예!" 풍구를 잘 돌린다.

어느 해 겨울, 아버님과 광복동 거리를 걸었다. 누가 나를 봤다고
수군댄다. 노신사와 팔짱을 끼고 "하하 호호" 다정하기에 모르는
척 했다는 것이다. 애첩인줄 알았단다. 어림도 없는 소리. 우리 어

머님 정도의 미모와 교양은 되어야 여자라는 수준에 들 수 있다. 그 시절 나는 밥상과 이부자리 담당의 무수리였다. 그래도 아버님과 외출하는 날은 한껏 차려입는다. '저 영감 며느리 꼴을 보아하니, 형편없는 늙은이네' 소리 안 듣도록…. 아버님과 외출할 때는 "반드시 치마입고 반지는 껴라" 결혼예물은 며느리를 위한 것이 아니라고, 어머님이 유언처럼 엄명을 내리셨다. 보석은 내 취향이 아니니 대놓고 번쩍인 적은 적으나, 샤넬라인 원피스나 스커트는 지금도 숙제처럼 즐겨 입는다.

아버님은 어머님께서 손바느질로 지으신, 소素색 명주수의壽衣와 옥색 갑사도포를 입으셨다. 입관入棺한 아버님모습이 마치 오래전 초례청에 섰던 내 신랑처럼 태가 고우시다. "내게 여자는 네 어미밖에 없다." "네 어미는 예뻤다."고 자주 말씀하셨다. 마음씨 솜씨 말씨 그중 맵시가 가장 돋보이던 우리 어머님. 외씨 같은 버선발로, 아버님을 마중 나오실까? 나는 그것이 궁금하다.

꽃 보살, 생전에 꽃 공양을 전담하셨던 어머님이 외시던 '신묘장구대다라니' "도로도로 미연제…, 못쟈못쟈 모다야…" 내 귀에는 '도로도로 제자리', '못다못다 한' 며느리역할로 들린다. 황혼육아와 일을 병행한다는 구실로, 월요일마다 밥값이나 축내던 무늬만 며느리였을지라도 내생의 연을 빌며 향을 사른다.

정관 큰스님께서 연단에 오르셔 "신원주 ○○○ 영가" 몇 번이나 힘차게 부르신다. 어머님 아버님과 한 집안의 법도를 동심결 매듭으로 함께했던 마당 너른 집. 우리가 살던 집을 아버님께서 절집에 내주신 덕분으로 지금의 노인요양병원 '常樂精상락정'에서 60~70명의 노인들이 날마다 행복을 누린다는 법문을 하신다.

밤잠 잘 주무신 새벽에 "가슴이 답답하다."시며 운명하셨다. 아버님의 캐릭터는 '신사의 품격'이시다. 그중 임종정념臨終正念이 가장 '잰틀'하셨다. 흔한 링거 한 병의 수혈도 없이 집에서 천수를 다 하셨다. 비록 생전에 잔정은 없으셨지만, 내 남편, 내 아들, 내 손자가 모두 아버님의 성정과 언행과 패션 감각을 닮았으면 좋겠다. 대소가 가족들이 법당에서 극락왕생의 49재 명복을 빌고 있다. 이제 며느리로써 함께 했던 고락의 세월을 내려놓으며, 아버님의 혼魂과 백魄께 마지막 큰절을 올린다.

어머님이 오신 걸까. 정토의 집, '본래지당本來知堂' 앞에 진달래가 조등弔燈처럼 피었다. 꽃 사이에 종달새 한 마리 "옴마니밧메훔, 옴마니밧메훔, …" 우짖는다.

일등 사윗감

– 공야장公冶長 & 남용南容

"좋은 신랑감 좀 물색해봐!"

어떤 신랑감이 좋은 신랑감인가. 인물 좋고 학벌 좋고 인성도 좋은 신랑감이면 만사 OK! 그것도 옛말이다. 성공한 중년 정도의 연봉과 거주할 아파트와 자동차는 있느냐고 묻는다. 하기야 예전에 물색 있는 사윗감은 결국 수레를 잘 모는 자이다. 네 마리 말이 빛깔도 같고 힘도 비슷하여 마차가 흔들림 없이 잘 달리게 할 수 있는 바퀴의 성능을 찾는 것이 물색이다.

"겉보리 서 말만 있어도 처가살이는 하지 않는다.""뒷간과 처가는 멀수록 좋다.""딸은 출가외인"이라는 말은 속담사전에서나 찾아볼 일이다. 성형 수술한 장모는 봐줄 수 있어도 통장 없는 장모님은 볼 수가 없다고 한다. 처갓집이 가까워야 아내가 편안하고 육아도

움도 받을 수 있다는 21세기 신 풍속도다.

내가 결혼할 때만 해도 "며느리는 내 집만 못한 집에서 데려와야 한다." "딸은 내 집보다 나은 집으로 시집보내야 한다."며 나의 친정 집은 은근히 사위 잘 본 처갓집이 되었다. 혼인의 성패는 사람이다. 그러나 정작 '사람'보다 그 사람의 '가문'을 본다. 배경을 선호하는 것은 스스로 변변치 못함을 인정하는 셈이다. 요즘 가문이란? 물질 이 대신한다. 이런 저울추는 생각할수록 억울하다.

> 공자가 공야장을 평해서 "그는 사위로 삼을 만하다. 비록 그가 포승
> 에 묶여 감옥에 있으나, 그의 죄는 아니다." 말하고, 자기 딸을 그
> 에게 시집보냈다.
> 子謂公冶長ᄒ샤되 可妻也로다 雖在縲絏之中이나 非其罪也라ᄒ시
> 고 以其子로妻之ᄒ시다 - 公冶長

공야장은 성격이 강퍅한 사람이다. 불의를 보고 참지 못한다. 이 런 사람은 제 명을 다하지 못한다.

> 공자가 남용을 평하여 "나라에 도가 있을 때는 버림받지 않고, 나라
> 에 도가 없을 때에도, 형벌이나 주륙을 모면할 사람이다." 말하고,

형의 딸을 그에게 시집보냈다.

子謂南容ᄒ샤되 邦有道애 不廢ᄒ고 邦無道애 免於刑戮이라ᄒ시고
以其로 兄之子妻之ᄒ시다 – 公冶長

남용은 학식이 많고 덕행이 높은 군자였다. 언행이 신중하여 아
무리 난세라도 형법에 저촉되지 않는 무난한 사람이다. 공자는 자
신의 딸은 용감한 열사에게 출가시키고, 형의 딸은 무탈한 지성인
남용에게 시집보냈다.

남용이 백규의 시를 세 번이나 되풀이 하여 외웠으므로, 공자께서
자기 형님의 딸을 그에게 시집보냈다.

南容이 三復白圭어늘 孔子以其兄之子로 妻之ᄒ시다 – 先進

시경詩經 대아에서 '백규白圭의 흠은 오히려 고칠 수도 있으나, 잘
못된 말은 어찌할 수 없다,'며 언행을 바로잡는다. 말과 글과 댓글
카톡이 다 해당된다. 남용은 신중하기에 형벌에 걸리지 않고 어찌
해도 살아남을 사람이다.

공야장과 남용, 사윗감으로 누가 더 나은가. 조선시대, 시대를
앞서가던 조광조는 개혁정책으로 기묘사화가 물거품이 되자 37세

에 죽었다. 퇴계는 연산 7년부터 선조3년까지 열성조를 거쳐 70세까지 장수했다. 고향에 계신 어머니와 지병을 지녀 45세 이후, 정치전선에서 물러나 학문과 교육과 수신에 힘썼다. 불과 물의 성격이 단명과 장수를 부른다. 공자의 형은 아우에 비해 매우 부족한 사람이었다. 그리하여 형에게 무슨 일이 있어도 목숨을 잘 보존할 사윗감을 양보한 내용이다. 공자님도 아비인지라 딸에 대한 지극함이 왜 없었겠는가.

시어머님은 넷째 따님이셨다. 위로 세분이 모두 과수댁이셨는데, 이모님들이 외국에서 귀한 약과 건강식을 우리 아버님께 공수하셨다. "너는 꼭 제부 앞에 가라." 그래야 저승에서 친정 부모님을 만났을 때, 과부가 안 된 효심을 보인다고 하셨다. 어머님은 아버님보다 15년이나 먼저 가셨다. 우리 아버님은 단연 일등사위가 되셨다.

혼례식이 끝나면 사주[생년월일]를 청홍보자기에 싸서 장롱 맨 밑 서랍에 보관한다. 만약 사위가 먼저 죽으면 장모와 시어머니가 동시에 안방으로 뛰어든다. 왜냐? 사성을 반으로 잘라 꽃신을 접어 관에 넣어주는 풍습이 있다. 나머지 반은 잘 간직했다가 뒷날 남은 배우자가 신발의 반쪽을 찾아가야 한다. 시어머니 입장에서는 며느리가 저승에서도 내 아들 수발하기를 바랄 테고, 친정어머니는 고생하며 산 딸이 한 번 더 새로운 배우자를 만나 호강했으면 바라는 간절함이 있다.

지금, 우리들은 어떤 혼인을 하고 있는가? 서른 해 키운 자식 30분이면 끝난다. 스스로 자기 짝을 찾고, 육례[납채 문명 납길 납징 청기 친영]를 갖추는 용어조차 생소하다. 혼사 당일, 하객의 수가 혼주의 사회적 경제적 위상을 나타내는 잣대가 된지 오래다. 오랑캐들의 짓이라고 남을 흉볼 처지가 못 된다. 지난 나의 모습이거나 곧 닥칠 나의 일이기 때문이다.

집의 아이들이 구시렁거리던 버릇이 없어졌다. 요즘은 나와 남편을 존경까지 하는 눈치다. 어떻게 검은 머리가 파뿌리 되도록 해로하느냐는 볼멘소리다. 과정 없는 물색이 있을까. 세대교체의 30년 세월동안, 종종 행복했던 순간을 병풍처럼 펼치고 산다. 구정물에 손 담그지 않고 맞이한 구정[설]이 없듯, 그간 인고의 강을 건너왔다.

왈가불가, 나는 인물을 물색할 자격이 없다. 딸이 없으니 사위도 없다. 결혼은 선택이라고 대못을 박아 말하니, 잘 구슬려 빼내지도 못한다. 내 손과 내발로 내차 내가 타고 내 인생을 내가 안전운행하겠다고 비혼非婚을 선언하는 시대다.

그들의 물색은 곧 자신이다.

쪽박 & 대박

- 누공루중屢空屢中

먼지처럼 소멸하고 싶다. 그날을 위하여 그녀는 하루 시간을 안배한다. 티브이 보기다. 인문학 지식향연, 작가들의 사생활, 세계 테마기행, 걸어서 세계 속으로, 어쩌다 어른, 휴먼 다큐, 요리人류 등 꿈과 미덕의 시선으로 예약버튼을 누른다. 예술도 고흐나 모네의 순수회화에 채널을 맞춘다.

빠른 성공의 정석, 그는 '꾼'을 꿈꾼다. 그날을 위하여 그도 티브이를 본다. 서민갑부, 장사의 정석, 추적60분, 사건25시, 4차 혁명 등 제목에 숫자나 처세가 들어가야 한다. 한동안 알래스카에서 16세 손자가 91세 할아버지와 금맥을 찾는 Discovery채널에 심취해있더니, 요즘은 목숨을 담보로 암초에 걸린 난파선을 뒤지는 프로를 본다. 앤디워홀의 브랜드디자인처럼 자본주의는 '돈이 최고'라는 신단을 세운다. 사건 사고 고발 해결 등 생사生死의 양극이다.

  그는 좀 더 구체적이다. 월요일마다 아버님을 모시고 식사하고 집으로 돌아오는 길, 바닷가 앞에 비상 깜박이를 켜고 개구리 주차를 한다. 작은 차 한 대가 겨우 비켜 빠져나갈 자리다. 그녀는 소심하다. 조수석에서 매번 불안하다. 뒤차가 차 빼라고 경적을 울리면 어쩌나. 마주 오는 차가 비키라고 삿대질하면 어쩌나. 빠른 걸음으로 엎어질 듯 그곳으로 뛰어 들어가는 그의 뒤통수에 대고 두 손을 모은다.

  그 곳에서는 복권을 판다. 대한민국에서 두 번째로 당첨금이 많다는 현수막이 펄럭인다. 당신에게도 저 불빛만큼 찬란한 여생이 기다린다는 듯 광안대교 야경까지 파도의 팡파르에 맞춰 퍼레이드를 펼친다. 청춘을 겨냥하는 카페와 비어, 레스토랑 호텔 모텔 등. 우리의 비상깜빡이까지 보태지 않아도 불빛이 광란하다. 흡족한 얼굴로 차안으로 돌아와 안전띠를 맨다. 나는 다시 두 손을 모으고 '제발, 제발…' 십 수 년을 일주일마다 치루는 기도의식이다.

  공자 가라사대, "안연은 거의 도에 가까운 사람이었으나, 궁핍하여 자주 쌀독이 비워졌고, 자공은 천명이나 운명을 받아들이지 않고 재물을 증식하였으나, 억측하면 자주 적중했다."

子曰 回也는 其庶乎오 屢空이니라 賜는 不受命이오 而貨殖焉ᄒ나
億則 屢中이니라 - 先進

  안빈낙도安貧樂道를 실천하는 안연은 대소쿠리에 주먹밥 한 덩이
와 물 한 바가지의 끼니조차도 배를 채우지 못하는 날이 많았다[一
簞食一瓢飮]. "돈 없으면 집에 가서 빈대떡이나 부쳐 먹지♬"라는
대중가요가 있다. 빈대인들 있었을까. 성정이 지나치게 맑고 깨끗
하였으니, 빈대도 이도 벼룩도 살아남지 못했을 것이다. 그에 비해
자공은 일부러 작정하고 투자하지 않아도, 억측億測하면 난세에도
슬기롭게 돈벌이를 잘했다. 그러나 상거래에 어긋난 농단壟斷의 기
록은 없다. 정권이 바뀌어도, 위장전입을 하거나 담합하지 않아도,
하룻밤 자고 일어나면 주식도 부동산도 쑥쑥 올라갔다. 두 인물 중
에 누가 내 배우자라면 좋을까. 투자의 달인 자공을 마다하는 것도
용기다.
  나는 어떤 사람일까. 밥 한 공기와 물 한 병 정도는 늘 있다. 하루
두 끼를 먹는 날도 없으며, 네 끼를 먹는 날도 없다. 때 되어 배를
채우면 만사가 풍요롭다. 어떻게 하면 더 감성적으로 낭만자락을
펼치고 오늘의 화평을 누릴까. 이 책 저 책, 이 일 저 일, 소소한
소일거리가 그때, 그때 떠오른다. 혼자 바스락거리며 하루, 이틀…,

한해, 두해 잘도 노닌다.

그래도 로망은 있다. 일상을 소요逍遙하는 다락방이 '꿈에 그린' 이다. 계단이 좀 삐거덕거려도 괜찮다. 훗날 어쩌면 깃털처럼 가벼워 바람을 타고 다니는 신선이 될지도 모른다. 그 계단으로 오르기 위해 꼼수투자로 '떴다, 방' 근처에 가본 적은 없다. 그렇다고 맹탕 경제에 멍텅구리는 아니다. 자신의 가치를 위해 매일 강의안을 검토하고 강의실에서 비상을 꿈꾼다.

로또를 꿈꾸는가. 로또가 당첨되면 여자들은 단칼을 뺀다고 한다. 남편하고 반반씩 삼박하게 나눠 갖고 헤어진다고 한다. 남자들은 어떨까. 이순신의 후예가 되어 "나의 행적을 아무에게도 알리지 마라." 쥐도 새도 아내도 모르게 잠적한다고 들었다.

매주 복권을 사는 남편도 어쩜 나와 살고 싶지 않을지도 모른다. 오뉴월 긴긴해에 다섯 달이나 먼저 태어났으며 미인도 아니다. 그런데도 아직까지 내 밥을 먹는 것으로 보아 내 간절한 기도는 신통력이 있는 것 같다.

그는 요즘 로또의 근처에 다다른 듯하다. 아내의 말은 절대 듣지 않는다. 직장의 관리체제에서 벗어났다. 근무하던 시절보다 퇴직 후의 일상이 더 바쁘다. 요즘 그의 카카오톡 메인 사진 옆에 문구가 있다. '휴대폰 바다 속에 있어요.' 그래서 어쩌란 말인가. 자기를 찾지 말라는 말인지, 같이 잠수를 타자는 말인지. 본격적으로 따져 보려 해도 꼭 내가 잠든 시간에 들어온다. 아무래도 그가 찾는 금괴가 바다 속에 있는 모양이다. 과한 행복은 다 먹을 수 없는 제과점과 같다는데, 진열하여 보이기만 할 뿐 하루의 한계는 세끼 식사다. 이 시대에 어디 안연은 쉽고 자공은 쉬운가.

미래를 꿈꾼다. 작은 새둥지 같은 거처에서 병아리 모이처럼 적게 먹다가 흔적을 남기지 않고 날아가는 소요의 경지를. 부부는 오래전 초례청에서 표주박 술잔으로 합근례合卺禮를 마시고 한배를 탔다. 대박의 수장水葬이냐, 쪽박의 조장鳥葬이냐? 그녀와 그는 요즘 뜨고 있는 장례문화, 드론-장과 해양-장 사이에 있다.

궁팔십 달팔십

– 초창 토론 수식 윤색草創 討論 修飾 潤色

'수필의 날', 2008년 7월 대구에서다. 그날, 검은 베레모 검은 티셔츠에 짙은 색 청바지 차림의 선생님을 처음 뵈었다. 포스가 남다르다. 키가 크고 말씀을 하실 듯 말 듯, 웃을 듯 말 듯, 활짝 쾌활하지는 않으셨다. 함께 사진을 찍었는데, 사진 속의 선생님은 소년이다. 왜 소년처럼 보였을까.

표정이 아주 수줍다. 나는 청바지에 꽂혔다. 스티브잡스의 민머리, 검은 티셔츠, 거친 청바지에 마우스를 문질러도 접속이 잘된다는 창업자 컨셉은 아니다. 청바지는 누구나 편하게 입지만 누구에게나 어울리지는 않는다. 청바지차림의 선생님 첫인상은 내게 종합예술인 이미지였다.

그 후, 나는 남편에게 공을 들였다. 색상 두께 디자인 브랜드를 섭렵하여 청바지와 베레모 캐주얼 세미구두까지 남편에게 선물했다. 외모는 내 콩깍지 안목에 내 남편이 훨씬 출중하다. 그런데 이상하게 청바지 태態는 쫓아가지 못한다. 지성이 몸에 배인 자연스러움이 아니라 파도처럼 거칠다.

선생님께서 간혹 전화하시면, 어떤 뜻을 한 줄 정도로 짧게 설명하고 "원고, 한 편 줘요." 끊으신다. 마주 앉아 밥 한 번 한 적이 없으니, 내겐 거부할 수 없는 어려운 분이다. "내가 벌서 미수를 맞이했어요." 저는 선생님에 대해 아는 것이 없다하니, 모르는 대로 본대로 들은 대로 느낀 대로 읽은 대로 쓰라신다.

선생님에 대해 무엇을 안다고 말할 수 있을까. 2009년도 『매실의 초례청』으로 현대수필문학상을 받을 때, 식장에서 축사를 하셨다. "오늘 수상하시는 분은 제도권의 프로필 없이도 글로써 당당한 분"이라는 말에 힘을 얻었다. 그날 행사사진을 찍으러 왔던 집의 아들 녀석이 여러분의 축사말씀 가운데 "노장老莊을 젊은 나이에 읽으면 사람에 대한 열정이 없다."고 하신 선생님이 멋있었다고 했다.

어느 날, 뉴스에서 마광수교수의 부음을 보면서 문득, 선생님이 떠올랐다. '지기知己를 잃으셨구나!' 백아절현과 관포지교의 장면이 스크린처럼 스쳤다. 도라고 말할 수 있는 도는 늘 그러한 도가 아니 듯[道可道非常道], 다양함을 인정하셨다. 우리 정서의 유학적 틀을 벗어나 다름을 인정하는 포용이다. 사람을 만났다는 것은, 오직 한 사람으로 끝나는 것이 아닌 '품'이 된다. 마음이 순수하지 않으면 누구를 좋아할 수가 없다."는 순수를 배우는 중이다.

　≪현대수필≫에서 원고청탁을 받을 때, 같은 사람에게 두 번을 받은 적이 없다. 언제나 청탁자가 바뀐다. 한 분 한 분이 다 현대수필의 대표주자들이다. 여러 사람의 손을 거쳐 일에 만전을 가하는 모습이다. 나는 매번 공정하게 뽑힌 기분이 들었다. 외교사령은 그 나라의 학문과 사상을 대표하는 문화의 결정結晶이다.

> 공자가 말했다. "정나라에서는 사령을 작성할 때, 비심이 초안을 잡고, 세숙이 내용을 연구검토하고, 외교관 자우가 문장을 수식하고, 동리에 사는 자산이 문채를 윤색했다."
> 子曰 爲命애 裨諶이 草創之ᄒ고 世叔이 討論之ᄒ고 行人子羽는 修飾之ᄒ고 東里子産은 潤色之ᄒ니라 - 憲問

　원고 청탁서를 보내는 분들도 한결같이 "우리 선생님"이라 말한다. '우리'라는 호칭 안에서 청출어람이 전해진다.

　남의 뒤를 따라가려는 생각은 하지 말라. 몰입하라. 해체를 통한 융합, 융합을 통한 해체로서 옛것을 익혀 새롭게 하라. 이미지는 시적으로 내용은 작가의 사상이 작품 안에 용해되라. 작가에겐 '자기만의 브랜드'가 있어야 하며, '작가는 오직 작품으로 말하라'는 선생님의 교수법에 밑줄은 그었지만, 나는 자신할 수 없다.

높고 넓은 거목. 만약 내가 글을 쓰지 않았다면 평생 옷깃을 스칠 리도 없는 큰 어른이시다. ≪현대수필≫ 계간지뿐만 아니라, 『그림 속 아포리즘 수필』『오늘의 한국 대표수필 100인선』『실험수필』『한국 실험수필』『나는 글을 이렇게 쓴다』『수필은…』『새로운 수필 쓰기』등 책을 발간할 때마다 지면을 주셨다. 나는 무임승차했던 행운아다. 그런데 그중 실험수필에 두 번이나 글을 실었다. 처음에는 멋모르고 동참하였으나, 점점 가책이 되었다. 혁신적이지도 도전적이지도 못하면서 시대의 큰 흐름, '실험'이라는 이름을 빌려 쓰다니…, 자책하다가 정신이 번쩍 들었다. 실험정신으로 수필을 쓰고 싶지 않은 작가가 세상에 어디 있을까. 깜냥도 안 되면서 남의 장르나 빼앗은 것 같은 부끄러움에 불에 덴 듯 빠져나왔으니, 나는 겁쟁이다.

과수원 한쪽에 통나무를 엮어 촌부로 살고 싶었다는 선생님. 문과 대학에 입학한 인연으로 그때 평생의 반려자를 만났으니…, "그 이름은 '수필', 성도 없이 이름만 있는 '수필'이라" 이런~, 잔뜩 기대했다가 삼천포다. 다른 어떤 길에도 눈길 한번 준 적 없이, 오직

한 길만을 고집하며 걸었다는 그 길에 나도 어느새 들어섰다.

그 길은 수필의 길이다. 돈도 안 되고 밥도 안 되는 오직사랑이다. 실제 사모님과의 사생활은 알 수 없다. "나는 낚시를 하는 강태공 같이 살아왔습니다." 아마도 그러하셨을 것이다. 은殷나라 말, 위수에서 이상적인 국가를 꿈꾸며 세월만 낚던 태공망太公望, 그의 아내는 생활고를 견디지 못해 집을 나간다. 하필 그때, 태공은 무왕武王의 스승이 되어 문화가 가장 찬란했던 주周나라를 세웠다. '궁핍한 80년을 참고 살면 영화로운 80년이 기다릴 것[窮八十達八十]'이라는 고사의 배경이다. 선생님께서 수필의 불모지에서 여태까지 '궁팔십窮八十'으로써 수필의 씨앗을 뿌리셨다면, 이제부터 무성하게 꽃피운 수필문화 '달팔십達八十'을 누릴 차례다. 에로스의 사랑은 사모님과 플라토닉 사랑은 수필과 함께, 한 몸으로 두 집 살림이셨다니…, 참 복도 많으시다. 로맨틱한 일부이처一夫二妻다.

선생님의 낚시 바늘에 수필 한 꼭지 걸렸음을 '품'으로 여기며, 미수美秀로 미수米壽를 감축感祝드린다.

5

김□ 지음

불꽃, 지르다

- 승부부우해乘桴浮于海

'사랑의 시작은 고백입니다' 불꽃축제의 로고다.

매년 10월에 열린다. 2005년 부산 해운대 누리마루 APEC정상회담 경축행사로 시작한 광안리 바다『불꽃축제』는 불꽃뿐만 아니라, '멀티미디어 해상 쇼' 레이저 쇼 등 테마에 맞춰 음악과 함께 스토리가 있다. 해마다 100만 명 이상의 관람객이 곳곳에서 온다. 지난해에는 '一'자형에서 'U'자형으로 확대하여 이기대, 해운대, 동백섬일대에서 동시다발로 해상에서 불꽃을 쏴 올렸다. 그래서 중요한 건, 나는 누구에게 사랑을 고백했을까?

"산 너머 남촌에는 누가 살 길래♬"를 그리워하던 소녀는 밤하늘의 별빛을 바라보며 더 넓은 은하수銀河水를 꿈꿨다. 그런데 남쪽에서 유학 온 남학생이 축구공을 발로 차면 바다로 떨어진다며 꼬드

겄다. 천상의 선남선녀 '남남북녀'의 만남이다. 나는 사랑의 깊은 바다에 풍덩 빠졌다. 내 인생의 발화점이다. 물과 불의 만남, 냉정과 열정의 환상적인 궁합 아닌가. '나, 부산에 산다.'라고 말하는 순간, 사람들의 눈빛이 윤슬이다.

불꽃이 제아무리 아름답다한들 사람만 하겠는가. 순간의 빛이다. 그 순간은 부싯돌 같다. 잉걸불처럼 원 없이 활활 태우며 살 수 있으면 좋으련만, 나는 무엇이 그리도 두려운지 늘 불어리를 쳤다. 때가 되면 저절로 사위어 가는 것이 세월이건만, 밤낮 몸 사리다 해지고 달뜬다. 밤바다에서 등대의 불빛을 찾는 것처럼, 언젠가 내 인생에도 불꽃 한 번 질러야지…, 해마다 불꽃축제를 기다리는 이유다.

광안리 앞바다가 '광란'의 도가니가 되는 날, 현장의 불꽃은 극치다. 스페인의 발렌시아지역의 '파야스 불꽃 축제'를 본 적이 있다. 그 지역은 불꽃[火花]축제로 혁신적인 도시로 도약했다. 우리나라 부산 바닷가도 스페인 못지않은 또는 이태리 베네치아 못지않은 첨단이 공존한다. 오륙도에서 이기대, 이기대에서 해운대로 해안선을 따라 걷는 갈맷길이 그렇다. 우아한 요트와 파도모양으로 건축된 마린시티의 고층빌딩들. 계절을 막론하고 수영, 서핑, 요트대회, 수상스키, 크루즈 등의 레저 활동과 영화의 거리, 미술관, 실내외가 근사한 카페와 맛 집이 활어처럼 역동적이다.

나는 이곳에서 '일상을 여행처럼' 살고 있다. 나의 짝지는 34년 공직생활을 마감하고, 다시 바다로 돌아왔다. '파도야, 어쩌란 말이냐! 파도야,' 나 어쩌란 말이냐? 임은 물 같이 까딱 않는데, 어쩌란 말이냐? 그는 요즘 나이도 잊은 채 심하게 출렁인다. 누구를 위하여 종을 울리려는지 돛대를 곧추세웠다. 풀꽃처럼 여린 그녀는 이제 더는 그의 거센 바람을 막지 못한다. 그동안 부부는 바다에서 서핑 사진을 찍는 포토그래퍼Photographer와 파도를 가르며 경기하는 요트선수를 생산했다. '바다와 하늘'의 만남으로 맺어진 커플에게서 바하와 로하도 태어났다.

인생은 아름답다. 그러나 골짜기 없는 산이 어디 있고, 바람 없는 바다가 어디 있을까. 때론 태풍도 해일도 굴곡지게 많이 겪었다. 혼자 혹은 둘이 타는 쪽배에서 차가운 바닷바람과 사투를 벌이며 세일링Sailing 하다가 캡 사이즈Capsize 되는 날도 많았고, '그리고 나는 바다로 갔다'를 찍느라 깊은 물속에서 카메라 셔터를 누르다가 밧줄에 걸려 손가락이 빠지고, 페달을 밟느라 발목의 복사뼈는 철로 바꿔 끼웠다. 아이들이 하는 일은 풍류가 아니다. 목란나무 상앗대로 달빛을 가르며 '적벽부'를 읊는 낭만적인 뱃놀이와는 다르다. 깊은 바닷물에 발을 담가야만 녹錄이 얻어지는 생업이다.

불꽃같은 열정과 거센 물결이 없었다면 도저히 해낼 수 없는 일들이다. 오로지 고요하게 지켜야 하는 것은 어미의 마음, 파고波高의 높이를 조율하여 삶을 순풍으로 연주해야 한다. 파도는 사계절의 출렁임이요, 불꽃은 순간의 섬광이다. 그 활화산 같은 에너지의 분출을 위하여 두 손 모은다. 나에게 불꽃축제는 간절한 기도다. 고요한 어둠이 배경이 되어야 그들이 제 빛깔을 뿜어낼 수 있다.

"도가 이루어지지 않으니, 뗏목을 타고 바다로 떠날까 보다. 나와 함께 떠날 자는 아마도 자로밖에 없을 것이다." 자로가 이 말을 듣고 기뻐했다. 그러자 공자께서 "용기는 나보다 나으나 재목으로 취할 수는 없는 인물이다."

子曰 道不行이라 乘桴ᄒ야 浮于海ᄒ리니 從我者ᄂ 其由與인뎌 子路 聞之ᄒ고 喜ᄒ대 子曰, 由也ᄂ 好勇過我ᄒ나 無所取材니라 − 公冶長

세상 돌아가는 꼴이 어수선하다는 말씀이다. 곧이곧대로 들은 제자는 자신이 뽑혔나 싶어 우쭐한다. 이토록 자로는 단순하다. 그런데 요즘 나는 자로의 우직한 매력에 빠져있다. 어떠한 상황에서도 '내편'이 되어주는 한결같은 사람. 나는 가족에게 자로와 같은 사람이 되고 싶다.

나는 오랫동안 몸으로 먹고사는 숭고함을 경시했었다. 달빛을 배경삼아 장독에 정화수 한 사발 올리듯, 마린시티 창가에 차 한 잔 놓고 연필 춤을 춘다. 이참에 아예 해양문학 '노인과 바다'의 헤밍웨이를 꿈꿔본다.

우리 집 남자들은 바다에서 일한다. 팡, 팡, 팡파르fanfare 내지르는 불꽃을 바라보며 나는 고백한다. "사랑합니다, 무조건" 그렇다. 현재는 연료가 아니라 한바탕 불꽃이다.

베풀지 마라

- 기소불욕 물시어인己所不欲 勿施於人

"이 아이 좀 혼내주세요." 만약 공공장소에서 아이 엄마가 부탁을 한다면, 나는 뭐라고 할까? "아기야, 나는 착한 사람이란다. 너의 엄마한테 혼내달라고 하렴." 그러려고 한다. 너무 매정한가? "할아버지, 애 좀 '이놈'하세요." "경찰아저씨, 애 좀 잡아가세요." 졸지에 인자한 어르신이나 민중의 지팡이인 경찰이 망태수준이 되어버린다. 왜, 불특정 선인들을 무서움의 대상으로 만드는가.

국민이 화가 났던 것도 그런 것이다. 자신이 통수권자의 의무를 다하지 못했으면 '본의 아니게 민폐를 끼쳐드려 죄송하다. 자세한 것은 검찰에 가서 성실하게 조사 받을 것이다.'라고 자신의 목소리로 전했어야 했다. 좋은 발표라면 포토라인에서 대변인에게 읽도록 시켰겠는가.

나는 어렸을 때, 경춘선 기차를 자주 탔다. 기타소리와 포크송, 삶은 계란과 사이다의 낭만이 차안에 가득했다. 그 중에 낡은 털 스웨터에 뚫어진 운동화를 신은 소녀가 있었다. 두 시간 남짓 걸리는 그 길이 얼마나 자존감을 떨어뜨리는지 소녀의 엄마는 모르셨을 것이다. 목적지에 도착하면 적선을 바라는 성냥팔이 소녀처럼 애절하게 동정심을 구걸했다. 예를 들어 한 학기 등록금이 6,800원이면 교과서와 교복 체육복도 사야하기 때문에 1만원을 받아도 모자란다. 그러나 아버지의 여자, 그녀는 내게 5천원만 준다. 개도 던져주면 견격犬格이 상하여 먹지 않는다고 하는데, 사람인 나는 오죽했을까. 문화혁명시대 고깔모자를 쓴 홍위병이 따로 없다. 엄마 아버지 남녀 부부간의 내전에 자식이 총알받이로 파병을 나간 꼴이다. 그 치욕의 현장에서 겨우 빠져나오면, 너 댓살 먹은 녀석이 간이역 앞에서 기다린다. "누나, 누나" 두 번만 부르면 나는 그나마 남은 기차삯과 동전을 갈취 당한다. "아빠 말씀 잘 듣고 훌륭한 사람이 되어야한다." 세발자전거를 타고 횡하니 사라지는 꼬맹이 등 뒤에다 덕담까지 덤으로 지급했다. 참으로 몹쓸 세월이었다.

　시어머님은 아들만 넷을 키우셨다. 친정과 달리 아드님들이 기골이 장대하다. 시아버님의 적당한 무관심으로 어머님 혼자 자식 교육을 시키기에는 버거우셨다고 한다. 형제 중 누구든 잘못하면 연좌제로 장남을 불러 "손 좀 봐라!" 완장을 채웠다. 추운 겨울 옥상의 드럼통 물속에 들어가게 하는 요즘말로 물고문이다. 그렇다면 물고문은 남영동 대공분실 고문관의 소행인가, 명령을 내린 군주의 횡포인가. 큰 형은 막내 동생만은 목말을 태우고 봐 달라고 사정을 했다는 말을 어머님께 들은 적이 있다. 셋째아들인 내 남편은 그당시, 자신에게 직접 체벌을 가한 형을 기억한다. 큰 형은 무슨 덤터기인가. 어머님이 시켜 어쩔 수 없이 임무수행을 한 것뿐이다.

그래서 나는 특단의 조치를 취했다. 집의 아이들이 장성하여 결혼할 즈음, 제 각각 제 처에게 이르기 전에 해결 하자. 이전에 자녀교육이라고 시행했던 모든 것을 사과하자. 마음에 앙금처럼 굳어있으면 긁어내도 부스럼이 된다. 그런데 아무리 생각해봐도 당최 잘못한 것이 없다. 그때 그 상황에서는 최선을 다했기 때문에 도리어 부모인 내가 보상을 받아야만 할 것 같다. 그런데 나는 배알도 없다. 틈만 나면 곧잘 아이들에게 잘못을 빈다. "엄마도 엄마노릇이 처음이라… . 그래, 그동안 서운했었지? 용서해주렴." 어쩜 이 비루한 방법은 내가 친정엄마한테 바라는 것일지도 모른다.

하나, 하나 들어보면 '상처'라는 것은 크고 거창한 것이 아니다. 만약 크고 거창한 것이었다면 아마도 가족이 힘을 합쳐 그때그때 해결했을 것이다. 한 밥상에서 계란 프라이 하나의 차이이거나, 받아쓰기 두 개 맞은 동생은 칭찬해주고 한 개 틀린 형은 혼났던 것처럼 사소한 것이다. 깨물어서 안 아픈 손가락이 있겠는가. 연년생 어린이가 어찌 어른의 속사정을 헤아려서 기억할까. "왜, 나만…" 이 섭섭하다.

　나의 남편은 내 말이라면 무조건 듣는 편이다. 아이들을 키울 때, 몹시 엄격한 아비였다. 혹여 내가 먼저 죽으면 며느리들이 아버님은 '왜, 우리 남편만 나무랐을까?' 둘이 같이 편먹고 당신을 시설에 처넣을지도 모른다고 겁을 주었다. 남편은 친구들에게 그 이야기를 했던 모양이다. 집에 와 친구들의 반응을 이야기 한다. "무슨, 개풀 뜯어먹는 소리!" 우린 예전에 배곯아가며 지게지고 소꼴먹이며 논 매고 밭을 매도 칭찬은커녕, 작대기로 후려 맞으며 자랐다. 그래도 내 아버지가 최고인줄 알았다. 따뜻한 밥 먹여주고 학비대주고 어학연수 보내주고, 결혼한다고 전세거리까지 마련해 주는데 "뭐, 쎄가 빠지게 돈 벌어 준 것을 잘못이라고 사과를 해!" 열을 받더란다.

　물질의 충족이 정서의 충족은 아닐 것이다. 상처받은 정情의 실마리를 찾아 줘야한다. 남편 친구 분들은 당신들의 아버님이 돌아가시면 분명히 대성통곡 할 것이다. "아버지, 그때 왜 저에게 그렇게 모질게 하셨어요?" 살아생전 풀지 못한 통한이 효를 자극할 것이다. 나를 기준으로 했던 판단은 어쩌면 자식에게 한이 되었을지 모르니, 지금 사과하는 것이 옳다고 나는 우겼다.

　　제자 중궁이 인仁에 대해 묻자, 공자가라사대 "문밖에 나가 사람을
　　대할 때에는 큰손님을 뵙는 듯이 하고, 백성들을 부릴 때에는 큰제
　　사를 모시는 듯이 해야 한다. 또 내가 하고 싶지 않은 것을 남에게
　　베풀지 마라.[己所不欲 勿施於人] 그렇게 하면 나라에서도 집안에서
　　도 원망이 없게 될 것이다." - 안연

　　공자에게 제자 자공이 "한 마디로 평생토록 지키고 행할 말이 있습
　　니까?" 물었다. 공자가라사대, 그것은 바로 서恕일 것이다. 내가
　　하고 싶지 않은 것을 남에게 베풀지 말라는 뜻이다.
　　子貢이 問曰, 有一言而可以終身行之者乎잇가 子曰, 其恕乎인뎌 己
　　所不欲을 勿施於人이니라 - 衛靈公

　　서恕, 서는 내 마음과 같이 헤아리는 것이다. 너와 나 사이의 배려
다. 공자는 논어에서 두 번씩이나 '기소불욕 물시어인'하라고 강조
하셨다. 그때는 어쩔 수 없었다고 그 어떤 핑계를 다 갖다 붙여도
맺은 사람이 풀어 주어야한다. 대변인에게 시키지 말고 내 마음을
내 목소리로 전해야 한다. 결국, 자신의 씻김굿 '고풀이'다.

꿈틀

- 하류下流

요순시대의 반대말이 걸주시대다.

하夏나라 은殷나라의 걸桀왕과 주紂왕을 말한다. 이 두 왕은 포악무도의 대명사다. 특히 주왕은 달기라는 요녀와 짝이 되어 주지육림酒池肉林 포락지형炮烙之刑 경국지색傾國之色으로 나라를 잃게 된다. 바른 왕도 정치를 간하는 신하 숙부叔父 비간을 향하여 잘난척하는 사람은 심장에 구멍이 일곱 개가 있다면서, 군중들 앞에서 작은 아버지 배를 가른 위인이다. 실제 심장에 구멍이 있었는지는 알 수 없다. 폭군 앞에 어느 누가 충간을 하겠는가. 요즘도 새파란 군주가 고모부를 숙청하고 형을 피살하는 왕권이 있다. 감히 누가 간 크게 도전하겠는가. 끝내는 천하의 악덕·악명을 다 뒤집어쓴다. 온갖 더러운 물이 다 고인다. 군자가 처신을 하류에 두지 않는 이유다.

자공이 말했다. "은나라 주왕의 악덕은 그렇게까지 심하지 않았을 것이다. 그러므로 군자는 <u>하류에 처하기</u>를 싫어한다. 천하의 모든 악행이 다 모여들기 때문이다."

子貢曰 紂之不善이 不如是之甚也니 是以로 君子惡居<u>下流</u>하느니 天下之惡이 皆歸焉이니라 – 子張

세상에 나쁜 사람은 없다고 한다. 그가 처해 있는 환경이 사람을 만든다. 물의 본성은 낮은 곳으로 흐른다. 황제 경호를 받지만 재산이 29만원밖에 없는 분, 비선실세를 키웠던 분, 그분들이라고 처음부터 하나같이 나쁜 일만 하였을까. 임기 중에 독보적인 훌륭한 일을 많이 했어도, 결국은 하류下流로 전락했다. 무슨 일이든 한번 잘못되어 낙인찍히고 전과자가 된다.

너무 이야기가 거창했다. 어찌 몇 천 년 전의 역사와 거물들만의 일이겠는가. 나 같은 미물도 흠칫흠칫 놀란다. 어떤 일을 하다가 나락의 속도 앞에 아찔할 때가 있다.

나는 하류를 보고 자랐다. 미아리고개 끝자락 정릉으로 들어가는 입구에 동시상영 '미도극장'이다. 고종사촌 오빠들과 함께 갔다. 컴컴한 극장 안 어둠 속으로 들어갔다. 이내 손을 놓치고 만다. 작은 발 하나 비집고 들어갈 틈이 없는 공간에서 까치발을 하고 맨발의 청춘, 홍콩영화, 007시리즈 서부영화 등을 봤다. 사실 영화보다 극장안의 풍경이 더 리얼하다. 내 손과 내 몸이 내 것이 아니다. 어디가 있는 줄도 모르겠다. 그곳은 어린 내가 가면 되지 않는 곳, 하류극장이었다.

그 시절, 길음동은 장마철이 되면 개천이 범람했다. 개천가의 아이들은 방에 갇히고 만다. 기다란 판때기를 걸치고 학교도 가고 친구 집에 놀러 가기도 하지만, 고사리 같은 손으로 온 식구들을 도와 아궁이에 찬 물도 퍼내야 한다. 화장실은 오죽했을까. 당시는 "퍼!" "퍼!"하고 지나가는 똥지게 아저씨들이 있었다. 연탄리어카도 들어가지 못하는 좁은 골목이 그들의 직업전선이다.

우리 집은 서약국 뒷집에 세 살았는데, 약국이 있다는 것은 중심지역이라는 뜻이다. 산동네는 어제 내린 눈이 무섭지만, 저지대는 오늘 내리는 비가 무섭다. 그 집에 사는 동안 용케도 똥 세를 내지 않았다. 분명 화장실은 있었지만, 푸세식이 아니다. 뒷간에서 일을 보고 손수 양동이에 있는 물만 한 바가지씩 퍼붓는 셀프수세식인 셈이다. 우리 집 뿐만이 아니다. 그 많던 뒷간 물은 다 어디로 갔을까.

그 후 콘크리트로 덮는 복개천은 어느 대통령의 사대강 사업보다 훌륭했다. 은행 알을 굴려 중학교 배정을 받았다. 어느 선생님은 이름 대신 출신 초등학교 교명으로 "어이, 미아똥통" 부르면 "예!" 우리는 단체로 일어섰다. 화가 나지 않았다. 당연히 '똥 개천' 출신 이니까.

"개천에서 용 난다."는 말이 있다. 이제는 개천도 없고 용도 없다. 그렇다면 빗물에 떨어진 지렁이라면 어떨까. 지렁이가 있어야 비옥한 땅이 된다. 나에게 행운의 여신은 단연, 수필이다. 수필로 인하여 개천에서 지렁이가 나왔다. 지렁이도 밟으면 꿈틀한다더니, 내가 지금 꿈틀거리는 중이다. 내게는 학연 지연의 근사한 사직社稷이 따로 없다. 내손이 내 딸, 내 호미로 내 밭을 간다. 지렁이가 나를 지켜주는 토룡土龍거사이거나 지룡地龍보살일 것이다.

고대 주周나라도 그렇게 세워졌다. 난세에 귀인이 나타난다. 주나라를 세운 일등공신 강태공이다. 마치 조선왕조를 세울 때 정도전이 있었듯이. 은나라 말, 주紂왕의 포악한 정치를 피하여 위수에서 낚시 대를 드리우고 있는 무늬만 어부, 그의 성은 강姜 시호가 태공太公이다. 태공의 사모님은 얼마나 답답했을까. 허구한 날 영감님이 세월만 낚고 있었으니. 시집올 때 머리 올린 금비녀 팔아 남편 수발하고, 은비녀 팔아 자식들 학비대고, 싸리비녀도 소용없게 머리카락을 팔아 조석의 끼니를 연명, 하다, 하다, 마침내 가출한다. 노라처럼 '인형의 집'에서의 여성해방이 아니다. 노파의 생존이다.

나가본들, 새삼 무슨 일을 할까. 새마을 운동에 투입되어 행주치마에 돌을 골라 담는 도로공사 노역을 한다. 하필 그때, 영감이 왕[武王]의 스승이 되어 관용마차를 타고 지나가다 딱 맞닥뜨린다. 혹독한 동지섣달만 참았으면 따뜻한 봄날의 부귀영화를 누렸을 터인데…, '궁핍한 팔십년을 참고 살면, 영달한 팔십년[窮八十達八十]이 기다린다.'는 고사성어다.

언제까지 나는 궁핍한 날들의 이야기를 쓸까. 혹시 누가 아는가. 어느 날 "손자 업고 어슬렁거릴 일도 없고, 고추 다듬고 마늘 깔 일도 없고, 긴 담뱃대 꼬나물고 허공에 연기 날릴 일도 없지만…, 한 잎 떨어지는 잎 새에도 철렁!" 하셨다던 한계주 선생님처럼 ≪여든이 되어보렴≫의 여유를 누리게 될는지. 또한 나 같은 무지렁이 후진들에게 꿈의 얼개가 될 '꿈틀'을 마련하게 할는지.

일단, 하류부터 복개하자. 상류로의 비상은 훗날 꿈이다.

문양紋樣

– 산절 조절山節藻梲

문양을 함부로 사용하는 것은 지위를 훔치는 일이다. 장문중이
채나라 특산물인 큰 거북을 집에 두었다. 원래는 천자만이 종묘에
두고 대사 때마다 길흉을 점치는 용도다. 산절은 대들보 상단에 산
모양을 조각하고 조절은 동자기둥 하단에 수초모양을 그리는 집의
내부 장식 문양紋樣이다. 그런데 무엇이 문제인가. 산과 수초모양은
태묘나 종묘의 장식이다. 왕의 상징이거나 신전이다.

공자 가라사대, "장문중이 큰 거북을 두고, 기둥 끝에 산을 새기고,
대들보에는 수초무늬를 그렸으니, 어찌 그를 지혜롭다 하겠는가?"
子曰 臧文仲이 居蔡ᄒ되 山節藻梲ᄒ니 何如其知也리오 – 公冶長

공자께서 '인간의 도의를 힘쓰지 않고 귀신에게 아첨하고 친압하는 것은 지혜롭지 못하다'고 하였다. 공자의 인물평은 예禮를 기준으로 한다. 그러므로 장문중의 정치적 능력이나 공적을 무시하고 신분이상의 짓을 가혹하게 비난했다. 우리도 청와대에서 대통령이 담화문을 발표할 때 단상에만 봉황새를 그렸었다.

영부인들이 청와대 입성을 하면 식기세트부터 바꾼다고 한다. 어느 분은 일본 도자기를 수입하고, 어느 분은 군대의 상징인 초록빛 무늬를 선호했으며, 당의를 입던 분은 본차이나의 화려함을 택했다. 단순하고 세련미가 있는 흰 그릇을 사용한 분도 있었으나, 대부분 봉황에 금장 두르는 것을 선호했다.

우리들의 혼례문화도 예식장에서 웨딩드레스와 턱시도를 입는다. 폐백실에서 신랑은 왕의 상징인 용龍문양을 가슴과 양어깨에 수놓은 곤룡포를 입고, 신부는 여황제 측천무후의 모란꽃이나 원앙을 수놓은 활옷을 입는다. 가례복嘉禮服이라고는 하나 서민이 언제 한번 왕이나 왕비를 꿈꿀 수 있을까. 유럽 혹은 일본의 무사나 귀족들이 의복이나 마차에 가문의 상징인 사자나 독수리 도라지꽃 접시 꽃 문양을 새겨 넣는 거와 같다.

오래전에 윤정희 백건우 부부가 흰 한복과 두루마기로 조촐한 결혼식이 화제였다. 그들은 굳이 귀족흉내를 내지 않아도 이미 거장들이다. 그러나 서민은 무슨 문양으로 신분을 나타낼까. 백의민족답게 소복을 입고 봉숭아 채송화 백일홍 분꽃을 앞마당에 심었다. 꽃은 한철이다. 엄동설한 꽃이 필 리 없는 겨울에는 꽃을 그려 던지는 '화투'놀이를 했다. 꽃뿐인가. 사군자 십장생이 다 있다. 열두 달 그림 안에는 주문呪文처럼 소망이 들어있다.

　예전에는 대학생들이 배지badge를 달고 다녔다. 봉황새문양처럼 편 가르는 로고다. 배지가 없어졌다고 계급과 신분이 없어졌을까. 핸드백, 자동차, 아파트 등의 브랜드가 차별화한다. 내세울 가문이나 벼슬로 의지할 곳이 없는 이들은 로고를 어디다 새길까. 몸뚱어리밖에 없다. 작게는 스스로 팔과 다리에 '♡, 忍耐, 차카게살자' 크게는 등판에 용무늬를 새겨 가죽 곤룡포를 입는다. 문신文身이다. 신세대는 영어식 표현으로 '타투Tattoo'라고 한다. 요즘은 타투가 또래집단 버킷리스트 중 여름패션의 아이템이라고 한다. 문신의 어감은 형벌 같고, 타투는 개성을 표현하는 예술 같다. 취업과 미래가 불확실한 청춘들에게 심리적 안정을 준다니 어쩌겠는가. 그들의 행위는 앤디워홀을 뛰어넘는 "내가 곧 '대중'이다" 장미셸 바스키아의 외침이다. 인종차별 빈곤 같은 낙서그래픽은 요술왕관 사인처럼 예술로 거리를 활보한다.

　네팔 페와호숫가 끝자락에 히피들이 많다. 그들의 머리모양과 옷

차림이 처음에는 낯설더니 볼수록 정이 간다. 어느 날 과다한 피어싱piercing과 문신이 가득한 청년들 틈에 여자아이를 만났다. 팔과 손가락 하나하나 귀밑 목덜미까지 부채 살처럼 문신이 다채롭다. 다가가서 "예쁘다!"고 하니, '웬 동양 꼰대아줌마가?' 하는 눈초리다. 놀림을 받았다고 여긴 모양이다. 사진을 같이 찍자고하니, 너희 나라 아이들도 타투를 하느냐고 묻는다. "당연!"하다며 엄지손가락을 추켜올렸더니 갖은 포즈를 취해준다.

그렇다. 나도 기지개 켜는 아이를 보다가 숨이 멎을 뻔했다. 옆구리의 문양이 삐져나왔다. 얼마의 시간이 지나 남편에게 본 것에 대하여 이실직고 했다. 당장 길길이 뛰면 내가 먼저 집을 뛰쳐나가려고 했다. "김중만, 윤도현, 이효리, 허지웅, 차두리는 되고…, 왜? 내 아들은 안 되느냐?" 아이 편을 든다. 진정, 문화인류학적 발언일까? 아니면 문신 앞에 겁먹은 아비의 굴복인가. "성인이고, 군복무도 마쳤고…" 아들의 문제라고 타투새김처럼 콕콕 찔러 말한다.

'옥자'라는 영화에서 통역 역을 맡은 스티브 연은 '통역은 신성하다'는 문신을 보여준다. 어떤 시선으로 문신을 보느냐가 문제다. 춘추전국시대처럼 '피세'의 방편인지, 젊음의 치기인지, 예술의 장르인지, 나는 아직 모르겠다. 레바논 내전을 그린 영화 '그을린 사랑'에서 아기가 태어나자마자 점 세 개 •••문신을 발뒤꿈치에 새겨

넣는다. 어미의 처절한 사랑과 아들의 만행에 나는 입을 틀어막으며 보았다. 과연, 신이 존재할까. 내가 본 문신 중에 가장 아팠다. 영화내용은 차마 글로 못 쓴다.

이제 타투는 젊은이들의 전유물이 아니다. 내 엄마도 첩 떨어지라고 개명하여, 팥알만 한 새 이름을 팔에 새겼으나, 평생 효력이 없었다. 내 엄마뿐인가. 요즘은 전국의 어머니들이 전염병의 흔적처럼 눈썹문신이 진하다. 파리 노트르담 성당 탑에 오르기 위해 줄섰을 때, 히잡을 쓴 무슬림여성이 내 손톱을 보면서 "헤나Henna?" 묻기에 "Yes!"라고 답했다. 그녀도 손등에 새겨진 낙원을 상징하는 꽃모양의 헤나타투를 보여주며 환하게 웃는다. 동서고금을 막론하고 종교 이념 맹세 염원이 담긴 문양과 빛깔들, 이제 나는 손톱의 봉숭아꽃물도 그만둘 때가 되었다. 외모도 마음도 그냥 그대로 무문無紋이고 싶다. 나에게 무문은 세월에 대한 순응이다.

글에도 문채文彩가 있다. 문리文理가 터져야 한다. 나도 아들도 글을 쓴다. 우리모자에게 글이 무슨 커다란 부와 명예의 상징적인 문양을 선사할까. 그냥 쓰고 싶어 쓸 뿐. 편안한 마음으로 이랑과 고랑사이의 돌멩이를 골라내고, 쉼표와 마침표를 적절하게 찍을 수 있는 문文의 이치나 터득했으면 좋겠다.

타타타, 메타

- 방인方人

꿈이 무엇이었을까. 처음에는 내가 입고 싶은 옷을 그렸다. 나중에는 친구들이 원하는 스타일로 맞췄다. 중학교시절, 내가 하던 짓이 디자이너였다. 로망roman이 내게로 온 것일까.

원고청탁에 맞춰, 테마수필 아포리즘수필 여행수필 독서수필 실험수필 퓨전수필 수화수필 논어수필 유학수필…, 이번에는 수필을 수필로 기술하거나 분석하는 메타수필을 쓰란다. 예나 지금이나 나는 수필의 부표가 없다. 줏대 없이 표류중이다.

수필을 액션action이라고 생각했다. 어떤 변고가 닥칠 때마다 "오우~, 글감!" 종군작가가 된다. 어려움이 오히려 발전하는 기회다. 긍정마인드로 전환하면 견뎌낼 힘이 생긴다. 쉼 없이 몇 두레박씩 퍼 올리니 흙탕물이 나오고 바닥이 드러났다. 내 행위에 정신이 팔려 어서 내 순서가 오기만을 기다렸다. 보물찾기 놀이처럼 남보다 먼저 '유레카!' 발표하는 것을 잘하는 짓인 줄 알았다.

여기저기서 이름을 불러주니 폼 나게 잘 쓰고 싶었다. 디자인과 색상에 멋을 내고 주머니와 단추 리본과 코사지도 붙였으니, 크리스마스트리와 다를 바가 없다.

재미니즘에 노닐었다. 나에게 수필은 즐김이다. 책 한 권을 쓰는 동안, 눈치 없이 겁 없이 썼으니 얼마나 기고만장했었겠는가. 허물을 알면서도 글을 놓지 못함은 원고청탁이다. 청탁서는 세금고지서처럼 살아있음의 실존이다. 즐거움[樂]은 근심하는데서 생겨야 싫증이 없나니, 즐기는 자의 고뇌와 수고로움을 내 어찌 잊겠는가.

자공이 '인물을 비교하고 논평'하기를 좋아했다. 공자께서 "자네는 현명하여 남들을 그리도 잘 비평한다. 나는 그럴 틈이 없다."
子貢이 方人*하더니 子曰 賜也는 賢乎哉아 夫我則不暇로라 - 憲問

"자공아, 너는 어찌 그리도 잘났느냐?" 나는 공부하기에 바빠 남의 장단점을 가릴 틈이 없다고 제자를 나무라는 장면이다. 자신의 일을 하기 바쁜 사람은 남의 일에 감 놔라 대추 놔라 할 여가가 없다. 자기 밭을 버려두고 남의 밭을 김매는 격이다. 나는 인물도 좋고 재물투자도 잘하는 자공처럼 앞섬 오지랖은 어디 갔던지 가슴 가릴 베적삼도 없으면서 몹시 서운했던 기억이 있다.

어느 분이 내 글에 혀 짧은 비평으로 평론집을 냈다. 그 당시 나의 자존감이라고 여기던 글이 홀라당 벗겨졌다. 감히 평론가의 말씀인데, 수긍하고 존중하고 존경할 수 있어야 하는데…. 아린 상처가 굳은살처럼 남았다. 내가 작고 문인이었으면 좀 좋았을까. 살아 있어 괜한 불평이다. 나는 누구에게 '방인*' 노릇은 못한다. 아니 방향키 불량으로 자격이 없다. 못났다. 언제쯤 구겨진 소갈딱지를 바로 펼 수 있을까.

어느 날, K팝스타 서바이벌 프로그램을 봤다. 뮤지션 JYP는 음정 박자 기교가 좋은 사람을 오디션에서 탈락시킨다. "너 지금, 노래 잘 하는 것 자랑하러 나왔냐?" 관중이 공감해야지, 객석에 구경꾼만 많으면 '광대'라는 지론이다. 쌍벽을 이루던 YG는 그날, 뭐라 했을까. "뻔-한 것을 뻔-하지 않게, 유치한 것을 유치하지 않게"하란다. 어떻게 해석하고 어떻게 행하느냐에 따라 일상이 되고 예술이 된다. 어디로 튈지 모르는 낯설기가 예술이라는데, 결국 죽도 밥도 아닌 글을 쓰며 두렵다.

나만의 브랜드를 갖자! 기성복이 아닌 근사하게 아방가르드스타일로 입자. 슬로건은 그럴듯해도 저 살던 대로 산다. 반가의 집성촌에서 태어나 유학의 정서로 자랐다. 내게 논어는 기본배경이요, 공자님의 말씀은 패턴이다. 살아있는 동안 나는 사람답게 살 수 있도록 예의와 염치의 옷깃을 여밀 것이다. 내 생각의 잣대로 재단하고 가위질하고 꿰맸다. 억지스러운 곳이 많았을 것이다. 두들겨 맞을 용기를 가지고 독자들에게 다가갔다. 과분한 리뷰로 또 우쭐했다. 지병持病이다. 이럴 때는 장르를 환기시켜야한다.

환기창을 어떻게 열까. 읽기다. 글쓰기가 어려울 때 방편이다. 어떤 분은 책 한권을, 혹은 글 한편을 몽땅 필사도 한다는데, 나는 밑줄 그은 부분을 타이프로 친다. 한권의 책에서 단어 하나만 건져도 횡재라는데 매번 소책자 한권분량이다. 점점 내 입과 귀만 '안다 이박사' 박물군자가 된다. 남의 글은 훌륭한데 내 글만 춥다. 다시 껴입는다. 그렇다. '티끌모아 글'이라는 말이 맞다. 글을 많이 써놓으면, 남의 글을 읽다가 비로소 내 글이 보인다. 나에게 읽기는 퇴고다.

수필이 리액션reaction임을 감지한다. 글쓰기는 독자와의 대화이다. 글을 썼다고 끝난 게 아니라 독자의 반응까지가 글의 완성이다. 다식판이 제아무리 아름다워도 틀에 새겨진 문양이다. 수필은 내면을 정화하는 도구다. 나의 꿈은 디자이너다. 기양技癢 증세가 스멀스멀 기어 올라온다. 오기의 깃발을 세운다. '틀을 깨면 쟨틀'하다.

한 장의 천으로 단순하고 가볍게 하기다. 체형에 상관없이 옷감과 신체사이 공간이 자유로워야 한다. 무엇보다 옷은 편안해야한다. 그러나 편안함만 가지고는 안 된다. 더 편안해야한다. 아름다움까지 더하면 옷은 잘 팔리겠지만, 디자이너는 팔리는 것을 목표로 하면 안 된다. '저렇게도 할 수 있네.' 평범함이 없어야 한다. 심심하면 재미없다. 출렁이는 파도에 몸을 맡기고 춤사위를 보일 수 있는 활동성은 있으되, 천을 아낀 느낌은 없어야 한다. 바람을 가르는 요트yacht의 세일sail처럼 날렵하게 펴 올렸다가 접어 내린다.

그래, 나는 글 쓰는 사람이다. 글은 옷이다. 지성과 감성으로 치장해도 가장 명품은 자신감을 입는 것이다. 그러나 옷은 옷, 글은 글일 뿐! 결코 내 삶의 됨됨이를 뛰어넘지 못할 것이다.

수필, 부질없다. 써도 그만, 안 써도 그만이다. 그런데 그 쓸데없음이 나를 지탱하는 정체성이다. "알몸으로 태어나 옷 한 벌은 건졌"다는 타타타*다. 배냇저고리를 입은 날부터 벌거벗은 적이 없다. 글은 나를 감싸주고 품과 격을 입혀주는 혼魂이다. 수필을 벗 삼고, 수필을 스승 삼는다.

글의 스타일도 빼어나게 잘 쓰기보다 진여眞如한 것, 있는 그대로의 모습으로 한편의 수필답게 잘살기를 꿈꾼다. 수필의 돛을 세운 항해에서 나만의 패턴을 담은 수의壽衣 한 벌 마련하고, '쓰다가다

[魄]' 그거면 됐다.

혼백의 닻을 내리는 그날까지, 타타타~ 메타!

* 方人 : 인물을 비교·논평함. 일설에는 남의 허물을 비난함. - 漢韓大字典
* 타타타 : 진여眞如는 "있는 그대로의 것"·"꼭 그러한 것"을 뜻하는 산스크리트어
  타타타, तथाता, tathātā의 번역어이다.

살롱에서 클럽으로

- 이우보인以友輔仁

애인, 별장, 요트, 소유하는 순간부터 머리가 아프다고 한다.

이 나이에 애인이 생겼다. 신의 은총이다. 아내는 붙박이장과 같아 남편과 아이들을 기다리다 힘들면, 싱크대 밑에 쪼그리고 눈물이나 훔칠 것이다. 만약 애인에게 장롱취급을 하면, 바로 스마트폰으로 깨진 하트조각이 날아온다. 연애하는 사람들은 핸드폰을 손에 꼭 쥐고 분초를 다투며 대기 중이다.

어느 가족이 별장을 마련했다. 황토벽에 찜질방도 갖췄다. 주말마다 손님이 온다. 경치 좋다고 한잔, 공기 좋다고 한잔, 부어라 마셔라. 누리꾼들은 '힐링'이라는 단어를 쓴다. 날이 밝으면 텃밭의 오이 호박 풋고추를 탐내며 "이거 몇 개 따 가도 돼요?" 먹을 만큼 호박잎 몇 장, 땅 두릅 몇 대면 족하다. 그러나 차까지 몰고 갔으니,

이웃사랑이 움튼다. 어린잎은 어디 갔던지 씨도 안 남길 기세다. 장맛을 보았으면 되었지 메주덩이까지 예쁘다며 들고 간다. 찜질방에서 땀을 닦은 수건이 방 구석구석에 구겨져 있다. 장작 패느라 생고생한 남편과 해 먹이느라 진땀 흘린 아내는 도끼자루와 부지깽이를 집어던진다. 산에서 내려온 멧돼지보다 도시에서 출몰한 사람이 더 무섭다는 볼멘소리다.

> 증자가 말했다. "군자는 글로써 벗을 사귀고, 벗으로써 서로의 인덕을 돕는다."
> 君子曰 君子는 以文會友하고 以友輔仁이니라 – 顏淵

앞서 말했던 '이문회우', 〈수필은…〉 '만남'시공을 초월하여 문文으로써 만난다. 성현과 군자와 문헌과 문우와 그리고 나. 궁핍한 나의 일상을 품稟과 격格으로 다독여 이문회우以文會友 이우보인以友輔仁의 경지로 이끈다. 못 만났으면 어쩔 뻔했나. 나의 벗 나의 스승, 수필!

나에게 이문회우는 정신적인 '문학살롱'이었다. 여태까지가 본문이 있다면, 이제 나는 퇴고를 할 차례다. 붓이 마음을 따르기가 버겁겠지만 '이우보인'이라는 '스포츠클럽'으로 옮길 요량이다. 나는 그를 거부할 수가 없다. 〈선상문학〉으로 시위하고 〈가까이 하기엔 너무 먼 당신〉과 〈별을 품은 그대〉로 대치하다 〈불꽃, 지르다〉로 협상이 끝났다.

부산 수영만 요트장에 전설의 부부가 있었다. 우리나라에 국제적인 요트계류장이 생기기 이전부터 요트를 꿈꿨다. 그는 젊은 시절 중동에 파견을 나가 해외문물을 많이 보고 경험한 엔지니어다. 기술을 총동원하여 날마다 달마다 해마다 자르고 쪼고 갈고 닦고 절차탁마로 철선 '이삭호'를 제작했다. 그는 퇴직하자마자 부인과 세계일주를 한다며 떠났다. 도착하는 곳마다 그 곳의 입국절차와 풍물 좌충우돌 에피소드 등을 사이트에 올렸다. 예기치 못한 풍랑과 파도, 돌고래 떼들의 군무, 밤하늘의 별, 잔잔하고 평화로운 그들의 모습은 마치 미술관 안의 명화와 같다. 밀레의 기도, 신대륙의 발견, 빛의 화가 모네의 요트가 떠있는 석양이 아름다웠다.

그 당시, 수영만 요트클럽 활동을 하던 내 남편도 그 부부를 로망으로 삼았던 것 같다. 비가 오나 눈이오나 바람 불어도 매일 요트장 언저리에서 얼쩡거린 지 20여년. 주색가무에 무관심한 남편이 '꿈 너머 꿈'을 키웠다. 물만 흘렀겠는가. 세월도 흘러 내 남편도 어느덧 퇴직했다. 남의 일은 금세 잊는다. 선구자는 진작 잊혔다. 왜 잊혀졌을까. 사이트 자체가 멈춰버렸다. 배 이름마저 가물가물 몇 몇 마니아만이 기억한다. 나의 남편은 그들의 소식이 끊긴 마지막 기항지 말레이시아 페낭해변을 혼자 걸었다. 선착장마다 기웃거리며 찾았다. 어느 곳에도 흔적이 없다. 추측컨대 그분들은 먼저 저세상으로 간 아들 곁으로 간 것 같다며 몹시 마음 아파했다. 나는 남편을 위로했다. 그분들의 '선택적 삶'이 결코 나쁘지 않았다고, 또 남편에게 꿈 너머 꿈, 풍랑을 선사했다. 뱃사람들에게 가장 무서운 적은 바람이다. 그런데 그 세찬바람을 가르는 것이 요티들은 신바람을 꿈꾸는 이유다.

드디어 돛단배를 소유했다. 어마무시하다. 요트가 나오는 영화가 '맘마미아'처럼 해피엔딩이기는 드물다. 대부분 인간의 한계를 보여주는 재난영화 '올이즈로스트' '어드리프트' 부표 없이 떠도는 '러덜니스'이거나 혹은 '태양은 가득히'로 인간의 욕망을 그려낸다. 30년 넘게 공직에서 열심히 일한 당신, 이제 겨우 인생의 항로에서 닻을 내리고 쉴 시간이다. 안정된 노후를 마다하고, 느닷없이 'ALOHA'라는 로고를 새겼다. 흰 돛을 펄럭이며 아내와 함께 세일링을 하자고 거센 반항중이다.

어찌 새로 시작하는 항해에 순풍만 있겠는가. 검푸른 바다에서 미스트랄급 세찬바람과 맞닥뜨릴 날도 있을 것이다. 망망대해에서 혼자 수평선을 바라보며 배에 부딪히는 파도소리만 들리고, 잠 오고 배고프고 구토가 심한 멀미나는 사흘의 외로움을 경험하면, 환시와 환청이 들리기 시작한다고 한다. 그 사서고생을 내 남편이 선택했다. "세상에서 가장 기쁜 날은 요트를 산 날, 더 기쁜 날은 요트를 판 날"이라는 말을 들었다. 그 날이 언제쯤일까. 먼 바다만큼 멀다.

논어를 한마디로 정의 하면 '예 & 악'이다. 수필에서 만난 벗들을 마음에 간직하고, 남편을 도와 적벽부♬를 함께 읊을 것이다. 두 권의 논어에세이를 쓰며 웃고 울었다. 웃음은 결코 가볍지 않았으며, 울음 또한 무겁지 않았었다. 문장 구절구절마다 일상을 접목시켰다. 운 좋게 그린에세이 〈공자가라사대〉에서 제멋에 겨운 메타논어를 마감한다. 이제 나는 남편의 꿈을 존중한 차례다. 바람 앞에 순응하는 것이 자연의 이치다. 부부는 한 배를 탔으니, 크루는 당연히 스키퍼의 말을 잘 들어야 한다. 그에 대한 나의 의리다.

나는 그의 닻줄에 걸렸다. 내 영혼의 정박지다.

통통통

– 미니 자서전

감히, 자서전이라니요? '운칠기삼'이라는 말이 있습니다. 저는 운이 좋았습니다. 한고비, 고비마다 겨우겨우 통과通過했죠. '지금, 여기' 있다는 것이 스스로 기특합니다. 저는 현재 논어를 읽고 있으니, 춘추전국시대 나이 나눔으로 들어가 보겠습니다.

★소학小學 8세, 불평즉명

물 좋고 산 좋은 곳, 경기도 포천입니다. 〈고전의 향기〉가 나는 사랑채에서 할아버지가 "자~왈," 구성진 음률로 경서를 읽으셨죠. 윗대가 층층 살아계신 집성촌에서 손이 귀한 증손녀로 태어났습니다. '쇄소응대진퇴지절灑掃應對進退之節, 물 뿌리고 쓸고 응하고 대답하고 어른 앞에 나아가고 물러가는 예절'을 배웠습니다. 출생자체가 축복이었습니다.

김삿갓의 '행운유수行雲流水'와도 같은 방랑벽을 닮았던 〈아버지의 방〉, 애절한 감성으로 화투장의 〈이월 매조〉가 되어 평생 아버지를 그리워하던 어머니. 정작, 화투 점에서 '이월매조'가 떨어지는 날은 엄마가 밤새도록 이불속에서 우는 날이었습니다.

당송 팔대가 중 '한유韓愈'라는 사람이 있습니다. '나무는 가만히 서 있는데, 바람이 불어 소리를 나게 하고, 물은 고요히 고여 있는데, 바람이 불어 소리를 나게 한다.'는 〈불평즉명不平則鳴〉 즉, '편안하지 않으면 울게 된다.'는 문학이론입니다. 비 온 뒤의 햇살이 맑듯, 불행 뒤의 행복이 소중하듯, 저의 불우不憂는 자산입니다.

　★지학志學 15세, 길음동 골목

분실초등학교에서 5학년 교과서를 싸들고 입성했습니다. 서울의 달을 수호하는 별들의 고향이죠. 시장에서 금방 짜낸 고소한 참기름이나 향긋한 들기름 냄새, 서민의 애환이 서린 향기죠. 길음吉音은 '좋은 소리가 난다'는 뜻입니다. 시장골목 사람들이 내는 '난타' 소리, 〈길음동 골목〉의 난타 소년도 같은 골목에서 자랐습니다. 은행 알을 또르르 굴려 중학교를 배정받은 뺑뺑이 1세대입니다. 중학교 교목이 '학란' 배우는 난초였지만, 저는 늘 노심초사 〈초사란焦思

蘭〉을 치며 주변 환경을 갈고 닦았습니다.

*약관弱冠 20세, 손을 말하다

설상가상으로 폐에 하얀 찔레꽃이 만발하여 붉은 찔레 열매를 토하며, 결핵과 학업과 생계를 위해 사투를 벌이며 주경야독했습니다. 〈손을 말하다〉 손톱 밑이 아렸죠. 그때 만약, 한 남학생과 연애를 하지 않았다면 아마 삶을 포기했을 것입니다. "나는 소싯적에 미천했던 까닭으로 다능했다" 공자께서도 그러하셨는지 차마, 약관이란 단어는 논어에도 없는 나이입니다. 청춘의 보약은 단연 '연애'입니다.

*이립而立 30세, 매실의 초례청

남쪽에서 유학 온 남학생이 축구공을 발로 뻥 차면 바로 바다로 떨어진다며, 바다를 보여주겠다고 꼬드겼습니다. 정말, 사랑의 깊은 바다에 풍덩 빠졌습니다. 경상도 사투리로 "아는?" "묵자" "자자" 요즘은 한마디 더 한다지요. "좋나?" 살아보니 어떠냐고요? "이 방, 저 방, 다 좋아도 서방만큼 좋은 것이 없다" 하더니, 저는 대한민국에서 가장 좋은 고장, 부산으로 시집온 '푼수 댁' "사랑밖에 난 몰라 ♬" 〈매실의 초례청〉 주인공입니다.

★불혹不惑 40세, 학운學運에 중독되다

욕파불능欲罷不能은 금단현상입니다. 끊으려고 해도 도저히 끊을 수 없는 경지, 바로 중독입니다. 부엌의 도마와 칼을 내려놓고, 날마다 책과 칠판을 디자인합니다. 해마다 새로운 장르를 하나씩 더합니다. 공자의 수제자 안연安淵처럼, 공부하다 요절할 나이가 지났습니다. 어느 유혹에도 휘둘리지 않습니다. 곳곳에서 마주치는 모든 일과 사물, 그리고 사람들, 내겐 스승 아닌 것이 없습니다. 〈욕파불능〉의 도가니 '능구能久'의 시간입니다. 불혹은 흔들림이 없는 부동심不動心이라죠. 〈학운에 중독〉되어 논어강의를 시작했습니다.

★지명知命 50세, 화양연화花樣年華

서른에 오십을 꿈꿨습니다. 아~, 정말 좋더라고요. 이래 좋고 저래 좋고, 어느 것 하나 아름답지 않은 것이 없는 '유미주의唯美主義'에 빠졌습니다. 모든 것이 익숙할 즈음, 어느덧 해질녘입니다. 제2의 성, 갱년기입니다. 문득! 나는 지금 "어디 쯤 가고 있을까?♫~" 위치 추적을 위해 내비게이션이 필요했습니다. 세상을 향해 '나 여기 있다'〈발한〉하여 소리치고 싶었습니다. 오래된 숙변처럼 묵직했던 삶을 글로 쏟아내는 작업입니다.

이즈음, 멋지고 싶었습니다. 피와 칼이 두려워 성형도 못하고,

명품가방을 둘러맬 만큼의 배짱도 없으니, 마음이나마 명품이 되어야겠다고 다짐했죠. 꼿꼿하게 당당하게 호연지기浩然之氣를 발휘하여 놀았어요. 맞아요, 겉멋이죠. '풍다우주風茶雨酒', 바람 부는 날 차를 마시고, 비가 오는 날, 술을 마십니다. 혼자서도 곧잘 '월하독작月下獨酌'을 즐긴답니다. 수필집『매실의 초례청』과 논어 에세이『빈빈』을 발간하고, 또 언뜻 뜬구름을 탔지만, 후회하지 않습니다. 보라, 보라, 보라 빛. 오월의 오동 꽃, 〈화양연화〉를 맘껏 누렸습니다.

★이순耳順 60세, 어에 머물다

　방학 때마다 주사위 던지듯, 자동차 한 대를 렌트하여 "원 텐트, 투 피플!"을 외치며『내비아씨의 프로방스』를 켜고 〈봄의 질주〉를 했습니다. 삶의 지표처럼 어렵기만 했던 시어른들도 〈제우담화문〉과 〈무늬만 며느리〉로 〈옛날의 금잔디〉의 편안한 곳으로 가셨습니다. 어언, 한 바퀴 돌아 화갑華甲입니다. 자칫 '〈잉여〉'인간이 될까 두렵지만, 귀로 듣는 것이 순해져 '버럭' 할 일도 '와락' 할 일도 점점 줄어듭니다. 버릴 것과 가질 것을 분별할 수 있는 평상심平常心심을 찾습니다. 그래요. 평온한 가운데 복병을 만났습니다. 아들이 아이들을 낳아, 어미라는 숭고함으로 〈어에 머물다〉 황혼육아 중입니다. 친정어머님은 돌아오지 못할 강가를 서성이고, 지고지순하던 남편은 뒤늦게 사춘기를 맞아 대 놓고 반항을 합니다. 이러다 나의 말랑말랑한 감성을 잃을까 겁이 나기도 합니다.

★종심從心 70세, 치사致仕하고 싶다

은퇴해야겠죠. 무릎에 앉은 손자 손녀도 내려놓고, 경제적으로 하던 일도 내려놓고, 운전면허증도 서랍에 집어넣고, 하고 싶은 대로 해도 법도法度에 어긋남이 없는 '불유구不踰矩' 고희古稀와 희수喜壽를 맞이하겠죠. 이때가 행복지수가 가장 만족한 나이라니 '제 3의 황금기' 종심을 기대합니다. 인생은 커튼콜이 없죠. 그래도 저는 꿈을 그립니다. 순결은 잃었어도 오직 순수만은 지키고 싶은 〈그리움은 수묵처럼〉 말이죠.

논어의 주연이던 공자님은 73세에 자서전을 완성하셨습니다. 21세기를 살아가는 우리는 각자 내 나이의 주인공입니다. 도깨비 방망이 같이 멋진 세상. 신용카드 한 장과 스마트폰 하나면, 금 나와라 뚝딱! 은 나와라 뚝딱! '만사형통'이라죠. 또, 누가 아나요? 운수대통運數大通하여 "99, 88, 123死!" 외치며, 구십 구세까지 팔팔하게 살다, 하루, 이틀…, 나흘째 되는 날, 롱, 롱 타임의 자서전을 완성할는지요. 어때요? 너무 가볍다고요. 저는 명랑모드 신통, 방통,

소통하는 통通을 지니고 있습니다.

　과거 현재 미래로 유쾌 상쾌 통쾌, 통통통!

　* 공자께서 "나는 열다섯 살에 학문에 뜻을 두었고, 서른 살에 자립하였고, 마흔 살에 의혹하지 않았고, 쉰 살에 천명을 알았고, 예순 살에 귀로 들으면 그대로 이해되었고, 일흔 살에 마음이 하고자 하는 바를 좇아도 법도를 넘지 않았다." 子曰 吾十有五而志于學ㅎ고 三十而立ㅎ고 四十而不惑ㅎ고 五十而知天命ㅎ고 六十而耳順ㅎ고 七十而從心所欲ㅎ야 不踰矩호라 – 爲政

악, 예에 깃들다

프롤로그

공자는 음악을 사랑했다. 마음을 고요하게 수양하는 것이 음악연주다.

≪논어≫ 한권이 예禮라면 실천하는 행위가 악樂이다. 예와 악의 균형이 알맞을 때, 문질빈빈文質彬彬 문화다. 형식이 지나치면 지극이 어려워지고, 화락이 지나치면 광란이다. 여기 문장들은 논어에서 음악에 관한 문장만 가져왔다.

 * 공자가 계씨를 평하여 말했다. "팔일을 뜰에서 춤추게 하다니,

이런 짓을 감히 할 수 있다면, 장차 그 무슨 짓인들 하지 못할까?"
孔子 謂季氏하시되 八佾로 舞於庭하니 是可忍也면 孰不可忍也리
오 - 八佾

팔일무八佾舞다. 가로 세로 여덟 줄, 8명씩 8줄로 64명이 춤을 춘
다. 천자인 황제만 행하는 예식이다. 제후諸侯는 육일무, 대부大夫는
사일무, 사士는 이일무를 출수 있는 예禮를 대부인 계씨가 자신의
마당에서 추었으니 법도에 어긋난다. 분수를 지키는 것이 사회를
지탱하는 힘이다. 우리나라 종묘제례도 고종황제 때부터 팔일무를
추고 '만세'를 불렀다. 성균관 문묘에서 '대성지성문선왕大成至聖文
宣王'의 시호를 받은 공자의 '석전대제釋奠大祭' 때에 팔일무를 춘다.

* 공자가 노나라의 태사에게 음악에 대해서 말했다. "음악을 알 만
합니다. 처음 음악을 연주할 때는 오음을 합해서 성대하게 시작하
고, 이어 저마다의 소리를 힘껏 내게 하되 전체가 잘 조화되게 하
고, 아울러 각각의 소리가 분명하면서도 부드럽게 이어질 수 있도
록 연주를 완성합니다."
子語魯大師樂曰 樂은 其可知也니 始作에 翕如也하야 從之에 純如

也하며 皦如也하며 繹如也 以成이니라 — 八佾

공자는 전문적인 음악 평론가다. 공자의 음악은 여가선용이 아니다. 음악이 곧 수신이다. 어느 정도로 정교하게 음악을 공부했는지 짚어본다. 문자를 모를 때, 종으로 소리를 전했다. 인간의 존엄성 즉, 조화로운 삶을 영위하는 도구다. 서민에서 궁중에 이르기까지 궁중 음악 아악雅樂이나 향악 수제천壽齊天의 아름다움도 있지만 서민들의 사물놀이도 있다.

공자가 태사에게 거문고를 배울 때 연주를 아주 잘했다고 한다. 태사가 진도를 나가려고 하면 "저는 이미 곡을 익혔으나 수는 터득하지 못했습니다." 곡의 멜로디 황종 대려 협종 고선 중려 유빈 임종 남려 무역 응종의 12율을 익혔으나 "아직 곡의 뜻을 터득하지 못했습니다." 제발 진도 좀 나가자 "아직 그 곡을 만든 사람의 삶을 터득하지 못했습니다." 어떤 감정으로 이 곡을 만들었을까? 음악을 만든 사람이 표현하고자 한 철학을 이해하려고 했다. 수필을 쓰는 나도 이렇게 공부하고 싶다. 그리고 한마디 보탠다면 요즘 새로 평론가로 등단하는 '수필평론가'들도 공자처럼 공부했으면 좋겠다. 작가의 마음을 읽지 않고, 자신의 고명高名만 드날리는 모양새가 내 눈에도 보인다.

* 공자가 순임금의 소韶음악을 "지극히 아름답고 또 지극히 좋다." 고 평했으나, 무왕의 무武음악에 대해서는 "아름답기는 하지만 지극하게 좋지는 않다"고 말했다.

子謂韶하사대 盡美矣오 又盡善也라하시고 謂武하사대 盡美矣오 未盡善也라하시다 – 八佾

'황제에게는 함지咸池라는 음악이 있고, 요堯에게는 대장大章이란 음악이 있으며, 순舜에게는 대소大韶라는 음악이 있었고, 우禹에게는 대하大夏가 있었으며, 탕에게는 대호大濩호가 있었고, 문왕은 벽옹辟雍이라는 음악이 있었으며, 무왕과 주공은 무武라는 음악을 지었다.'고 한다.

소韶음악은 요순시대의 평화로운 분위기를 현악기와 관악기의 아름다운 선율로 연주하는 음악이고, 무武음악은 타악기 금속 관악기로 은나라를 징벌하는 전쟁음악이다.

우리나라 조선시대 궁중의례는 신에게 제사를 지내는 길례, 혼인이나 세자책봉 등의 기쁜 행사와 관련된 가례, 외국에서 사신이 오거나 사신을 보낼 때의 빈례, 군사훈련과 관련된 군례, 죽음과 관련된 흉례로 나누어 지냈다.

나에게는 현악기의 문턱이 높다. 들을 기회가 없었다. 오히려 무

武음악이 친숙하다. 고등학교 교련시간에 제식훈련을 했다. 고적대의 북소리에 맞춰 행진했다. 상무적이다. 고무줄놀이를 하면서도 "전우를 시체를 넘고 넘어 앞으로, 앞으로…" 어린이에게 무시무시한 노랫말인데, 뜻도 모르고 운동장에서 겅중겅중 뛰었다.

무음악은 문물을 파괴하고 정서를 말살시킨다. 아름다운 휘파람 소리로 시작하는 '콰이강의 다리'를 들으면 발걸음 경쾌하게 행진하고 싶다. OST곡이 아름답다. 서너 번은 족히 봤던 1957년에 제작한 영화다. 영화 속의 일장기를 보며 가슴이 미어진다. 영국군 포로 니콜슨 대령이 일본군 포로수용소장에게 "무장도 안한 군인을 죽이는 것이 무사도인가?" 따져 묻는다. 포로인 영국군의 기술과 사기로 콰이강의 다리를 건설하고, 아군의 손으로 다리를 폭파하는 모습을 보며 "내가 지금까지 뭘 한 거지?" 대령은 절규한다. 전쟁은 얼마나 무모한 짓인가. 군대를 모르는 군의관인 클립소령 또한 "미쳤어, 모두 미쳤다!"고 부르짖는다. 6·25전쟁처럼 전투적인 무기만 들지 않았을 뿐, 요즘 한일 한미 한중 남북의 관계도 다 미쳤다.

오늘은 임정 100주년 광복절이다. 일본 아베신조가 수출규제를 강화하면서 한국을 일본의 백색국가 명단에서 제외시켰다. 강제징용이나 위안부문제를 사과보상은커녕, 우리나라에게 선포하는 '하얀 전쟁'이다. 1세기가 지나도 도저히 아물 수 없는 상처를 후벼

파고 할퀴고 물어뜯어 자폭하는 수준이다. 전쟁은 미친 짓이다.

* 공자는 상을 당한 사람 곁에서 음식을 드실 경우, 배부르게 드시
는 일이 없으셨다. 공자는 그날 곡哭을 하셨으면 종일 노래를 부르
지 않으셨다.
子 食於有喪者之側에 未嘗飽也러시다 子 於是日에 哭則不歌러시
다 - 述而

합창대회가 끝나자, 음악선생님께서 "너희들은 이다음에도 날마
다 노래하는 사람이 되었으면 좋겠다."고 하셨다. 그때는 몰랐다.
날마다 노래하는 삶이 어렵다는 것을. 공자께서는 날마다 집에서
노래를 하셨나보다. 직업이 가수가 아닌 다음에야 어느 누가 매일
소리 내어 노래할까. 내가 날마다 내는 소리는 잔소리뿐이다.

공자는 상례의 달인이다. 상례에는 고분지통이 있다. 상여를 메
고 가며 상두꾼의 첫소리에 맞춰 "이제 가면 언제 오나~♬" 북망산
천으로 가는 길, 두 걸음 앞으로 한 걸음 뒤로. 서둘러 떠나지 못하
는 이승이 있고, 차마 보내지 못하는 저승길이 있다. 한걸음 옮길
때마다 나오는 소리가 바로 즉흥곡 재즈다.

옛날의 상례에는 귀천에 따라 각각 상하 등급이 있었다. 묵자墨子는 노래하지 않고 죽어도 복을 입지 않았다고 장자莊子가 지적한다. "노래 부를 때 노래하지 않고, 곡해야 할 때 곡하지 않으며, 즐거워해야 할 때 즐거워하지 않는 것이 옳은 일인가."라며 비난했다. 내 감정을 내가 다스리는데 무슨 상관이야 생각할 수도 있다. 돌아가신 분에 대한 최소한의 도리라는 것이 있다. 공자는 "상을 치를 적에는 형식을 갖추기보다는 차라리 슬퍼하라."셨다. 예전에 상가에 가면 "아이고, 아이고" 소리 내어 곡을 했다. 지금은 그마저 없어지고 그저 번갈아 자리만 지키고 앉아있다.

* 공자께서 제나라에 계실 때, 석 달 동안, 소韶음악을 들으시고, 고기 맛까지 잊으셨다. 그리고 말했다. "음악이 이렇게까지 훌륭한 경지에 이르리라고는 생각하지 못했다."
子 在齊聞韶하시고 三月을 不知肉味하사 曰 不圖爲樂之至於斯也호라 - 述而

고기 맛? 그 정도쯤이야 가볍게 여길 수 있다.
"공자가 소 음악을 듣고 석 달 동안, 고기 맛을 잊었다고 하는데 여기서 석 달이라는 기간이 국악인에게 각별하다. 국악인들은 산山 공부라는 것을 한다. 스승이 제자들과 함께 산에 들어가서 잠자고 먹는 시간 외에는 음악공부만 하는데, 그 기간이 보통 석 달 열흘간이다." 가야금의 명인 황병기 선생의 말씀이다. 오래도록 지속할 수 있는 '능구 能久'의 시간이다. 문화 센터 강좌들이 삼 개월씩 프로그램이 돌아가는 것도 지속가능성을 겨냥한 기간일 것이다.

우리나라 영부인이셨던 분이 백담사시절 가장 어려웠던 점이 "고기 맛"이라는 인터뷰를 육성으로 들었다. 한심하다고 비난하다가 문득 친밀감마저 들었다. 오이소박이김치를 먹어도 새우젓이 들었고, 시래기 된장국물도 멸치로 우려낸다. 우유한잔을 마시는 것도 계란 한 알도 또 부부간의 운우지정을 나누는 행위 또한 육肉의 맛이다. 그러나 음악은 선禪의 경지다. 나의 글도 선의 경지로 고기 맛을 잊힐 날이 왔으면 좋겠다.

* 공자님은 남과 같이 노래를 부를 때, 남이 잘 부르면, 반드시 그로 하여금 다시 부르게 하고, 그 다음에 함께 맞추어 노래를 불렀다.

子與人歌而善이어든 必使反之하시고 而後和之러시다 – 述而

마음이 소리로 나온다. 춘추전국시대 시경을 외는 것도 시조가락을 읊는 것도 어린 시절 "새야, 새야 파랑새야" 창가도, 교과서 안의 "나리, 나리 개나리, 입에 따다 물고요" 동요도 다 마음의 소리다. 어린이들의 정서다. 억지로 탄압하면 풍선처럼 터진다. 우리는 "토요일 밤, 토요일 밤에~" 누군가 선창하면 "조개껍질 묶어" 메들리로 이어지는 싱어롱sing-along세대다. 유행은 민중을 선도한다. 중독성이 있다. 노래방 기계가 나오면서 노래의 풍속도가 바뀌었다. 자신의 노래만 부른다. 독선이다.

얼마 전 현직 대통령이 탄핵되던 봄 학기, 수업시간에 어느 분이 내 수업에 들어와 생뚱맞은 내용으로 '국민신문고'에 민원을 넣었다. 나는 졸지에 블랙리스트가 되어 불려갔었다. 어려운 상황을 헤쳐 나가기 위해 논어를 읽는 것이다. 어느 남자 선생님보고 '고향의 봄'을 선창하시라 했더니 "나의 살던 고향은~" 어느새 "꽃동네 새 동네~" 2절까지 4,50명이 모두 함께 합창한다. '고전의 향기' 반 분위기가 봄꽃처럼 아름다웠다. 나는 그즈음 〈법 & 밥〉 수필 한편을 쓰며 마음을 다독였다.

* 공자가 말했다. "시로써 감흥을 돋아 올리고, 예로써 행동거지를

바르게 세우고, 음악으로써 성정을 완성시킨다."

子曰 興於詩하며 立於禮하며 成於樂이니라 - 泰伯

시를 소리로 내면 노래다. 노래는 혼자 흥얼거릴 수 있지만 악으로 완성시키려면 관현악기가 모두 어우러져 연주한다. 어린시기에는 동요로 아름다운 정서를 심어주고, 청소년 청년시절에는 삼강오륜질서로 예절의 기초를 세우고, 장년 노년에는 젊은이들을 보듬어 울타리역할로 인생을 완성한다. 세대 간의 화합이다.

공자는 "사람은 음악에서 완성된다."고 하였다. 2018년 2월 1일 국립국악원에 갔다. 평창올림픽 성공기원 〈종묘제례악〉 나눔을 인터넷으로만 신청을 받았다. 미처 표를 구하지 못한 나는 사흘 동안 국악원에 갔다. 그즈음 2018년 1월 31일 황병기 선생이 선종에 드셨다. 국악박물관안에 따로 마련된 선생의 기념관에 만장輓章 한 꼭지 적어 걸었다. "어떠한 악조건 속에서도 사람이 발분하면 오히려 더 뛰어난 정신 활동을 할 수 있음을 깨닫게 된 소중한 경험이다. 3월에 수술 후유증으로 기저귀를 차고 연주, 5월에 독일 하노버의 현대음악제에 참가하여 가야금 독주를 했다." "음악은 아무리 좋은 것이라도 연주되는 순간에 흔적도 없이 사라진다." "사람은 태어나기 이전 태아 때부터 심장이 맥박 즉 리듬을 지니고 살다가 이 맥박이 그칠 때 자연으로 돌아간다."고 하시더니, 선생은 분명 음악으로 완성하셨으리라.

아~참! 나의 정성, 삼고초려는 통했다. 국립국악원 예악당에서 '종묘제례악'을 관람했다. 전폐희문 – 진찬 – 보태평 – 정대업으로 한마음이 되었다. 그리하여 성공적인 평창 동계올림픽 및 패럴림픽 대회는 대단원의 막을 내렸다.

* 공자가 말했다. 노魯의 악사 지摯가 초기에 연주한 관저의 종장은 아름답게 귀에 가득 차 넘실거린다.
　子曰 師摯之始에 關雎之亂이 洋洋乎盈耳哉라 – 泰伯

나라가 쇠퇴해지면 소리도 늘어지고 잦아든다. "울밑에 선 봉선화야~" 반 울음으로 타령을 하던 시절이 있었다. 몇 년 전 프랑스 파리 앵발리드에 갔다. 그곳이 어딘가. 프랑스의 군인 제1통령 황제 나폴레옹이 안치된 곳이다. 광장에 젊은 다국적 아이들이 신나게 노래하며 춤춘다. 나와 남편도 그 음률에 맞춰 손을 가지런히 맞잡고 몸을 흔들었다. 모두 똑 같은 자세로 "내 사전에 불가능이란 없다"고 말한 나폴레옹처럼 말을 탄다. "오빠, 강남스타일♬" 미국에 LA 초콜릿 회사에서도 1층 매장 입구에서 직원들이 춤을 추며 호객행위를 한다. "오빠, 강남스타일" 힘들던 시절의 타령이 아니다. 이즈음은 방탄소년단이 세계를 향해 방탄의 어록을 쏜다. 동방의 빛, 작은 나라 대한민국. 불가능이란 없다. "아기상어 뚜루루뚜루♬" 워싱턴에서 메이저리그는 각 팀의 득점이 있을 때마다 '상어 가족'을 열창하고, 군인들이 행군하며 떼창 하고, 레바논 시민들까지 시위하면서도 우리의 구전동요를 부른다. '승리와 행운'으로 이끄는 아이콘이라니, 문화가 국력이다.

* 공자가 말했다. "내가 위나라에서 노나라로 돌아온 후에, 음악이 바로 잡혔고 아雅와 송頌도 제자리를 얻었다."
子曰 吾自衛反魯然後에 樂正하여 雅頌이 各得其所하니라 – 子罕

쉽게 비유하자면 우리나라 팔도 아리랑이다. 풍風 : 서민들의 민요. 남녀 간의 사랑타령 대중가요다. 아雅 : 대아는 장중하고 소아는 민요적이다. 송頌 : 국가행사 때 쓰던 송가. 종묘제례악, 평창올림픽 성공기원 국악원연주 등이다. 방방곡곡 지리와 풍속과 사투리가 다 다르다. 아리고 쓰린 만큼 삶의 애환 또한 다양하다. 공자께서 중국대륙의 노랫말을 산술하여 시경을 엮었다. 결국 사랑하는 임과 짝짓기노래다. 훗날 문왕과 문왕비의 사랑이라 칭했으니 '시의 효용성'이다. 순수한 문학이나 음악이 시험에 나올 때 음악하기 싫고 문학하기 싫다. 공부 못한 핑계도 여러가지다.

지난 봄, TV에서 14부작 '슈퍼밴드'를 시청했다. 10~30대 청년들이었다. 드럼과 첼로, 베이스 기타와 피아노, 큰북과 레이저 빛, 록rock과 래퍼rapper 댄스dance 트롯trot 클래식classic 힙합hiphop 난타亂打 재즈jazz F=ma다. 과학까지 나와 춤추고 노래했다. 어느 팀은 이름이 '얘네봐라'다. 각자의 팀 이름에 걸맞게 장르의 법칙을 깨고 도전하는 서바이벌로 밴드를 결성하는 소리의 총망라였다. 그들이 나중에 어떻게 얼마나 큰 음악인으로 국위를 선양하거나 개인의 성공을 거둘지는 모르겠다. 나는 매 시간 몰입하여 마음을 졸였으니 이왕이면 〈호피폴라〉, 〈루시〉, 〈모네〉, 〈퍼플레인〉의 우승한 최강팀 말고도 도전했던 모든 친구들이 음악밴드로 문화를 흥기시키는 역할을 기대한다. 음악을 모르는 나 같은 얼치기도 본방사수는 물론 재방송까지 몇 번이고 가사와 음률을 귀담아 들었다. 청년들의 표정 손짓 발 구름도 놓치지 않으려고 집중했다. 친정어머니의 간병으로 날마다 힘든 시간이었다. '음악의 제자리' 그곳은 어디인가. 교과서 안의 악보만은 아닐 것이다. 사람이 억장이 무너져

아무 말도 할 수 없을 때, 들리는 소리가 음악이라는 생각을 했다.

성악가 박인수 선생이 '향수'를 불렀다고, 팝페라 가수 임형주가 국가 행사에 애국가를 불렀다고 무엇이 잘못되었는가. 예禮는 시중時中이라 했다. 그 시대에 맞으면 된다고 생각한다. 전통은 전통대로 보존하여 지키면서 새로운 시도, '예술'은 동사다. 언제까지 수필이 피천득 류의 고상을 고집할 것인가. 고전은 고전대로 평가하고 나는 나대로 나다운 글을 쓰자. 고루와 참신은 세대차이일 뿐, 날마다 새롭게 일일신 우일신이다.

* 공자가 말했다. "자로 정도의 거문고로 어찌 우리 문중에서 연주를 하는고?" 이에 제자들이 자로를 존경하지 않게 되자, 공자가 다시 말했다. "자로는 그만하면 당에는 올라왔으나 아직 방에 들어오지 못했을 뿐이다."
子曰 由之鼓瑟을 奚爲於丘之門고 門人이 不敬子路한대 子曰 由也는 升堂矣오 未入於室也니라 – 先進

얼마나 멋진 표현인가. 마루까지는 올라왔으나 아직 방에 들어오지 못했다. 아무리 남녀가 연애를 멋지게 한들 합방을 해야 부부

금슬琴瑟을 볼 수 있다. 금은 둔탁한 7현금이지만, 슬은 섬세하고 다양한 23현 25현 27현처럼 다양한 음을 낼 수가 있다. 그런데 무를 숭상하는 씩씩한 자로가 악기를 연주하고 있다. 옆의 학우들이 놀린다. 저 뚱땅대는 주제에 깡통이나 두들기며 참새나 쫓을 일이지, 감히 클래식의 오묘한 소리를 흉내 내다니. 어떤가. 내 자식을 내가 나무랄 수는 있지만, 다른 사람이 나무라는 소리는 절대 들을 수 없다. 그래서 예로부터 애들 싸움이 어른싸움이 된다. 더구나 누구의 제자인가. 소리가 둔탁하기는 해도 아름다움을 추구하고자 하는 가상한 마음씨가 보인다. 제자사랑의 지극함이다. 제자의 마음을 스승이 알아주는 모습. 아~, 부럽다. 단어선택과 문장이 서툴기는 해도 울타리까지는 왔다고, 곧 마당으로 들어올 수 있을 거라고, 무조건 역성들어주는 나의 스승은 어디에 계실까.

* 자로 증석 염유 공서화가 공자를 모시고 앉아 있었다. 공자께서 "내가 자네들보다 조금 나이가 많다고 해서 어려워말고 그대들이 평소에 '나를 남이 몰라준다.'고 말하던데, 만약 자네들을 알아서 써준다면 무엇을 먼저 하겠느냐?" 중략~ 점아 너는 어떠하냐? 증석은 조용히 거문고를 타고 있다가, 크게 한바탕 소리를 튕기고

거문고를 놓고 일어서서 대답했다. 공자께서 "무엇 때문에 마음이 상했는가? 각자 자기 뜻을 말했을 뿐이니라." "저는 저 사람들하고는 다릅니다. 늦은 봄에 봄옷을 갖춰 입고 갓을 쓴 대여섯 명의 청년들과 어린아이 6,7명과 함께 기수에서 목욕하고 기우제 드리는 곳에서 바람을 쐬고, 노래를 부르면서 돌아오겠습니다."

子路曾晳冉有公西華 侍坐러니 子曰 以吾一日長乎爾나 毋吾以也라라 居則曰 不吾知也라하나니 如或知爾면 則何以哉오 중략~ 點아爾는何如오 鼓瑟希러니 鏗爾舍瑟而作하여 對曰 異乎三子者之撰이다 子曰 何傷乎리오 亦各言其志也니라 중략~ 曰 莫春者에 春服이 旣成이어든 冠者五六人과 童子六七人으로 浴乎沂하여 風乎舞雩하여 詠而歸하리이다 夫子喟然歎曰 吾與點也하노라 – 先進

증자의 유유자적 거문고를 연주하는 모습이 평온하다. 그런데 동문들이 작은 듯 큰 뜻을 서슴없이 말하는 욕망에 부아가 난다. 순간 "띵~~~" 짜증석인 음으로 마무리한다. 뜻밖의 행동에 각자 자기 뜻을 말해보는데 무엇 때문에 심기가 뒤틀려 역정을 내느냐. 그럼, 네 뜻을 말해보려무나. 저는 늦은 봄, 더운 기운이 앞서거니 들어설 때, 새로 마련한 봄옷을 갖춰 입고 아들 손자 거느리고 해운대 온천수에 몸 담그고, 기우제를 지내는 달맞이 고개 해월정에서 바람 쐬며 시대를 아우르는 동료들과 다함께 노래 부르며 집으로 돌아가고 싶습니다. 그럼, 그럼! 바로 그것이 내가 원하는 삶이다. 여기서 중요한 것은 부와 명예보다 평화로운 일상이다. 피세하여 나 홀로 산에 산다. '유遊'의 노장老莊이 아니다. 내 나라 내 고장 내 가족에게 돌아가는 '귀歸'가 유학儒學의 정서다. 논어에세이 ≪빈빈≫에 〈아리랑 동동〉으로 실렸다.

* 안연이 나라 다스리는 법을 묻자, 공자가 말했다. "하나라의 역법을 쓰고, 은나라의 수레를 타고, 주나라의 면류관을 쓰고, 음악은 소무韶舞를 따르되, 정나라의 음악은 추방하고, 말재주 좋은 사람을 멀리하라. 정나라의 음악은 음란하고, 아첨하는 사람은 위태롭다." 顔淵 問爲邦한대 子曰 行夏之時하며 乘殷之輅하며 服周之冕하며 樂則韶舞오 放鄭聲하며 遠佞人이니 鄭聲은 淫하고 佞人은 殆니라
　　　　　　　　　　　　　　－ 衛靈公

궁중에서는 나라와 백성의 평안을 빌기 위해 하늘과 땅, 그리고 조상신에게 제사를 지냈다. 특히 조선시대에는 토지와 곡식의 신을 모신 사직, 조선왕조의 선조를 모신 종묘, 공자와 유교의 성현들을

모신 문묘 등의 제례를 지냈으며, 음악과 춤 그리고 악기의 색깔과 문양을 달리하여 공경하는 마음을 전달하고자 했다.

70년대 아침이슬, 작은 연못, 그건 너, 너 때문이라고 탓하는 음악을 금지시켰다. 음반에도 강제로 건전가요 한 곡씩을 넣도록 하던 시절이 있었다. 시대음악은 민중이 내는 소리다. 목소리를 내지 말라는 것은 언론탄압이다. 염세적이거나 지나치게 에로틱하여 국민정서에 해가 된다는 이유였다. 가수는 노랫말대로 간다는 설이 있다. 낙엽 따라 요지경속으로 가기도 한다. 말을 붙이기 따라 우연이 필연이 된 경우다. 노래뿐일까.

내게 한학漢學을 전수하시던 의당義堂선생께서는 경서經書만 읽으라셨다. ≪소학≫을 읽고 나서 ≪대학≫ ≪논어≫ ≪맹자≫ ≪중용≫ 사서와 ≪시경≫ ≪서경≫ ≪역경≫ ≪예기≫ ≪춘추≫ ≪악기≫까지만 말씀하셨다. 배우는 순서까지 엄격하게 관리했다. 먼저 사람 되는 공부를 하라셨다. ≪노자≫ ≪장자≫ 더구나 그중 역경인 ≪주역≫은 현혹되는 글이라며 절대 읽지 못하게 했다. ≪고문진보≫도 한량놀이라고 나무랐다. 공부하는 자세를 바로 세워라. 사람공부가 안된 상태에서 심오한 학문을 읽으면 "여러 사람 잡는다."며 관심조차 끊으라고 못 박았다. 중용도 소주역이라며 중용 17장을 읽다가 '귀신'의 조화 음양을 질문하면, 기다란 막대기로 탁자를 내리쳤다. 사람의 도리도 알기 전에 노장의 언저리를 배회하거나, 지적인 허세로 세상을 아는 체 하며 평생 '귀신 씨 나락'을 까먹을까 염려하심이다. 행실은 부족하면서 말만 잘하는 위태로움을 걱정하신 것이다. 간혹 나는 '현혹眩惑'에 대하여 생각해 본다. 나는 배움의 순서대로 더듬더듬 어렵사리 시경까지 읽었다. 나의 배움 폭이 좁은 것은 스승의 철벽 때문이다. 얼마나 다행인가. 유학서 안의 청개구리가 되어 첨벙거리는 꼴이 오늘의 청복이 되었으니.

* 공자가 말했다. "천하에 도가 있으면 예악과 정벌의 명령이 천자로부터 나오고, 천하에 도가 없으면 예악과 정벌의 명령이 제후로부터 나온다. 제후로부터 나오면 대략 10대로 망하지 않음이 없다."
孔子曰 天下 有道則禮樂征伐이 自天子出하고 天下 無道則禮樂征伐이 自諸侯出하나니 自諸侯出이면 蓋十世에 希不失矣오 - 季氏

왈가왈부曰可曰否는 결코 나쁜 것이 아니다. 여러 사람이 여러 방향을 모색하는 것은 지혜를 모으는 일이다. 그러나 집단의 이기利己 때문에 상대방에게 무조건 딴지거는 것은 옳지 않다. 어떤 정책이 결정되었을 때는 법과 질서로 한 마음이 되어 실행함은 마땅하다. 결정권은 제1통치권자에게서 나와야 바르다. 국가 위기에 명령이나 담화문이 비선실세에서 나오거나 무속인의 점괘에서 나온다면 나라가 온전할 리 없다. 나라를 믿고 세금 내는 국민도 방향을 잃는다. 우왕좌왕 한동안 힘들었지만, 우리가 누군가. 격변의 대한민국에서 국민노릇 하는 내공도 우리국민만의 저력이다.

* 공자께서 제자가 근무하는 무성에 갔다. 현악에 맞춰 노래 부르는 소리를 듣고, 빙그레 웃으면서 말씀하셨다. "닭을 잡는데 어찌 소 잡는 칼을 쓰느냐?" 이에 자유가 대답했다. "전에 저는 선생님께 들은 적이 있습니다. '군자는 도를 배우면 백성들을 사랑하고, 소인들은 도를 배우면 부리기 쉽다'고 하셨습니다." 그러자 공자가 말씀하셨다. "애들아! 언(자유의 이름)의 말이 옳다. 조금 전 내가 한 말은 농담 삼아 한 말이다."

子之武城하사 聞弦歌之聲하시다 夫子 莞爾而笑曰 割鷄에 焉用牛刀리오 子游對曰 昔者에 偃也 聞諸夫子하니 曰君子學道則愛人이오 小人學道則易使也라호이다 子曰 二三子아 偃之言이 是也니 前言은 戲之耳니라 - 陽貨

〈닭 잡는데 소 잡는 칼을 쓰다〉의 글에서 상세하게 썼다. 다시 정리하자면 형식이 내용보다 클 때가 있다. 라면 한 개 끓이는데 가마솥에 물을 붓고 장작불을 지피는 격이다. 그래도 그게 어딘가. 무엇을 끓이려면 물과 불과 그릇이 필요하다는 것을 아는 것, 바로 기본을 아는 것이다.

공자의 제자 자유가 작은 고을의 읍장으로 갔다. 그에 공자님은 제자가 잘하고 있는지 순방을 나간 것이다. 국가 원수의 순방도 아닌데, 궁중음악으로 아악雅樂을 연주하고 리틀엔젤스가 나와 방긋방긋 웃으며 식순에 의해 노래하는 것과 같은 꼴이다.

그리하여 "너는 닭을 잡는데 어찌 소 잡는 큰 칼을 사용하느냐?" 나무라는 것처럼 들리지만 핀잔이 아니다. 일반 백성들은 음악과 춤을 통해 고된 노동의 어려움을 이겨내고 자연과 신에게 안녕과 평안을 기원하며 휴식과 즐거움을 얻는다. 논둑길이나 밭둑길을 지나 개울 하나 건너는 작은 마을에서 어찌 격조 있는 예악을 연주하는가. 그런데 고지식한 자유가 정색하며 "저는 선생님께 그렇게 배우지 않았습니다." 말하는 모습에서 배운 대로 실천하는 제자의 올곧음을 본다. 어긋남이 없다. 그래, 제자들아! 자유의 말이 옳구나. 내가 실언을 했다고 겸연쩍어한다. 아무리 작고 보잘것없어도 그

안에 예악禮樂의 질서가 있다.

　　* 공자가 말했다. "예를 지켜야한다, 예를 지켜야한다 말하지만,
　　어찌 귀한 옥구슬이나 비단의 예물을 말하는 것인가? 악을 연주한
　　다, 악을 연주한다 하지만, 어찌 종과 북을 소리 나게 치는 것을
　　말하는 것인가?"
　　子曰 禮云禮云이나 玉帛云乎哉아 樂云樂云이나 鍾鼓云乎哉아
　　－ 陽貨

　본질이 중요하다. 근사하게 눈에 보이고 귀에 들리는 형식을 말
하는 것이 아니다. 사람의 마음과 치레가 어우러질 때, 문질빈빈文
質彬彬 예와 악의 균형이 알맞다. 문화다. 그럴듯한 예식과 그럴듯한
비단보자기에 포장한 예물이 30년 키운 자식을 30분 만에 세대교
체다. 결혼 풍속도다. 논두렁 밭두렁에서 풀벌레 울음소리에 개망
초 화관을 쓰고 합방을 했더라도 딸 아들 순풍순풍 잘 낳고 잘살면
그만이다. 그런데 내 집이나 남의 집이나 그게 어렵다. 전광판 레이
저 불빛으로 자막을 띄운다. '예운예운, 악운악운' 현대인은 '궁금
한 건 못 참아.' 반짝이는 타인의 시선에서 자유롭지 못하다.

* 공자가 말했다. "자주색이 붉은 색을 빼앗는 것을 미워하며, 정나
라의 음탕한 음악이 우아한 아악을 문란케 하는 것을 미워하며,
입빠른 자의 말이 나라를 뒤엎는 것을 미워한다."
子曰, 惡紫之奪朱也하며 惡鄭聲之亂雅樂也하며 惡利口之覆邦家者
하노라 - 陽貨

간색은 중간색이다. 빨강과 파랑을 섞어 자주가 된다. '기연其然
미연未然'으로 '긴가민가' 상황을 만들면 의혹이 깃든다. 비슷하면
가짜다. 사이비似而非다. 궁정동 안가의 노래는 '남자는 배 여자는
항구' '사랑밖에 난 몰라'처럼, 남녀 간의 애절한 사랑타령이다. "비
가 오면 생각나는 그 사람♬"을 들으며 시바스 리갈로 원샷하는 국
가 원수의 낭만을 경계하는 것이다. 빵빵빵! 권총으로 다 끝난 대통
령관저에서 발표하는 대변인의 말솜씨에 또 속는다. 어찌 은나라
말의 주紂왕에게만 경국지색傾國之色 주지육림酒池肉林 포락지형炮烙
之刑이 있었을까. 주周나라를 세운 무武왕이 주紂를 친 것은, 왕권찬
탈이 아니라 죄인 한사람을 친 것이라는 말과, 당시 중앙정보부장
이 "나는 유신의 심장을 쐈다"는 증언이나 같다. 2천 5백 년 전이나
40년 전이나 역사는 돌고 돌아 어느 소설가의 말처럼 '공회전'이다.
정치가에게 현재 자신의 정권유지가 목숨보다 가족보다 중하다. 나

는 지금 어느 지점에서 돌고 있을까.

* 노나라 유비라는 사람이 공자를 뵈려고 했으나, 공자는 몸이 아
프다는 핑계로 사절했다. 그러나 유비의 명을 전하려고 온 사자가
문밖으로 나가자, 공자는 거문고를 연주하면서 노래를 그 사자에
게 들려주었다.
孺悲欲見孔子어늘 孔子辭以疾하시고 將命者出戶어늘 取瑟而歌하
사 使之聞之하시다 - 陽貨

이 보시게, "나 안 아프다." 가서 네 상전에게 전하라. 나는 너를
만나기 싫다고. 얼마나 짓궂은가. 내가 논어를 흥미진진하게 읽는
이유다. 공자는 부처나 예수처럼 신神이 아니다. 감정을 가진 보통
사람, 인간이다. 논어를 읽는 맛은 바로 나와 별반 다르지 않은 공
자의 모습이다.

* 재아가 물었다. "3년의 복상은 기한이 너무 오래입니다. 군자가
3년이나 예禮를 지키지 못하면 예가 반드시 무너지고, 3년이나 음

악音樂을 연주하지 않으면, 음악이 반드시 시들 것입니다. 이미 묵은 곡식이 없어지고 새 곡식이 상에 올라오고, 또 불씨를 일으키는 수나무를 바꾸어 새로 뚫어 새 불씨를 피우는 것처럼, 복상도 1년으로 끝내는 것이 좋지 않겠습니까?" 중략~ 공자가 "1년 거상이 네 마음에 편하거든 그렇게 해라. 원래 군자는 상중에 있을 때는 맛있는 음식을 먹어도 달지 않고, 음악을 들어도 즐겁지 않으며, 편안하게 있어도 편하지 않기 때문에, 그렇게 하지 않는 것이다. 그러나 네 마음이 편하다면 그렇게 해라."

宰我 問三年之喪이 期已久矣로소이다 君子三年을 不爲禮면 禮必壞하고 三年을 不爲樂이면 樂必崩하리니 舊穀旣沒하고 新穀旣升하며 鑽燧改火하니 期可已矣로서이다 중략~ 女安則爲之하라 夫君子之居喪에 食旨不甘하며 聞樂不樂하며 居處不安故로 不爲也하나니 今女安則爲之하라 - 陽貨

〈삼년은 너무 길다〉는 제목으로 이미 글을 썼다.

"학생들의 정기연주회 때, 학생들이 기성인처럼 아름다움을 다한 연주는 못 하더라도 있는 정성을 다한 음악회, 즉 선함을 다한 음악회가 되도록 하자고 강조한다. 연주에서도 순수한 마음으로 혼신의 힘을 다한 연주는 그 선함이 청중에게 전달된다고 생각한다."
– 황병기 《논어 백가락》

〈우주와 사계절〉의 소리, 사물놀이에 대한 글이다.

"사물놀이는 천지 오행을 다스린다는 의미의 악기 구성이라고 한다. 꽹과리는 번개로 하늘에 문을 여는 소리이고, 북은 바람이며, 장구는 비, 징은 구름으로 천지를 평정하는 소리라고 한다. 사물놀이를 듣는 사람들은 팽이 질을 하는 것처럼 회전 순환하고 상승하강한다. 강렬한 리듬을 타고 현기증 같은 어지러움 속에서 신들린 경지로 빨려든다. 하늘이 돌고 땅이 돈다. 네 개의 심장이 뛰는 소리다. 원초의 생명력이 흡인하는 블랙홀이다."
– 이어령 《우리문화박물지》

무엇이든 삼년을 하루같이 연마하면 기초를 세울 수 있을 것이다. 3년씩 마디 짓는 우리 교육학제가 있다. 초등저학년, 초등고학년, 중학교, 고등학교, 그뿐인가. 귀머거리 벙어리 장님 3년씩으로 석삼년 시집살이도 있다. 세 살 버릇을 바로 잡는 육아기간이 삼년이며, 상례도 3년이다. 춘추전국시대나 초스피드시대나 별반 변함이 없다. 그 시절 1년으로 하자는 재아는 상당히 진보적이다. 스마트 폰으로 세상을 다 지배하는 스마트한 시대에도 변하지 않음은 사람의 심성과 도리뿐이다.

> * 제나라 사람이 미녀와 풍악놀이패를 보내왔다. 노나라 계환자가
> 이를 받아들이고 즐겼으며, 사흘 동안이나 조례를 보지 않았다. 이
> 에 공자는 벼슬을 버리고 노나라로 떠났다.
> 齊人이 歸女樂이어늘 季桓子受之하고 三日不朝한대 孔子行하시다
> — 微子

국가 간에 우호적인 관계를 유지하려고 사신을 보낼 때 폐백幣帛도 같이 보낸다. 비단이나 예물뿐만 아니라 사절단도 보낸다. 북한에서 평양예술단이 남한으로 오기도 하고 남한에서 가기도 한다. 오래전 양국 정상이 도라지 위스키를 들고 건배하던 장면이 떠오른다. 2부 행사로 조용필 공연이 평양에서 있었다. 국가의 행사는 의전대로 행한다. 그러나 한 순간도 간과할 수 없다. 세계에서 유일하게 유엔묘지가 있는 우리나라에서도 '자국의 이익'을 위하여 평화라는 명분으로 이라크에 파병도 했었다. 이토록 국제 외교는 냉철

한 이성의 영역이다. 측은지심이나 배려는 절대 배제다. 정을 지닌 인간이 하는 일이 아니라 헌법을 수호하는 국가의 일이다.

티브이 화면으로 조용필이 공연하는 것을 지켜봤다. 훗날 이야기 하는 것도 시청했다. 평양시민들의 연출된 열렬한 물개박수는 그들 정권의 캐릭터다. 그런데 기립박수를 보내면서 펑펑 울고 있다. 그 눈물은 공연장 안에 최루탄을 쏘지 않은 한, 각본의 연출이라고 믿어지지 않는다. 아니 믿고 싶지 않다. 남북이 함께 부르는 "아리랑, 아리랑 아라리요♫"를 따라 부르지 못하고 나도 울었다. 심금을 울리는 외교언어, 음악의 역할이다. 때론 예술이 교란시키는 계책이 되기도 하니, 슬프고 또 슬프다.

* (노나라가 어지러워지자 여러 악관들이 사방으로 흩어졌다.) 태사 지는 제나라도 갔고, 아반 간은 초나라로 갔고, 삼반 요는 제나라로 갔고, 사반 결은 진나라로 갔으며, 북을 치는 방숙은 하내로 들어갔고, 소사 양과 경쇠를 치는 양은 섬으로 갔다.
大師摯는 適齊하고 亞飯干은 適楚하고 三飯繚는 適蔡하고 四飯缺은 適秦하고 鼓方叔은 入於河하고 播鼗武는 入於漢하고 少師陽과 擊磬襄는 入於海하니라 - 微子

영화 '타이타닉'이 떠오른다. 호화유람선이 가라앉고 있다. 아비규환이다. 수장되는 사람들의 모습을 보면서 어찌 숨인들 쉴 수 있을까. 그런데 악사들은 동요 없이 연주한다. 음악이 인간의 마지막 존엄성을 지켜주고 있다. 사람으로 태어나 귀한 존재로 존중받는 모습, 타이타닉의 명장면이다. 내가 좋아하는 자유로운 영혼 레오나르드 디카프리오의 연기보다 여운이 길다. 사랑의 연주다. 연주자들은 아수라장인 타이타닉 호에서 승객과 생사를 함께 했다. 영화 속의 악사들과 세월호 참사 때 사방으로 흩어져 잠수타고, 숨어 있던 어른들의 모습이 교차해 보인다. 아름다워도 슬퍼도 통곡은 같은 소리다.

에필로그

≪논어≫를 읽으면서 '예禮와 악樂'을 중시하며 조화로움을 삶을 살았던 공자의 음악을 정리해봤다.

'공자BC551~479는 음악을 즐기는 수준을 뛰어넘어 전문적으로 연주하고 연구하며, 고대중국의 음악을 정리하기도 했던 전문음악인이었습니다. 유교정치철학가로 알려진 그는 틈만 나면 노래를 부르고, 악기를 연주하고, 다른 연주가들의 연주를 평하기도 했습니다.'

남이섬 소리박물관에 가니, 그곳에 음악을 사랑한 '공자 자료관'이 있어 반가웠다. 음악에 대해 문외한이기에 곳곳에서 붙임새와 엇붙임 잉아걸이가 엇박자로 고르지 않았을 것이다. 그래도 나는 오래된 숙제를 마친 기분이다.

　　수필로 메타논어를 쓰고, 음악으로 마무리 한다. 예에 악이 깃들기를 바란다.

　　子曰 興於詩하며 立於禮하며 成於樂이니라

자, 논어란?

 – 개강 날의 수업 안내

도

전주 길면 연주 안 듣는답니다.

스무 해 동안, 부산시립도서관 여러 곳에서 시민을 대상으로 논어를 함께 읽습니다. 수강하시는 분들은 나이나 학력수준이 비슷한 또래 집단이 아닙니다. 20~90대, 고향도 성별도 목적도 주장도 다양한 제자백가들이십니다.

가장 많은 선생님들은 정년퇴직한 어르신들입니다. 이분들이 저에게 배우러 오겠습니까. 같이 소리 내어 읽고 풀이하며 동시대를 '공감'하고 싶으신 겁니다. 그 다음은 백화점 명품이나 성형의 유행보다 세상을 맑게 살고 싶어 하는 순수한 여성들입니다. 어느 분은 한문은커녕 한글도 배운 적이 없습니다. 왜 오느냐구요. 출석을 부르니 개근을 하신답니다. 어떤 이삼십 대는 일베같은 분들이 모여 무슨 모의를 하나 감시차원의 수강생도 있습니다. 이 분들은 한두 주 개강 즈음에 와서 하늘의 달은 보지 않고 단어하나 농담하나로 딴죽 걸고, 녹음하고 동영상 찍어 즉시 손가락으로 국가신문고에 민원을 넣기도 하는 검지 족입니다.

자, 그러니 저는 어디에다 초점을 맞춰야할까요. 또는 누구를 위하여 종을 울릴까요. 명심보감에 이런 문구가 있습니다. "양고기 국이 비록 맛이 있지만, 여러 사람의 입맛을 맞추기는 어렵다." 논어의 본래 맛은 무맛입니다. 먹는 사람 마음입니다. 시장이 반찬입니다. 아무리 진수가 성찬이어도 사람이 우선입니다. 밥은 끼니로 먹기도 하지만, "밥 한 번 먹자"는 관계의 거리이기도 합니다. 논어는 바로 사람과 사람사이 정을 붙이는 끈끈한 밥맛입니다.

지역마다 도서관마다 크고 작은 특징이 있습니다. 정서의 실마리가 다 다릅니다. 한 강의실에 어림잡아 30명씩만 오셔도 봄 학기 가을학기 300명쯤의 새 사람들이 들고 납니다. 저는 그분들에게 밥상을 차리는 공양주보살 같은 강사입니다. 주걱만 두드리겠습니까. 학문도 수다도 거문고도 비파도 학교종도 세숫대야도 꽹과리도 다 쳐야합니다. 그중 가장 신명나는 악기는? 누가 뭐라고 해도 밥주발에 코를 흘리고 재를 뿌려도 "맞습니다, 맞고요." 맞장구입니다.

그분들의 말씀이 다 옳습니다. 자신의 의견을 말할 뿐이죠. 다 자신이 낸 세금으로 도서관 강좌를 수강하시는 분들입니다.

레

자, 이제 연주를 시작할까요?

논어란? 공자와 공자 제자들, 즉 사제지간이 묻고 대답하는 이야기입니다. 본문내용은 짧고 경쾌합니다. 문서는 길어도 보관하지만, 주고받는 말은 길면 서로 귀담아 듣지 않습니다. 잔소리가 되죠. 더구나 여러 명이 모여 토론하다보면 문답 사이를 불쑥 치고 들어가 잽싸게 빠져나와야하니 문장이 짧습니다.

논어는 사서四書 : 대학 논어 맹자 중용, 삼경三經 : 시경 서경 역경 중 가장 기본이 되는 유학사상입니다. 동양인문학의 대표주자죠. 고전古典이 좋은 것은 누구나 알고 있지만, 고전苦戰해서 읽는 사람은 거의 없습니다. 우리 논어를 힘들게 전투하듯 말고, 한 숟가락, 한 숟가락씩 꼭꼭 씹어 본 재료의 맛을 볼까요.

미

공자, 그는 누구인가?

공자의 성은 공孔 이름은 구丘, 자字는 중니仲尼입니다. 유가儒家

의 시조로 춘추전국시대 노魯나라 중국 산동성 곡부출생입니다. 지금으로부터 2천5백년전 노나라 양공 22년 B.C551~479년 창평향 추읍에서 아버지 숙량흘 어머니 안씨에게서 둘째 아들로 태어났습니다. 당시 아버지의 나이는 70세, 어머니는 16세였다고 합니다. 어라! 나이차가 엄청납니다. 호기심이 당기죠?

재미있는 드라마는 '출생의 비밀'이 있습니다. 성인聖人도 비껴 갈수 없는 스토리텔링이죠. 공자의 위로는 누이가 아홉 명이 있었답니다. 많지요? 그 당시는 농경시대니 힘을 쓰는 일꾼 아들이 있어야겠지요. 어렵사리 아들 맹피孟皮를 두었는데 한 쪽 다리가 짧고 지능이 순수한 천사였답니다. 가문의 대를 잇기에는 부족하다고 여겼을 겁니다. 이미 아버지 나이는 연로하시니 어머니는 건강한 이팔청춘이어야겠죠.

그리하여 육례[납채 문명 납길 납징 청기 친영]를 거쳐 사모관대와 활옷을 갖추고 혼례를 하지는 않았을 겁니다. 이 상황을 훗날, 입담 좋은 우리나라 학자가 '야합野合'이라 표현했다가 유림儒林들이 불경하다고 들고 일어나는 바람에 방영도중 강의가 폐강되었습니다. 야합이라는 단어가 이름 그대로 야외에서 합방하는 물레방앗간 혹은 보리밭고랑에서의 만남일까요. 아닙니다. 이 말은 본처가 있는데 부적절한 관계를 맺은 것이 아니라는 뜻입니다. 단지, 예를 갖춰 친인척 지인들에게 청첩내고 피로연을 한 혼례가 아닌 조촐한 합방이었을 겁니다.

어린 산모가 아이를 낳느라 애를 먹습니다. 왜냐하면 사주 좋은 아들을 생산하는 부담이 컸겠죠. 어른들이 중문에서 지시하는 대로 합니다. 태중에 공자 아기씨께서 성질이 급하셨던지 머리를 비집고 나오려하니, 밖에서는 "산문, 닫아라!" 호통 치십니다. 시時가 맞지 않아서죠. 윗목에 있는 차가운 다듬잇돌로 산문을 닫고 기다리니 "산문, 열어라!"라는 명령에 쑥 나왔답니다. 나온 어린이는 다듬잇돌에 정수리가 눌려 짱구가 되었다는 설도 있고, 혹은 어머니가 니구尼丘산에 기도하여 구丘라는 이름을 지었다는 설도 있습니다. 아무튼 머리가 불룩합니다. 속설에 짱구가 머리가 좋다고 하죠. 저도 집의 아이들이 아기였을 때 짱구머리통이 되도록 엎어 재웠던 어미입니다.

바라고 바라던 총명한 아들이 태어났지만, 공자의 아버지는 3년 후 돌아가십니다. 홀어미가 혼자 키웁니다. 그런데도 어찌 그리 예의 바른 청소년으로 자랐을까요. 어머니의 교육이 예를 올리고 철상하는 일을 하는 사람이었을 거란 추측을 해봅니다. 어머니마저 공자 나이 18세에 돌아가셨다고 합니다. 어머님을 아버님 곁에 모시려고 하는데, 아버지 묘지가 어딘지 몰랐다고 하니, 공자가 그동안 얼마나 핍박받는 생활이었을까 짐작이 됩니다.

　중장년까지 행색이 초라한 상갓집 개[喪家之狗]라는 놀림을 받으면서 56세부터 제자들과 주유열국周遊列國 하다가 69세에 고향으로 돌아옵니다. 공자, 맹자와 같은 성인과 아성亞聖이 태어난 곳을 '추로지향'이라고 합니다. 도덕과 문화가 이상적인 유토피아죠. 우리나라 경북 안동 군자리에 퇴계 선생이 태어난 고장에 도산서원이 있습니다. 서원 입구에 공자의 후손 공덕성이 휘호한 '鄒魯之鄕추로지향'이라는 표지석이 있습니다. 추로는 성인의 고향입니다. 공맹에 버금가는 퇴계 선생을 기리는 선비문화 유학의 본고장이죠.

　2019년 현재는 예수가 태어난 지 2019년이 되었다는 말입니다. 가장 큰형은 석가모니고 예수는 막내입니다. 부처는 사후에 극락왕생과 지옥이 있고, 예수도 천당과 지옥이 있다고 합니다. 그야말로 신神을 믿어야 합니다. 그러나 공자에게는 사후死後가 없습니다. 제자인 자로가 '죽음'에 대해 묻습니다. "아직까지 삶도 모르는데 어찌 죽음을 알겠느냐?" 귀신 섬기는 것에 물으니 "아직까지 산 사람 섬기는 것도 모르는데 어찌 귀신 섬기는 것을 알겠느냐?" '지금 여기' '너와 나'가 있을 뿐입니다. 논어에 나오는 공자의 학문은 "있을 때 잘해!"입니다. 부처의 자비나 예수의 사랑이나 공자의 인仁사상은 이름만 다를 뿐, 일이관지一以貫之 도道는 하나, 오직 '사랑'입니다.

파

공자는 어떤 사람인가?

솔직한 사람입니다. "아는 것을 안다고 하고 모르는 것을 모른다고 하는 것, 이것이 바로 아는 것이다." 아랫사람에게 묻는 것을 부끄럽게 여기지 않았던 사람입니다. 우리가 잘 쓰는 말 중에 '공자 앞에서 문자 쓴다'는 말이 있습니다. 그만큼 많은 사람들에게 인용되었다는 뜻이겠죠. 실제 공자는 잘난 척하지 않습니다. 때론 너무도 솔직하여 보통 사람처럼 어설프고 허술한 면이 논어 문장 곳곳에서 보입니다. 그래서 저는 더 공자님을 좋아합니다. 원숭이도 나무에서 떨어질 때가 가장 원숭이답죠. 동물이든 사람이든 떨어지고 넘어져야 격려의 박수를 받습니다.

외모요? 출중하죠. 봤느냐고요. 제 안목이니 타인의 취향으로 여겨주시면 좋겠습니다. 키가 9척6촌이었다는 데, 2미터 정도의 장신입니다. 키뿐만 아니라 귀도 유난히 컸다고 합니다. 제자들과 토론을 많이 하셨으니, 그만큼 제자들의 말을 경청했다는 의미겠죠. 공자는 우리가 생각하는 어르신이기보다는 오히려 '한주먹'하는 분, 즉 보스 또는 리더라 할까요. 문文보다 무武에 가까운 정치가였다죠. 그러나 무를 숭상하는[尙武] 계씨가 정치에 대해 물으면, "나는 무에 대해 아는 바가 없다"며 무력공격을 피합니다. 무력에 인문학의 기본이 없으면 살생을 하게 됩니다. 인정人情이 스며들어야 인정仁政과 덕치德治를 할 수 있습니다.

의식주는 어떠하셨을까? "군자는 보라색과 붉은색으로 옷깃을 장식하지 않고, 다홍색과 자주색으로 속옷을 만들지 않는다. 평상시 입는 가죽옷을 길게 하되, 오른쪽 소매는 짧게 하셨다." 본심을 잃을까봐 중간색을 선호하지 않았다니, 마음가짐과 디자인 색이 토털패션인 베스트드레서 앙드레공孔이셨습니다. "정미한 쌀밥을 싫어하지 않고, 회는 가늘게 썬 것을 싫어하지 않았다. 제 철이 아닌 것, 바르게 자르지 않은 것, 간이 맞지 않는 것, 시장에서 사온 술과 육포 등을 먹지 않으셨던" '포정庖丁' 즉 요리사 공셰프이셨죠. "자리가 바르지 않으면 앉지 않으셨다." 악기 연주가 없으면 차를 마시지 않으셨던 까칠한 도시의 남자. 마구 두들기는 타악기가 아닌 섬세한 손가락의 선율로 현악기를 타십니다. 마음 다스림으로 즉흥연주를 하는 '재즈공자'의 모습이 논어에 자주 등장합니다. 예와 악의 조화를 실천하셨던 '종합예술인'이셨습니다. 물론 정부인과 백년해로할 취향은 아니죠. 실제로 조선왕조에도 유학하는 선비라고 하는 분들은 처첩에서 자유롭던 신분이었죠. 어디 조선시대뿐인가요? 내 아버지도 그렇게 살다 객지에서 가셨습니다.

솔

세상은 다양합니다. 우리나라 국회의사당처럼 각자 목소리가 큽니다. 오죽하면 진시황제가 분서갱유焚書坑儒를 하고 천하통일을 감행했을까요. 세상에 곧은 소나무만 있으면 숲이 아름다울까요. 햇볕 따라 모양도 자연스럽습니다.

자~, 그럼 춘추전국시대春秋戰國時代로 들어가 볼까요. 여러 선생님들이 계십니다. 그중 최고의 선생님은 당연히 공자孔子이십니다. 사람은 "인仁"해야 한다. 모든 핵심은 '인사상'이다. 맹자孟子가 답답하여 한 말씀 하십니다. 그렇게 포괄적으로 인하라고 하면 누가 알아듣습니까? 저처럼 사람은 태어날 때부터 착한 "성선설性善說"이라고 꼭 짚어 말씀하셔야죠. 그 본성만 잃지 않으면 저절로 인의예지仁義禮智 사단칠정四端七情이 이루어집니다. 듣고 있던 순자荀子께서 무슨 소리! 사람은 태어날 때부터 악한 "성악설性惡說"이기에 숟가락을 잡을 때부터 수저를 놓는 순간까지 밥상머리 교육을 합니다. 아이들뿐만 아니라 검은머리 파뿌리가 된 배우자에게도 '배우자'를 설파합니다. 유학사상은 쇠해도 교육은 점점 성하니 논어를 배우는 까닭입니다.

노자老子는 어머니 뱃속에서 80년이나 있다가 나와서 노자라고 한다네요. 본래 성은 이李입니다. 존경하는 의미에서 노老라고 한다죠. "절학무우絶學無憂"를 말합니다. "응"하면 어떻고 "예"하면 어떤 가. 대답만 하면 되지. 괜히 배워 머리가 아프다. "배움을 끊으면 근심걱정이 없다." "냅둬라!" 가만 놔두면 사계절처럼 자연스럽게 살아진다. '무위자연無爲自然'을 말하죠. 노자의 제자 장자莊子가 선 생님 그렇게 책임감 없게 말씀하시면 어찌합니까? 이왕 왔다 가는 인생, 하고 싶은 것 마음대로 하며 "소요유逍遙遊"를 누려야죠. 웰빙 으로 살다가 아내가 죽더라도 고통을 안으로 삭히며 "고분지가鼓盆 之歌" 노래하다가 웰다잉해야죠. 인생은 소풍처럼 왔다가 가는 "호 접몽胡蝶夢" 한바탕 꿈인 것을. 내 남편도 내가 먼저 가더라도 장자 처럼 꽃과 꽃 사이를 넘나드는 나비되어 춤추고 노래하다 제 곁으 로 왔으면 좋겠습니다.

그대들은 신선노름을 하시는군. 초근목피로 연명하던 시절도 있 었다. 없어서 못 먹지 유별스럽게 신토불이 유기농이니 친환경이니 가려서 먹습니까? "이것저것 다 묵자!" '겸애설兼愛說'을 주장하는 묵자墨子는 아무래도 정 많은 경상도 사나이인 것 같습니다. 정말 내 아내만 내 남편만 멋진가. 맞아, 어찌 별 다방만 가냐. 천사다방 도 가고, 톰 아저씨도 돌보고 백다방도 가야지. 이제 거리제한의 상도덕도 어깁니다.

이쯤 되면 막 가자는 거지요. "법대로" 하라고 한비자韓非子가 '법가사상法家思想'을 들고 나오네요. "하이고~, 법대로 해봐라." 잔챙이들만 다 걸리지 굵직한 사대부들은 진작 다 법망을 벗어났으니…. 유전무죄 무전유죄! "내가 뚜껑이 안 열리느냐"고. 열자列子가 열을 받으셨네요. 열 받아 '화르르' 끓어 넘치니 냄비가 다 비워졌죠. '허심사상虛心思想'입니다. 마음을 비운 열자는 실제로 하늘로 올라가 신선神仙이 되어 보름씩 날아다녔답니다. 건더기는 어찌되었느냐고요. 부뚜막 밑으로 떨어져 찌꺼기들끼리 "얍, 얏" 기합을 넣어 싸운답니다. 저 밑에 손자孫子별도 안 되는 놈들이 평화를 구실삼아 핵무기니 백색국가니 '손자병법孫子兵法'을 내세우며 무기武器를 팔아먹고 있습니다.

이렇게 자기 말이 옳다고 주장하는 것을 '제자백가諸子百家' 또는 누구 목소리가 더 큰지 서로 소리소리 지르며 싸우니 '제자쟁명諸子爭鳴'이라고도 합니다. 일단 '자'자가 들어가는 분들은 어떤 사상에 일가를 이룬 큰 스승을 말합니다. "자왈"은 모두 논어에 나오는 공자님 말씀입니다. 다른 스승들은 앞에 다 성을 붙입니다. 그럼 제자백가는 "어느 나라 사람들?" 예, 맞습니다. 맞고요. 중국 사람들입니다. 우리나라 사람은 없느냐고요. 송시열선생을 송자라고 부르기도 했다는데요. 그러나 확실한 한 분도 계셨습니다. 헌정사상 청와대 안에 기억하시죠? 이순'자'여사님 영부인이셨습니다. 지금도 국회에서 삿대질하고 단상에 뛰어오르고 통과망치를 빼앗는 장면을 가끔 봅니다. 아직 국회의사당은 "춘추전국시대"라고 하잖아요. 춘추전국시대가 있어야 다름과 차이의 관용을 배웁니다. 국정을 돌보시는 분들 정말 수고가 많으시죠.

라

논어, 언제 읽어야 하나?

정해진 때가 없습니다. 유치원 초등학교 중 고등학교 대학교 사회 평생 …, 그래요. 지학 이립 불혹 지천명 이순 종심, 공자님은 '70세가 되어서야 생각대로 해도 법도에 어긋남이 없다.'[不踰矩]고 했습니다. 73세에 돌아가셨으니 평생과업이었죠. 춘추전국시대의 70이란 아마 지금의 120세 이상은 될 것입니다.

비 오는 날, 눈 오는 날, 병든 날, 슬픈 날, 외로운 날의 감흥이 다 다릅니다. 기쁜 날, 즐거운 날, 화창한 날은 왜 뺐느냐고요? 이런 날은 혼자 놀거나 차를 마십니다. 제가 논어를 자주 즐겨 읽는 것으로 보아 외롭고 우울한 날이 더 많았던 것 같습니다.

40대에 전혀 짐작도 못했던 내용이 50에는 '이거였구나!' 싶은데, 60에 보니 참뜻을 놓쳤습니다. 나이는 그냥 먹는 것이 아닙니다. 나이는 벼슬이 아니라 생각주머니입니다. 노인 한 명이 돌아가시면 왜, 마을 도서관 하나가 불타버렸다고 하는지 알겠습니다. 자신을 알아가는 공부입니다. 힘들 때마다 내가 이분이었다면 이 상황을 어떻게 헤쳐 나갔을까 생각해봅니다. 결론은 하나 '이 또 한 지 나 가 리 라' 묵묵히 감내하고 머금어 삼켜야 합니다.

논어의 첫 문장 "배우고 때때로 익히면 기쁘지 아니한가. 벗이 먼 곳으로부터 찾아온다면 또한 즐겁지 아니한가. 사람들이 알아주지 아니하더라도 서운한 마음이 없다면 또한 군자가 아니겠는가." '군자'역이 종착지입니다. 이 군자라는 고귀한 이상향을 닮고 싶어 날마다 하는 일마다 신독愼獨을 합니다. 저는 언제 논어문구에서 자유로워질까요.

시

"그의 벗을 보면 그를 알 수 있다."

공자와 같이 동행했던 사람들은 어떤 사람들일까요? 당시 공자 문하에 열 명의 철학자와 72현이 있었다고 합니다. 함께 주유열국을 했던 공문십철孔門十哲, 공자문하의 열 명의 철학자는 안연顔淵 민자건閔子騫 염백우冉伯牛 중궁仲弓 재아宰我 자공子貢 염유冉有 계로季路 자유子游 자하子夏가 있었지요. 효경으로 유명한 증자가 없네요. 당나라 현종 때 덕행 언어 정사 문학 사과四科로 나눈 인물들이니, 그때의 정치상황에서 세속의 물결이었을 것입니다. 그럼 이분들이 정말, 정치 문학 언변에 달통했던 분들일까요.

공자는 어떤 사람? 문보다는 무에 가깝다고 했습니다. 공자의 제자들은 성질 급한 자로를 비롯하여 집도 절도 없이 풍찬노숙風餐露宿하는 사람들이었을 겁니다. 낮에는 글을 읽으며 토론하고 밤에는 공동묘지를 파내어 도굴하는 형편없는 생계형 제자였을지도 모릅니다. 그런 그들도 공자와 함께 생활하면, 군군 신신 부부 자자 즉, 나라는 나라답게, 국민은 국민답게, 부모는 부모답게, 자녀는 자녀답게, 부부는 부부답게 유학사상의 기본인 삼강오륜三綱五倫의 차례와 질서를 지키게 됩니다. 우리는 이것을 예절이라 하기도 하고 도덕이라 하기도 하고 또는 군자라고도 하죠. 바로 '〜답다'는 사람의 도리입니다.

반음 올리고

유학의 기본을 배우는 곳을 명륜당明倫堂이라고 합니다. 부처가 계신 곳을 대웅전이라 하듯, 공자님 위패를 모시는 곳은 대성전大成殿이라 합니다. 종묘에서 종묘제례宗廟祭禮를 지내듯, 문묘에서 해마다 공자의 문묘제례文廟祭禮와 제례악을 연주합니다. 서울 명륜동에 가면 명륜당이 있습니다. 대성전 앞에는 선비의 상징인 은행나무가 있고요. 심은 지 600년이 되었기에 성균관 대학의 강당 이름이 '600주년 기념관'입니다. 이곳은 나라를 짊어질 선비들을 가르쳤던 곳 태학입니다.

하나의 나라가 존속하려면 국민도 중요하지만 우선 땅이 있어야 합니다. "독도는 우리 땅" 땅이 있어야 백성들이 먹고 살 곡식을 생산하죠. 그리하여 땅과 곡식을 의미하는 사직社稷이 있습니다. 사직단이죠. 우수개소리로 우리나라 사직단은 강남구라고 하더군요. 땅값이 가장 비싼 곳이라나요. 알아듣기 쉬운 비유이기는 하지만, 땅값하고는 무관합니다. 윤리와 도덕입니다. 부산 대구 대전 전주 강릉에도 명륜당과 사직단이 있고, 곳곳마다 명륜동 사직동이 있습니다. 방방곡곡에 공자를 모신 사당이 있다는 뜻입니다. 명륜당은 사람의 도리를 배우는 곳입니다.

도, ╞ 도돌이표

논어에서 말하는 인仁사상은 뭘까요?

인륜의 시작은 두 사람입니다. 부부로부터 시작하여 국민을 낳고 나라를 이룹니다. 이때 서恕가 중요한데 바로 '내 마음과 같은' 배려입니다. "내가 하고 싶지 않은 일을 남에게 베풀지 마라.[己所不欲勿施於人]" 내가 하기 싫은 일은 다른 사람도 하기 싫습니다. 여러 곳에서 논어를 완독하고 난 다음, 가장 마음에 와 닿는 문장을 꼽으라면 이 문장이 으뜸입니다. 얼마 전에 초등학교 아이들이 학교에 가서 "선생님, 대통령이 숙제를 다른 친구에게 시켜서 쫓겨났대요." 담임선생님께 일렀다고 합니다. 제아무리 높아도, 아무리 작고 어려도, 아무리 사소한 일이라도 자신의 일을 스스로 할 수 있어야, 자신의 삶을 당당하게 살 수 있습니다. 밥을 먹는 한 '밥값'은 하고 살아야 사람입니다.

그럼 양지양능良知良能하고 생이지지生而知之한 성인들은 정말 본래부터 능하고 태어나면서부터 아는 분들일까요. 그분들은 옛것을 인정하고 부지런히 배우기를 좋아하는[溫故而知新]분들입니다. 정해진 스승이 따로 없어도 모르는 것을 묻고 대답하여 실천에 옮기는 사람들입니다. 우리가 논어를 읽는 것은 완성하려는 것이 아니라 '호학好學'의 시작입니다. 배우기를 좋아하는 것, 저 세상으로 돌아가는 순간까지 배우다 가기 때문에 '학생부군 신위'로 삶을 완성한다고 생각합니다.

공자님은 2천5백 년 전의 고리타분한 영감님일까요? 살아가는 곳곳에서 어렵고 힘들 때마다 내 곁에서 내 손을 잡아주는 따뜻한 나의 친구라고 말하고 싶습니다. 몇 년 전 제가 어느 잡지에 '논어야 놀자'라는 코너를 맡아 연재를 하고 있었습니다. 그때 어느 원로 선생님께서 "류 선생, 공자님은 성인이셔. 류 선생이 함부로 놀 상대는 아니다"라고 따끔하게 일침을 놓으셨습니다. 한 동안, 의기소침하였습니다. 제 주제파악을 하려고 연재하던 코너를 내려놓으려고 했습니다. 제가 많이 소심합니다. 공자 왈 맹자 왈 사서삼경 속에 넣어 박제된 박물관 고문헌 속에 있다면, 성현들의 사상이나 가르침을 어떻게 알까요. "내 밭을 내가 갈아먹고, 내 우물을 내가 파서 먹는" 경전착정耕田鑿井의 시민들에게 가까이 할 기회가 있기나 할까요. 학문學問으로 접근하려면 대학 강단이나 더 높은 기관에서 전수받아야겠죠.

우리나라는 좋은 나라입니다. 열심히만 하면 기회가 균등하다고 합니다. 그런데 저는 아직도 제도권 속에 들어가지 못합니다. 논어속의 공자님 말씀은 학문을 연구하는 학자나 특정 고위층의 전유물이 아닐 것입니다. 내 처지에 맞춰 내 언어로 이야기하는 '근사近思' 곧 내 마음과 몸에 체화된 일상적인 이야기가 논어의 문구일 것입니다. 논어는 결코 일상생활을 뛰어넘지 않습니다. 공자께서 살아계시더라도 맞다고 제 편을 들어줄 것 같습니다. 인문학은 인문학자만 공부해야 할까요. 우리 한 사람, 한 사람이 올곧게 살려고 노력하는 것, 그 자체가 인문학이라고 말하고 싶습니다.

저와 함께 논어를 강독하는 분들은, 고매한 공자보다 따뜻하고 친근하고 만만한 성인을 만나고 싶어 하십니다. "아~, 공자님도 사람이었네." 혹은 논어가 어려운 것인줄 알았는데 "재미있네." "쉽네." 제가 가장 듣기 좋아하는 칭찬입니다. 그리고 실제로 15분 단위로 시시각각 설사처럼 웃음소리가 터집니다. 웃음은 결코 가볍고 보잘 것 없는 우스꽝이 아닙니다. 웃음 끝에 눈자위 붉어지는 우리네 삶입니다. 문헌 속에 공자님이 강의실 칠판에 떡하니 나타나셔서 함께 울고 웃고 하십니다. 저는 여러분께 이 문장이 여기 있다고 안내하는 교량이거나 견인차의 멍에 역할입니다.

논어란 온도입니다. 외우고 시험보고 평가하는 과목이 아니라 마음의 지혜라고 여깁니다. 따뜻한 밥처럼 한 말씀 한 말씀 한 구절 한 구절이 맛있고 소박합니다. 서로를 배려하는 관계의 아름다움이라 말하고 싶습니다. 이웃집 아주머니가 퍼주는 주걱수다, 하지만 마구 떠드는 수다가 아닌 일상생활에서 지지고 볶아 진수와 성찬을 차리는 미각적인 수다秀多이고 싶습니다. 아무리 크고 고귀한 말씀도 나와 상관이 없다면 어렵게 애써 읽은들 활자일 뿐이죠.

인자仁者의 눈에는 어진사람만 보이고, 지자知者의 눈에는 지혜만 보이고 투자하는 사람의 눈에는 돈만 보이고, 개 눈에는, 뭐라고요? 예, 맞습니다. 주인만 보인답니다. 제가 읽는 논어가 그렇습니다. 짱구공자, 키다리 공자, 재즈 공자, 종합예술인 공자 등등. 꽃을 보고 싶어 하는 사람 앞에는 늘 꽃밭이 펼쳐지겠죠. 저는 아름다운 것을 좋아합니다. 그래서 지나온, 견뎌온, 세월의 태가 훗날, 곱기를 희망합니다.

앙코르

어때요?

내용이 지극히 사적이라 이래도 되는가, 당황하셨죠? 논어에 대한 안내를 너무 격 없게 이야기해서요. 다른 논어 해설서를 보면 논어의 큰 이름답게 엄청 어렵잖아요. 읽을 때 정신 차리고 집중해도 읽다보면 '아~ 역시 논어는 어려워' 이래서 내가 논어는 안 읽는다니까. 그러면서 한마디 더 하죠. 시대가 어느 시대인데…. 그렇죠. 철학이 어찌 숫자처럼 명쾌할 수가 있을까요. 사람의 오장육부 비위간장이 다 있는데요. 그런데 정말 왜 그렇게 어려울까요. 어렵게 접근했기 때문입니다. 저와 함께 논어를 읽는 분들은 논어를 아주 쉽게 생각합니다. 왜냐? 공자님을 이웃집 아저씨나 할아버지처럼 여기니까요. 제게 공자님은 어릴 때부터 지켜본 하늘 산 들 시냇물 마을의 정자나무처럼 자연의 풍경이죠. 그게 바로 공자님이 바라는 배경이 아닐까요.

공자께서는 '흥어시 입어예 성어악興於詩 立於禮 成於樂'이라고 했습니다. 논어는 혼자서 도 닦는 성찰의 종교가 아닙니다. 홀로 아리랑은 자칫 독선이 되기 쉽죠. 함께 소리 내어 읽고 강독하고 토론하고 공감하는 '함께 아리랑'으로 완성하는 하모니, 즉 조화로움입니다. 그리하여 팔음계로 나눠봤습니다. 실제로 수업에서 모두다 악보나 가사 없이 부를 수 있는 즉흥곡도 한가락씩~♬ 뽑습니다. 논어본문은 예禮요, 노래는 악樂입니다. 예 & 악이 어우러지는 문화, 류창희의 '논어에세이'입니다.

왜 이렇게 실전 강의록을 글로 발표하느냐고요? 저에게는 아들 두 놈이 있습니다. 한문 같은 것은 딱 질색하죠. 어미가 논어강사라고, 일곱 여덟 군데를 요일마다 뛰는데 20년 동안 변함이 없으니 궁금하잖아요. 재테크 강사도 아닌데요.

어느 날, 엄마 수업에 오시는 분들은 "무엇 때문에 그 골 아픈 공부를 해요?" 형벌을 받는 별종의 집단을 보는 듯 묻더군요. "재미있으니까" 당연히 믿지 않죠. 자기들은 논어는 한 줄도 읽기 싫다더군요. 그래서 제가 공자가 어떤 사람인가 '까도남' '앙드레공' '공셰프' 말하자면 너희들이 가장 선호하는 "종합예술인" 뭐 이런 요즘 유행하는 말로 예를 들어 이야기했어요. "아 그 정도면 우리또래도 논어를 읽겠어요." 그런데 왜 대학 강의실에서나 다른 책에서는 그렇게 어렵게 설명하느냐고요. 그래야 "폼 나니깐" 그 폼이라는 것이 특권층의 권위가 아니겠느냐고. 공자를 위대한 성인이라고 하면서, 범접할 수 없도록 공자를 박제화하고 틀에 가둡니다. 멀리서만 '바라 봐' 질문도 하지 말라며, 유리관에 보존하려고 하죠. 차이 나는 클래스는 어려울수록 지식을 독점할 수 있잖아. 말하자면 "농단壟斷, 엘리트카르텔이지" 너희도 고품격으로 "고급스러운 명품 좋아하잖아" 학위는 그렇게 따고, 엄마는 일상생활을 실천하는 일반시민들의 평생교육이잖아. 죽는 날까지 하늘을 우러러 "노넒은 자유롭고 즐겁게!"라고 '썰전'을 폈습니다. "엄마, 그럼 엄마도 논어를 그렇게 써요." 우리 같은 아이들도 읽을 수 있도록. 아마, 그럼 바로 쫓겨날걸. 감히 공자님에 대하여 품위 없이 지껄인다고.

아들의 말에 힘입어 제 강의 버전으로 썼습니다. 고전은 오늘 함께 소통할 때만 가치가 있다고 생각합니다. 남녀 노유 직업 학벌에 관계없이 누구나 공감하고, 누구나 배운 것을 실천하여 몸에 배이게 합니다. 설령 그 앎이 지극히 높고 깊다 한들, 나와 무관하다면 무슨 의미가 있을까요. 논어는 생활자체입니다. 일상을 뛰어넘는 철학은 학설일 뿐이죠.

오늘을 개강 날이니, 다음 주부터는 샅샅이 한 문장 한 글자도 빼지 않고 여러분과 더듬어 탐구할 것입니다.

사족

'숙제'가 있습니다. 다음 배울 문장을 한 칸에 한 글자씩 칸 지른 한문노트에 써오는 것입니다. "사랑은 무엇으로 쓰나요?" "연필" 맞습니다. 나의 잘못됨을 지울 수 있으니까요. 4B연필로 사각사각 무디게 살아온 세월을 깎습니다. 연필 깎는 자체가 수신입니다. 더러 확신이 뚜렷하여 자신의 사랑을 지우지 않는 분들이 있죠. 그동안 살면서 펜에 달개비꽃잎 빛깔의 푸른 잉크로 연애편지 정도는 수없이 쓰셨겠죠. 혹 어떤 분은 편리한 붓 펜도 마다하고, 먹을 갈아 세필하는 묵향 짙은 분들도 계십니다. 이런 분들은 일부종사 일편단심 수절족입니다. 사별하여도 재혼 따위는 절대 안하겠죠. 선禪의 경지입니다. 이립이나 불혹의 세대들은 역시 신세대답게 알록달록 형광 펜이나 포스트잇이 선명한 헤르메스스카프 빛깔입니다. 좀 화사하죠? 문구용품은 취향 아닌가요. 누가 뭐라 해도 나답게 사는 '나나랜더'들의 반짝이는 개성입니다.

그래서 숙제 검사는 언제 하느냐고요? 개강 날 안내만 하고, 아직 한 번도 검사한 적이 없습니다. 그럼 누가 숙제를 하겠느냐고요? 저도 그것이 아이러니입니다. 수업시간 전에 강의실에 와서 열심히

필기하는데, 혹시 "선생님이 때리느냐?"고 담당직원이 물었다는군요. 저는 20년 동안, 검사는커녕, 노트에 눈길 한번 준적이 없습니다. 아무래도 제 수업은 유년의 뜰, 그리운 사람들을 향한 마음의 고향인 것 같습니다. 저도 그 시절의 제가 그립습니다. 제가 공부하던 강의 노트도 꼭 그러했습니다.

지상인터뷰

−《수필미학》 기획특집 <작가 집중탐구>

＼ 수필로 등단하기까지의 계기와 과정

불혹, 바람이 불었다.

2000년 당시 〈바람은 감각이다〉와 〈봄의 뜨락〉이 부산일보와 국제신문에 실렸다. 우쭐하여 글을 제대로 쓰고 싶었다. 그때도 지금처럼 나는 일주일 내내 강의를 하고 있어 문학수업은 방학동안에만 갈 수 있었다. 전날 안내 데스크에 글을 맡기고 다음 날 찾아와 퇴고했다.

같이 공부하는 분들이 《에세이문학》이라는 곳에 등단하여 따라했다. 2001년 완료 통보를 받고 "수필등단 한 것을 이력서에 써도 되나요?" 물었더니 "그럼, 이력서에 안 쓰고 어디다 써요!" 수필등단이 하나의 스펙이라는 것을 처음 알았다. 그즈음, 선생님이 쓰신 수필집을 받았다. 작가에게 책을 직접 받는 것이 처음이라 사인을 부탁드렸다. 그때의 감흥이란, 훗날 내가 쓴 내 책에 내가 사인하리라고는 상상도 못했다.

＼ 문학 공부와 관련하여 영향을 주었던 사람이나 만남에 대하여

서울로 이사했다. 분실초등학교를 다니던 두메산골 소녀에게 한 반이 70명 한 학년이 10반까지 있는 미아초등학교는 거대했다. 〈길음동 골목〉안 10분 거리에 셋째 고모님이 살았다. 2층집에 자가용도 소파도 티브이도 있다. 우리식구는 일찌감치 저녁밥을 먹고 연속극 '여로'를 보러간다. 방안과 마루에 이웃들이 언제나 북적였다.

나는 티브이 드라마보다 2층 방이 더 좋았다. 2층은 오빠들이 썼는데, 시골의 친척이나 또래의 친구들이 모여들었다. 그곳은 지적 놀이 공간, 문화 살롱salon이다. 지성과 예술로 개똥철학 달변가인 큰오빠 이야기가 재미있었다. 다른 아이들은 머리를 맞대고 만화삼매경에 들 때, 나는 《학원》《여학생》《문학사상》등의 월간지를 뒤적였다.

큰오빠가 나에게 심부름을 시켰다. 우리학교 2학년 선배언니에게 편지를 전해주는 일이다. 얼마나 설레고 달콤하던지. 몰래 편지를 불에 비춰보고, 편지를 받는 언니의 표정을 살펴보고, 어느 날은 언니가 살고 있는 돌산꼭대기 쪽방까지 따라가 읽는 모습을 바라봤다. 부러웠다. 그 모습이 산같이 높고 물같이 깊었는데, 지금 생각하니 오빠와 언니는, 고작 고등학교 1학년과 중학교 2학년 청소년이었다.

오빠는 대학4학년 때 '경향신문' 신춘문예에 소설이 당선되었다. 대학졸업 후, 신문사 연예부기자가 됐다. 문학 안에서는 행복하였을까. 삶의 무게를 짊어지고 산속 통나무집으로 들어가 혼자 글을 쓰며 투병하다가 생을 마감했다. 그 즈음 내게 첨부파일 메일로 동화를 보내왔는데, 검푸른 빛이었다. 오빠의 파란만장했던 행위들이 예술이었는지는 잘 모르겠다. 다만 쓰고 발표하는 것이 살아가는 힘이라는 것을 알뿐이다.

나의 문학공부는 편지 이상 그 이하도 아니다. 예전에 남자친구와 7년간 주고받은 편지가 아직 내방 상자 안에 있다. 편지가 오가는 동안, 저녁마다 미열에 시달렸다. 여름에 솜이불을 덮고 자도 손과 발이 시렸다. 약을 한 움큼씩 넘기며 처절한 산조가락의 잔기침소리로 이십대를 맞이하고 이십대를 보냈다. 그사이 가슴에 훈장 하나 달았다. 마치 간장독 안에 핀 찔레꽃처럼 결핵의 흔적이 하얗게 남아있다. 설레며 연애편지 쓰던 시절처럼, 나의 글도 독자 한 사람, 한 사람에게 보내는 연서이고 싶다. 진땀에 젖은 이부자리를 볕에 널 듯, 나의 눅눅한 마음을 원고지에서 말린다. 고해성사하듯 쓰지 않으면 더 아리고 쓰려 아라리가 난다는 것을 나는 안다.

＼ 본인 작품의 경향에 대한 자기 분석

작품이라고 말하려니 주제 넘는다. 위에서 말했듯이 편지 글의 발전이다.

한유는 '불평즉명不平則鳴'을 말했다. 편안하지 않으면 울게 되어 있다는데, 나의 유년은 한유처럼 배고프거나 춥지는 않았지만, 파란색 코로나 택시의 뒤꽁무니가 동구 밖을 빠져나가는 날이면 눈물이 나곤 했었다. 엄마의 〈그리운 당신께〉라는 일기장을 본적이 있다. 나는 무슨 말인지도 모르는 습관적인 그리움을 배웠다. 나도 누군가에게 '그리운 ○○께'라고 편지를 썼다. 내가 글을 쓰는 것은 그리움을 만나는 일이다. 그리움을 행간에 써 내려가다 보면 속이 후련해진다. 내 스스로 비위를 맞추면서 나를 어루만진다.

나의 정서는 달빛에 박꽃이 피는 초가삼간이다. 잘 꾸며진 문文보다 소박한 질質에 마음이 편한 촌스러운 감성이다. 게다가 지나치게 솔직하기까지 하다. 나는 내가 이야기할 수 있는 것만이 진정한 나라고 생각한다. 누군가는 평생을 잘 다듬어진 글 한 편처럼 살고 싶다하지만, 나는 하루하루를 글 한 편처럼 살고 싶다.

수필은 만남, 시공을 초월하여 문文으로써 만난다. 성현과 군자와 문헌과 문우와 그리고 나. 궁핍한 나의 일상을 품稟과 격格으로 다독여 이문회우以文會友 이우보인以友輔仁의 경지로 이끈다. 나의 벗 나의 스승, 수필! 수필을 벗 삼고, 수필을 스승 삼는다. 감정의 기폭을 쓸어내리는 날, '나는 글을 쓰는 사람이니까' 늘 스스로 괜찮은 사람으로 마무리한다. 힘들다가도 문득, '수필'이라는 단어를 떠올리면 그 또한 위로다. 위로는 셀프다.

글, 쉬운가. 늘 원고마감 데드라인에 강박을 가지고 쓴다. 그러나 글 쓰는 일은 실제 죽고 사는 일이 아니다. 지금의 나보다 더 잘 살아볼 만큼 즐기면서 쓰자고 마음먹었더니, 원고지만 보면 즐겁다. 오호라! 즐거움[樂]은 근심하는데서 생겨야 싫증이 없나니, 즐기는 자의 고뇌와 수고로움을 내 어찌 잊을까.

"거백옥은 나이 60세에 60번이나 변화했다." 언제나 처음에는 옳다고 여겼다가도 마침내는 틀렸다고 말하지 않은 적이 없다. 그러니 지금 옳다고 여기는 것도 지난 59년 사이에 있어서는 잘못이었다고 했다.

이제 나도 인생을 한 바퀴 돌았으니[回甲], 글도 변해야 한다. "말은 뜻이 통하기만 할 뿐[辭達]" 나는 아직도 주절거린다. 간결함이 부족하다. "마, 하지 마!" '마!'가 절실하다는 자가 분석을 한다.

　＼ 창작과정에서 염두에 두는 주안점이라면?

　전주 길면 연주 듣지 않는다. 첫 문장을 불쑥 치고 들어가 마지막 문단은 잽싸게 빠져나오려고 한다. 삼박하게 끝내면서 여운을 남기고 싶다. 슬픔은 코믹하게, 명랑은 유머로, 진중한 것을 가볍게, 가벼운 것을 해학으로, 여러 가지를 나열해 보지만, 오류는 꼭 인쇄되어 나왔을 때야 보이니 나의 병폐다.

　나는 럭셔리한 것을 사랑한다. 럭셔리한 것은 부유함이나 화려한 꾸밈에 있지 않다. 그것은 비속卑俗한 것이 없을 때 비로소 생겨난다. 비속함은 인간의 언어 중에서 가장 흉한 말이다. 나는 그것과 늘 싸우고 있다. 진정으로 럭셔리한 스타일이라면 편해야 한다. 편하지 않다면 럭셔리한 것이 아니다. 20세기 패션계에 혁명을 일으킨 '코코 샤넬'의 스타일이다. 〈나는 럭셔리하다〉 삶의 스타일도 다르지 않다. 그렇지만 비속하면 안 된다. 글도 그렇다.

　나는 아름다움을 사물이나 관념에 두지 못한다. 내게는 아직 사람이 가장 아름답다. 심성이다. 나의 글은 내 마음을 상하지 않게 다독이는 글이기 쉽다. 언제든 사람을 중심에 둔다. 글이 부드러워 마음을 손상시키지 않으며, 복잡하기는 하지만 재미있어 읽어볼 만한 포정해우庖丁解牛같은 글을 쓰고 싶다. 뼈와 살 사이의 틈을 젖히는 펜 다루는 솜씨를 갈망한다.

그럴싸한 사설을 늘어놓았지만, 어림없다. 이론에 대해 말하라면 자신이 없다. 국문학을 전공하지도 않았고, 이론서를 내 키만큼 쌓아놓고 읽지도 않았다. 같이 모여 문장을 연구하고 합평하는 모임도 없다. 스승도 본도 왕도도 없다. 매번 이 글 발표해도 되나, 불안하다. 그러나 나는 자신을 믿는다. "유치한 것을 유치하지 않게, 뻔—한 것을 뻔—하지 않게" 내 안에서 나만 바쁘다. 성에 차지 않는다. 할 수 없다. 또 쓰는 수밖에.

'자득'을 말하고 싶다. 나는 내 글에서 내가 배운다.

＼ 논어 등 고전을 연구하게 된 계기와 그에 따른 사회에서의 활약에 대하여

선산이 삼태기처럼 마을을 싸안은 집성촌에서 태어났다. 사랑채에서 할아버지의 특유한 가락으로 "자~왈" 구성진 음률은 기품이 서려 지엄했다. '나도 언젠가 저렇게 글을 읽으리라.' 마음먹었다.

오늘의 나는 할아버지 흉내를 내는 것에 지나지 않는다.

내가 《논어》를 강독하고 있다고 말하면, 사람들은 눈길을 슬쩍 피한다. 그만큼 나는 가볍게 보인다. 실제 몸무게도 남보다 가벼웠다. 어느 분은 대놓고 "어쩌면 그렇게 고상하게 놀아요?" 그 뒤에 후렴처럼 "젊은 여자가…", 여운을 남긴다. 사모관대의 의관을 갖춘 남정네들의 영역이지 아녀자의 치마폭이 아니라는 눈치다. 논어는 그만큼 사대부 대접을 받아왔다.

논어교실에 들어오는 사람들은 다양하다. 종심의 나이 칠십 대를 넘은 분들도 있지만, 이제 막 불혹을 넘긴 이들이 대부분이다. 군자가 어디 따로 있을까. 내가 아직 며느리, 아내, 어미, 주부로서 살고 있으니, 그 역할 안에서 공자님을 만난다. 이 세상의 제아무리 높고 깊은 사상이나 학문이라도 나로부터 시작한다. 나와 아무런 상관이 없다면 읽은들 무엇에 쓰겠는가.

사람들은 고매한 공자보다 만만한 성인을 만나고 싶어 한다. "아~ 공자님도 사람이었네." 혹은 논어가 어려운 것인 줄 알았는데 "재미있다" "쉽다"며 시시각각 웃음소리가 설사처럼 터진다. 웃음은 결코 가볍고 보잘 것 없는 우스꽝스러움이 아니다. 웃음 끝에 눈자위 붉어지며 자신만의 카타르시스로 고된 삶을 씻어낸다.

어느 누이가 몇 년을 수강하더니 사남매를 모아 일주일마다 함께 듣는다. 내가 하는 이야기가 부모님 말씀 같다고 한다. 결혼한 딸과 친정어머니 모습은 푸근하다. 자매들이나 여고동창, 혹은 같은 고등학교 출신 은행 간부들이 단체로 수강할 때는 뭔가 그럴듯한 예문을 들려고 애써 본다. 퇴직한 교장선생님, 대학교수, 의사, 국회 원내대표 앞에서도 수업을 했다. 그렇다고 그분들에게 무슨 커다란 사상을 전달했겠는가. 강사의 익살이 구경거리였을 것이다. 현대인들은 고전古典을 고전苦戰해서 읽지 않는다. 한자 능력시험을 준비하는 학생들, 일본어나 중국어에 도전하는 생활언어, 고전으로 마음을 수양하고 싶은 분, 동기도 목적도 각각 다르다. 간혹 이해할 수 없는 분들은 한 권의 책을 가운데 놓고 나란히 앉은 부부다. 이분들은 내게 화성·금성을 떠난 또 다른 별, 별꼴 별나라다.

어느 해, 도서관 담당직원이 "전천우시잖아요."라며 '소외계층 평생프로그램'을 맡겼다. 얼마든지 할 수 있으리라 생각했다. 오히려 오만한 기대로 설레기까지 했다. 당연히 의자가 모자랄 것이라 여겼다. '한 사람, 단 한 사람 앞이라도 열과 성을 다하겠노라'는 애초의 생각은 물거품처럼 사라지고, 세 명이 오도카니 앉아 "뭘 갤킬거냐?" "밥은 언제 주느냐?"고 묻는다. 아마 강의를 들으면 밥을 준다고 한 모양이다. 두 시간 동안 진땀을 빼고 나오는데, 산기슭 밑 복지관 앞에 길게 늘어선 사람들이 보였다. 그들에게 오늘의 목표는 한 끼 밥이다. 사서삼경 따위가 무슨 소용이란 말인가. 어느 누군들 녹록한 숟가락만 있었을까. 엇박자로 빗겨간 세월을 따라 울고 웃다가 종강 날 모두 끌어안고 대성통곡을 했다. 반년의 기간이 내겐 반평생의 업적처럼 벅차서 울었다.

　나의 수업은 독창이 아니다. 아마 내 수준이 작아서 작은 이야기만 하는 것 같다. 한문은 어디 갔던지 한글을 모르는 분들이라고 일부러 쉽게 설명하려고 애쓰거나, 학식이 많은 분들이라고 하여 고담준론의 겉멋을 피한다. 가장 많이 무너뜨리는 사람은 내 남편 내 자식의 이야기다. 선생 따로 학생 따로는 없다. 언제나 "함께 아리랑♬" 합창의 하모니다.

　＼ 논어 강의나 논어에세이 『빈빈』 출판 등의 활동에 관하여

– 자신의 글쓰기에 미친 영양과 보람

　부산시민을 대상으로 논어를 강독한지 20년 차다. 그동안 시민도서관 해운대도서관 구덕도서관 구포도서관 반송도서관 부전도서관 연산도서관 사하도서관 서동도서관 명장도서관 금정도서관 다대도서관 동구도서관 반여도서관 메트로도서관과 부산 인재개발원 부산일보 퇴계학 부산연구원 등등에서 수업했다.

나는 옳은 선비도 아니요, 학자는 더더욱 아니다. 내 어찌 그 옛날 춘추전국시대 성인의 말씀을 학문으로 전하겠는가. 그저 내가 앉을 자리, 설 자리, 나설 자리, 물러설 자리를 구별하며 한 구절씩 읽는다. 내가 설명하지 않아도 본문은 '논어집주' 안에 다 있다. 내가 하는 일은 이웃들과 내식구들이 살아가는 이야기를 하며, 그 문구가 여기에 있다고 안내만 하는 역할이다. 결국, 인문학은 사람 사는 이야기다.

나는 제도권의 잘 갖춰진 이력이 없다. 당시 부산 퇴계학 연구원의 부원장님이던 이동녕교수께서 "류선생, 문학을 하려거든 《논어》를 읽으시게."권하셨다. 그 후, 나는 논어수업을 숙명처럼 하고 있다.

살면서 사람관계가 어렵다. 서운하기도 하고 밉기도 하고 등을 돌리는 배반도 당한다. 나는 공부를 믿는다. 공부가 나를 버린 적은 없다. 태산이 높다하되 "오르고 또 오르면, 오른 만큼 이익이다." 십 수 년 전에 강의실에서 만났던 분이 국문과나 중문과에 편입했다든지, '한자 방'이나 포털 사이트 '한자 왕' 또는 고등학교 국어선생님이 되었다고 찾아오면, 그들의 해냄을 존경한다. 나또한 그렇게 공부했으니깐. 인력개발원에서 퇴직예정 10년, 입사 10년, 공무원들에게 '제2인생 설계과정' 강좌를 할 때 뿌듯했다.

어느 해, 스승의 날을 즈음하여 오십대의 남자분이 바리바리 짐을 싸들고 강의실로 들어왔다. '당신은 누구시길래…♬' 아내를 저세상으로 보내고 아내가 생전에 손수 써서 만든 한자 급수교재와 유품으로 남겼다는 한지부채에 궁체로 쓴 작품이다. 아내의 유언대로 우리 '고전산책' 반에 떡과 식혜까지 부군께서 준비하셨다. 봄학기에 밥을 낼 거라 하시더니, 밥 대신 부음의 향촉香燭내음이 배인 떡이다. 그 어떤 문구가 우리에게 더 필요할까. 무슨 처세를 더 익힐 거라고 논어를 읽을까. 나는 망연히 건조하게 바라봤다. 〈마지막 수업〉처럼 가고 없는 저 세상의 넋이라도 찾아오는 수업이다. 혈연 지연 학연이 만연한 세상이다. 부모자식 간이나 부부 간에도 영원한 것은 없다. 하물며 석 달씩의 학연이 무슨 심지가 있을까. 부평초처럼 뿌리 없이 강사 따라 쫓아다니는 보따리 인연이다. 그래도 십 수 년 된 분들이 도서관 곳곳에 대들보처럼 지키고 계시니 나는 강의를 놓을 수가 없다.

수필등단은 운전면허증과 같다. 그 면허증으로 어느 속도로 어디를 가든 자유다. 『매실의 초례청』을 내고나서 초조했다. 매양 같은 붕어빵을 굽게 될까봐. '논어를 손에서 놓기 전에' 현장에서 써야겠다는 조바심이 생겼다. 논어는 너무 큰 이름, 너무 큰 학문이라 두들겨 맞을 각오로 시도했다. 많이 어긋났을 것이다. 내가 공자님을 저버리지 않는 한, 공자님은 절대 나를 버리지 않을 것을 믿으며 서문을 썼다. 꿈꾸던 '사서司書는 사서 고생한다'더니, 사서四書의 언덕에서 논어 문구에 매달려있다.

지금 아니면 언제, 내가 아니면 누가, '논어의 군자 상을 닮은 넓고 깊은 작가가 되길' 기도해주신 이해인 수녀님. '역사 이래 지구상에서 인간에 대하여 공자님보다 더 꿰고 있는 분이 어디 있나. 그런 분을 스승으로 찜해서 짧지 않은 세월 동고동락하는 류 작가는 정말 인생의 터를 잘 잡은 행운아'라고 응원해 주신 홍혜랑 선생님의 리뷰와 생전에 "동료!"라고 불러주셨던 허세욱 선생님의 호칭에 안도했다.

그야말로 나는 행운아다. 무엇보다 각 도서관에서 시민들과 함께 나누는 논어문구를 내가 오지게 배우고 있다. 만약 '논어 에세이'를 책으로 엮어내지 않았더라면, 나는 스무 해 동안 발품만 판 일개 강사로 끝났을 것이다. 나만의 고유브랜드로 글을 쓰고 싶었다. 논어에세이 『빈빈』이 '148.3_KDC5' 철학서로 분류번호를 받고, '2015년 세종도서 문학 나눔'으로 선정되었다. 책을 읽어주신 독자들께 어록을 남겨주신 공자님께 문학의 사명으로 국궁鞠躬의 예를 올린다.

＼ 수필로 고마웠던 일, 혹은 유감스러웠던 일 한 가지씩 꼽으라면?

─고마운 일

날마다 고맙다. 내가 글을 쓰지 아니했다면 옷깃을 스칠 리도 이름을 알리도 없는 고명한 분들과 편지로 이메일로 전화로 어찌 소통하겠는가. 무엇보다 원고청탁서를 보내주는 잡지사의 고마움에 오늘도 책상 앞에 앉는다.

내 글을 읽으며 지나치게 솔직하여 거북하게 여기는 사람도 있다. 책을 내고 나면 손 편지나 메일 문자 요즘은 편리하게 카카오톡도 많다. 즉시 연락하는 분들은 아직 읽지 않은 분들이기 십상이다. 인사를 놓칠까봐, 의례적인 답례다. 메일을 보낸 시간이 오밤중이거나 새벽녘에 문자를 보내오는 분들, 이분들은 밤새 문학에 대한 성찰로 잠 못 이룬 분들일 것이다. 어느 분은 대낮에 전화를 해놓고 일단 엉엉 운다. 나는 "왜요, 괜찮아요." 괜찮다고 밑도 끝도 없이 말한다. 〈아버지의 방〉과 〈차라리 막대 걸레를 잡겠다〉〈엄마의 딸〉〈옛날의 금잔디〉 등이다. "나 좀 울게 내버려 둬요." 〈손을 말하다〉는 여러 통의 사연을 받았다. 〈베풀지 마라〉는 안타까워 목소리가 애절하다. "저는, 괜찮아요." 그렇다. 괜찮고 싶다. 나는 벌써 명랑모드다. 내 이야기가 바로 자신들의 이야기다.

나는 남자를 좋아한다. 남자들은 시샘이 없다. 담배 사러 나왔다가 서점에 갔다가 또는 도서관에서 책을 빌려 봤다는 〈속알머리〉 〈여자 & 남자〉 〈별을 품은 그대〉 주로 유머와 해학 쪽에 편을 들어 주는 분들이다. 남자끼리도 조심스러운 내용을 갑자기 치고 들어와 방어하지 못하고 읽었다며 아주 억울해 하는 독자들이다. 그분들의 응원에 오늘도 연필을 깎는다.

― 유감스러운 일

글은 주관적이다. 내 글을 보면서 "어찌 주위에 있는 사람들이 그리도 다 좋고 착한가?" 묻는 이들이 있다. 나는 사람들의 좋은 점만 보는 버릇이 있다. 장점으로 교류한다. 만약 어느 분이 일부러 나에게 나쁘게 한다면, 그에게 정중하기만하면 된다.

그런데 물리치지 못하는 부류가 있다. 자식이다. 사생활을 보장해 달라는 거다. 자식 이기는 부모가 있을까. 더 많이 사랑하는 쪽이 져주는 거다. 신가정의례준칙을 정해줘도 자식은 방탄에서 온 소년단들이다. 그들의 말과 몸짓이 백번 맞다. 세계 사람들이 그들이 주장하는 "나를 사랑하라"는 철학적인 노랫말에 열광한다. 자식이 뭐라고? 아이들 앞에 희생양이 되어도 내 몸같이 여기는 착각동체들이다. 그들의 정체를 지면으로 실명까지 거론했으니, 어미가 자식의 명예를 실추시킨 셈이다. 그럴 때, 글을 그만 써야겠다는 생각을 한다. 머리로는 "지지!" 하면서 손가락은 자판 위에서 더 속도를 낸다.

＼ 지금까지의 문단 활동에 대한 회고

영국을 닮고 싶다. 세종대왕이 만든 한글로 글을 쓰며 웬 영국타령인가. 등단을 '에세이문학'으로 했다. 문학 행사장이 당연히 서울이다. 평일에 열리는 봄가을 세미나도 참가하기 어렵다. 부산지회가 있다. 그 마저 여의치 못하다. 내가 속한 단체에 나는 연회비만 잘 내는 회원이다. 이런 저런 이유로 문단활동에 적극적이지 못하다. 그들과 꽃그늘 아래에서 함께 웃으며 사진 찍지 못했다.

영국이 부럽다. 유럽연합에서 나갔다. 유로를 쓰지 않고 파운드를 쓴다. 역시 대영제국이다. 시도 때도 없이 SNS로 날아오는 우스갯소리 의정활동 동영상 등을 본다. 코드끼리, 라인끼리, 우리끼리, 끼리끼리라는 단체우리에서 '나가기' 버튼을 누를 용기가 내겐 없다. 나는 파운드의 가치에 버금가는 문격文格이 모자란다. "군자는 두루 마음 쓰되 무리지어 편 가르지 아니하고, 소인은 편을 가르고 두루 마음 쓰지 않는다.[君子周而不比, 小人比而不周]"로 억지위안을 삼는다.

때론 무소속이고 싶다. 이기적인가? 회비는 빨리 낸다. 등록금을 안 내면 제적된다는 사실을 소싯적에 겪었기 때문이다. 예술가는 무리 속에서 성장할까. 과연 성장이 내가 바라는 목표일까. 스티븐 킹은 "글쓰기는 인기투표도 아니고, 도덕의 올림픽도 아니고, 교회도 아니다." 저자는 차고 넘치는데 작가는 희소하다고 한다. 나는 작가가 되고 싶다.

나의 꿈은 사서였다. 길음동 육교 밑의 작은 책방을 드나들며 꿈을 키웠다. 사서과정을 수학했으나, 도서관근무를 하지 못했다. 지금 도서관마다 다니며 강의를 하는 것은 꿈 너머 꿈을 이룬 자칭 '라이브러리언'이다. 이덕무가 백탑 아래서 벗들과 지내듯, 오로지 내가 나를 벗 삼던 '간서치' 같은 시절이 내게도 있었다. 애지중지 글 상자를 전해주는 유득공은 누구고, 따스한 눈빛으로 지켜봐 주는 박지원은 누구인가. 부족한 덕으로 인하여 글벗들을 잃을까, 늘 노심초사한다. 혹독한 겨울을 이겨낸 봄 햇살처럼 〈따뜻한 외로움〉으로 "덕은 외롭지 않다. 반드시 이웃이 있다.[德不孤 必有隣]"는 궁색한 절규다. 나도 누구에겐가 따뜻한 벗이 되고 싶다.

↘ 앞으로 쓰고 싶은 글의 방향

'논어 에세이 2'를 준비하고 있다. ≪빈빈≫을 발간한 이후 ≪에세이문학≫ '논어야 놀자' ≪그린에세이≫ '공자 가라사대' 퇴계학 부산연구원 소식지에 '유학수필'을 연재하고 있다. 글의 편수는 얼추 찼으나 학문과 글발이 걱정이다. 고전이 박제된 문헌 속에서 박물관이나 도서관 서고에 박혀있는 장식 보관물이 아니기를, 한 문장 문장이 내 나라 내 고장 내 이웃사람들과 함께 이야기하고 노래하고 춤추는 문화이기를 바란다.

네 살배기 손자 바하는 할머니가 글을 모르는 줄 안다. 나는 언제나 "큰일 났네, 할머니가 아직 글을 못 읽어" 영어도 모르고, 중장비고 모르고, 스포츠카도 모르고, 공룡이름도 모르지. 바하가 잘 배워서 할머니에게 가르쳐 줘야 돼. "예~예, 할머니" 나에게 목이 쉬도록 설명하며 생색낸다. "아유, 힘들어" 이게 어려워요, 잘 들으세요. 비행기를 타면 승무원 이모에게 "주스 플리즈, 땡큐" 티라노사우루스는 최고 사냥꾼이고, 포클레인을 삽차라고 해요. 스포츠카는 파랑색이 가장 빨라요.

글 모르는 할머니를 위하여 "할머니, 전갈은 독침이 있어요. 봐요" 하며 내 팔을 꼬집는다. "아야!" 이게 엄청 아파서 위험하니 "안전교육을 해야 해요" 어린이집에서 돌아오자마자 헉헉거리며 미세먼지, 지진, 세균 등 안전교육부터 시킨다. 단지 나에게 배우는 것은 주방 싱크대 앞에서 오이나 당근 껍질을 까고 두부나 곤약을 써는 것을 함께 한다. 그때 나는 밥상 차리는 할머니로써, 칼날의 서슬을 만지게 하고, 뜨거운 것을 손대게 하고, 생선냄새를 맡게 하고, 매운 맛 신맛 쓴맛을 음미하게 한다. 곧잘 알아듣는다. 이제 네 살이니, 소학의 나이 8세가 되면, ≪사자소학≫ ≪추구≫를 교본삼아 동화수필도 쓰고 싶다.

＼ 독자에게 하고 싶은 말

착각은 자유다. 이글 '지상인터뷰'를 쓰는 동안, 친정어머님이 '해리현상'과 '정동장애'가 왔다. '지상인터뷰' 원고청탁을 받고 일주일에 서울을 네다섯 번 오르내리다가 아예, 부산으로 모셔왔다. 날마다, 배고프다. 춥다, 덥다. 심심하다. 졸리다. 영안실을 너 혼자 지킨다느니…, 죽었다 살았다 이승과 저승놀이 삼매경이시다. 매일 체온을 웃도는 폭염, 오늘은 엄마가 나를 낳은 날이다. 그분께서 '아기'가 되어 내게로 오셨다. TV에서 노인학대 1순위가 가족이라는 말에 나는 화들짝 놀랐다. 엄마의 일생을 보고 자라, 뙤약볕에 바랭이풀꽃 양산도 못쓴다는 〈엄마의 딸〉이다. 이 글을 탈고하면서 죄책이 무겁다.

수필이 경제적으로 밥이 되지 못하니 직업이라고 할 수도 없다.

하지만 지금 글을 쓰며 자신을 곧추세운다. 모네의 아내가 숨을 거둘 때, "내겐 너무도 소중했던 한 여인이 죽음을 기다리고 있고, 이제 죽음이 찾아왔습니다. 그 순간 저는 너무 놀라고 말았습니다. 시시각각 짙어지는 색채의 변화를 본능적으로 추적하는 제 자신을 발견했던 것입니다."〈임종을 맞는 카미유 모네〉주검이 변하는 색상과 모습을 화폭에 담은 모네를 향하여 "미친놈!"이라고 욕할 수 있을까. 어느 상황에서도 글을 쓰지 않으면 작가가 아니다. 오로지 쓸 뿐.

　내 마음의 안전기지. 글, 글만이 지금 내가 할 수 있는 일이다.

법고와 창신의 글쓰기

허상문*
smhuhh@naver.com

1.

'법고창신'法古創新은 ≪논어≫에 나오는 '온고지신'과 유사한 의미를 지니며 문학 창작의 중요한 정신이 되어 왔다. '법고'란 옛것을 본받은 것을 말하며, '창신'이란 고전이 가해왔던 구속으로부터 해방하여 문학적 자유를 지향하는 것이다. 법고 창신의 문학정신에 많은 지침을 준 연암 박지원의 지적대로 '창신'이란 옛것을 버리고 새것을 창제함으로서 상도常道를 벗어나기 쉬운 문제점이 있다. 그러나 옛것을 본받으면서도 변통할 줄 알고 새로이 창제하면서도 법을 지킬 수 있다면, 이것이 삶과 문학에 있어 새로운 인식과 창작 태도가 될 수 있음은 분명하다.

물론 옛날이나 지금이나 고전에 기대어 억지로 권위를 가장하고 위엄을 뽐낸다는 것은 문제일 수 있다. 중요한 것은 고전의 참뜻을 최고의 저자에 의해 저술된 훌륭한 저작으로 인정하며 그 속에서 참다운 인생과 세상의 의미를 읽어내는 일이다. 이를테면 동양의 고전으로 ≪논어≫, ≪맹자≫, ≪시경≫을 비롯한 사서육경四書六經을 통하여, 그리고 서양의 고전으로 플라톤의 ≪향연≫과 호메로스의 서사시와 소포클레스의 비극을 통하여 그 속에 담긴 진정한 인문학의 의미를 읽어내는 것은 중요한 일이 아닐 수 없다. 이들이 쓰인 시대와 사회를 넘어서는 보편적 세계의 진리와 인생의 의미를 읽을 수 있을 때, 그 고전적 의미는 온전하게 살아날 수 있을 것이기 때문이다.

류창희의 수필집 ≪매실의 초례청≫, ≪빈빈≫, ≪내비아씨의 프로방스≫(이하 이 책들로부터의 인용은 작품명만 밝힘)를 두루 읽으면서 우리가 특별히 주목하게 되는 것은, 그의 수필이 성취하고 있는 문학적 새로움이 무엇보다도 종래 우리 수필이 전통적으로 간직하고 있던 법고를 넘어 창신을 이루고자 하는 정신을 담고 있다는 사실이다. 말하자면 류창희 수필은 그동안 우리 수필 문학이 주제적으로나 형식적으로 안주해온 개인 삶의 기록에 만족하는 장르로서 기능하는 것이 아니라, 수필 문학이 교훈적 규범적 성격이라는 측면에서 새롭게 쓰이고 읽혀야 한다는 의미를 지니고 있다. 더 나아가 이것이 현재와 미래의 인간과 삶이 지속적으로 지녀야

할 생명력 있는 가치를 지니고 있다는 사실에 의의가 있다.

2.

류창희의 삶과 문학에 대한 태도는 논어 에세이 ≪빈빈≫의 전반에 잘 나타나듯이, 논어 읽기를 통해서 세상 이치의 깨달음을 얻고자 하는 데에서 잘 드러난다. 그는 20년 동안 부산의 여러 시립도서관에서 논어 강독을 하면서 삶의 이치를 가르치고 깨우친다. 논어 강의를 하면서 "내가 앉을 자리, 설 자리, 나설 자리, 들어설 자리"를 구별하고, "때론 펄펄 뛰는 고등어가 되고, 안간힘을 쓰며 일하는 개미가 되며, 재주넘는 다람쥐기가 되고, 나무에서 떨어지는 원숭이가 되"면서 매일 논어를 읽는다고 작가는 말한다.〈따뜻한 외로움〉. ≪논어≫에는 세상의 모든 이치가 다 들어있다. ≪논어≫ 강독을 하면서 그가 하는 일은 식구와 이웃이 살아가는 이야기를 알아가는 일이다. 그러면서 그는 공자의 "덕은 외롭지 않다. 반드시 이웃이 있다."라는 말대로 세상 사람들과 공감코자 한다.

≪논어≫에는 "널리 배워 뜻을 돈독하게 하며, 절실하게 질문한다." "배움만 있고 생각이 없으면 망령되고 생각만 있고 배움이 없으면 위태롭다."는 말이 있다. ≪논어≫에서 '학學'이라는 글자를 중심으로 논해지는 사상은 바로 오늘날 '학문'의 의미를 충실하게

담고 있다. 이때 질문과 생각은 학문의 '문問'에 대응된다. 즉 ≪논어≫는 어떤 지식이든 항상 의문과 의심을 하고 비판적으로 접근할 때에 참된 나의 지식이 될 수 있다고 가르친다.

공자의 가르침대로, 류창희는 〈고전의 향기〉, 〈밥 먹는 것도 잊다〉, 〈학운學運에 중독되다〉, 〈문학을 하려거든〉 같은 여러 작품에서 학문(문학)에 대하여 끊임없는 질문을 던진다. 그리하여 작가는 공부를 그만두고자 해도 그만둘 수 없는 '욕파불능慾破不能'의 단계에까지 이르렀다고 말한다. 선비란 결코 '놀고먹는'사람이 아니라 바른 마음을 가지고 널리 배우되 예禮를 실천할 수 있는 사람이 되어야 한다. 류창희가 그의 삶과 문학에서 강조하는 것도 바로 공자가 이야기한 이런 '박문약례博文約禮'의 정신이다.

그때, 내가 냄새라고 여긴 그 향이 사무치게 그리워 나는 지금 논어를 읽는다. 그 정서에는 도덕이 있고 예가 담겨 있다. 그 힘은 무엇일까. 기질이라고 하자. 그렇다고 선비가 읽던 경전들이 운치가 있고 멋스러운 것만은 아니다. 어제만큼도 나아감이 없는 공부가 힘이 들어 마음이 탄다. 하루아침에 익혀지는 것이 아니다. 문文과 질質이 곰삭아야만 제 맛이 우러난다.

－〈고전의 향기〉에서

공자는 "아침에 도를 들으면 저녁에 죽어도 좋다."고 했지만, 이 말은 마치 어떤 절대적인 도가 있다는 것이 아니라 도에 대한 인간의 다짐과 자세를 언급한 것으로 보인다. 무릇 학문이란 세상의 도에 대해 배우는 것일진대, 정작 우리가 책을 통해서 도를 배우지만 세상에서 그 도는 온전히 실현되지 못하고 있다. 이 세상에 도가 실현되지 못하기 때문에 인간 사회는 혼돈과 무질서가 거듭되는 것은 아닐까. 공자의 시대에서나 지금이나 무도無道의 상태가 심하기 때문에 도를 세우려는 노력이 유의미하게 된다. 혼란스러운 세상을 개혁하여 질서를 회복하는 것이 '도를 세우는 有道'일이다. 도를 세운다는 것은 무엇인가. 법이 공평하게 제정되고 제정된 법은 공평하게 집행되어서, 원칙과 상식이 통하고 편법과 반칙이 통하지 않는 사회가 '도가 서 있는 사회'이다. 그것은 시작과 끝을 분명히 할 줄 아는 평범한 진리에서 이루어진다. 이는 우리가 아기 때부터 귀가 아프게 들어온 이야기지만, 그것을 실행하지 못하고 있다. 이런 아이러니를 작가는 다음과 같이 꼬집는다.

'지지' 지지知止, 그칠 때를 알아라.
지지는 본능의 반응이다. 아기일 때부터 듣고 자란 입말 '지지'를 잊고 사는 동안, 내 양심의 규방은 비어 있다. 본마음은 외출 중이다. 어디에 갔나. 저런~! 행랑채에 손님과 노닥이고 있다. 어느 불청객은 벌써 내 방에서 떡 하니 주인행세를 하고 있다. 그들의 이름은 '주·색·재·기酒色才氣'다. 술손님, 호색손님, 재물손님, 건강손님이 내 방에서 서성이며 나를 알아서 잘 모시라고 엄포를 놓는다.   -〈지지〉에서

　작가의 말대로 "술손님, 호색손님, 재물손님, 건강손님이 내 방에서 서성이며 나를 알아서 잘 모시라고 엄포를 놓는" 동안에 우리는 진정한 인간다움의 도를 놓치고 있다. "그칠 때를 알아라." 이 평범한 진리를 우리는 깨우치지 못하고 있다. 노자의 말대로 명성과 생명, 생명과 재화의 어느 쪽도 심히 애착하면 반드시 크게 소모하고, 재화를 많이 간직하면 반드시 엄청나게 손해를 본다. 분수를 지켜 자기 능력의 한계에 머물 줄 알면 언제까지나 편안할 수 있다. 이것을 삶에서 실행하기가 그렇게 어렵게 때문에 사람들은 오늘도 고통과 불행에 빠져 힘들게 살아간다.

　공자는 군자의 덕성으로 무엇보다 인仁을 강조했다. "살신성인殺身成仁한다."는 흔한 표현에서 알 수 있듯이, 인은 쉽게 이룰 수 없는 중요한 사람의 덕목이다. 또한 인은 효孝, 충忠, 지혜智, 용기勇, 예禮, 공恭과 같은 모든 덕목을 포괄하는 완전한 덕이라 할 수 있다.

오늘날에도 그런 것처럼 공자는 당시 사람들이 예에 따라 행동하지 않는 까닭을 모두 그들 자신의 욕구를 만족시키려고 욕구에 따라 행동하기 때문이라고 생각했다. 따라서 예를 실천하려면 반드시 '극기克己'해야 한다. 극기는 '예'로써 자기의 욕망과 싸워 이기고 극기할 수 있다면 자연히 예를 실천하게 되는 것이다. 마찬가지로 인이란 우리 마음이 진실하면서도 예에 맞는 발로이니, 자기 마음을 미루어 남을 헤아리는 것이다. 자기를 존중하듯 남을 헤아리고, 자기가 싫은 것은 남에게 시키지 않는 것이 인을 실천하는 것이다. 그래서 공자는 "인이 멀리 있다고 여기는가? 내가 인을 바라기만 하면 인은 바로 곁에 있다."라고 말한다.

류창희는 삶과 문학을 통하여 '인'과 '예'를 실천하기 위해 부단히 노력하는 듯하다. "누군가에게 인仁을 실천하고 싶은데 가진 것이 없고, 사랑을 나누고 싶지만 마땅한 상대가 없으며, 공부하고 싶어도 두뇌가 명석하지 못하고, 운동하고 싶으나 시간이 없다고 이런 저런 핑계를 다 대지만, 다 마음에서 멀기 때문"〈산앵도나무 꽃이여!〉에서 하는 말이다. 또한 "남에게는 너그러운 척해도 정작 보잘 것없는 내 자존심을 지키려고 바늘귀구멍만큼의 틈도 주지 않는다. 착해 빠지고 조금 덜떨어진 사람, 조금 모자라는 사람으로 살면 어떤가. 이제 더 얻고 더 잃을 것이 무엇인가"〈감성, U턴하다〉고 묻는다. 이런 마음들은 모두 인과 예를 실천하는 마음에서 소홀함이 많기 때문이라는 것이다. 실천하는 마음은 작은 일상적 삶에 대한 실행으로부터 생겨나는 것이다. 작가는 일상적 삶에서도 "거친 밥을 먹고 물을 마시고, 팔을 굽혀 베개를 삼아도, 그 속에 즐거움이 있다 의롭지 않은 부와 또 귀한 것은 나에게 뜬구름과 같다."는 공자의 말을 상기하며 이를 실천하고자 한다. -〈설령, 거친 밥을 먹더라도〉

옛 선비들은 정치, 경제, 철학 등 세상사를 통달하는 '통유通儒'가 되기 위해 널리 배우고 많은 것을 익히고자 했다. 알고 있는 것이 많아야 새로운 것을 만들 수 있다고 생각한 때문이다. 그러나 새로운 것을 많이 생각하고 아는 것만으로는 부족하다. 새로운 것을 만들어내는 '창신'이전에 옛것을 이해하는 '법고'가 선행되어야 한다. 통유의 반대말은 아는 것이 부족하고 식견이 짧은 궁핍한 선비, '궁유窮儒'다. 아는 것이 적은 사람은 본인이 아는 것만 세상 전부인 줄 알고 편견과 아집에 사로잡힌다. 많이 아는 사람 눈에는 모든 것이 다 옳고 긍정적으로 보이지만, 조금 아는 사람 눈에는 모든 것이 부정적으로 보이는 법이다. 법고 창신의 관점에서는 옛것을 모범으로 삼되, 그 내면에 담긴 뜻과 장점을 안 후에는 더는 그것에 얽매지지 말고 새로운 자신만의 독자적인 세계를 추구해야 통유의 경지에 이를 수 있을 것이다.

　류창희에게 있어 문학이란 근본적으로 도를 실현하고자 하는 것이며, 이런 점에서 그는 삶과 문학에서 동시에 궁유를 벗어나 통유가 되기를 소망하고 있다. 그러나 문학이 그대로 삶으로 다 구현될수 있는 것은 아니며, 이는 모든 학자가 다 성현의 도를 체득하고이를 실현할 수 없는 것과 마찬가지이다. 문학이 도의 경지에 이르기 위해서는 반드시 배움과 익힘, 그리고 그에 수반되어야 할 정신적 깨달음의 과정이 필요하다.

　류창희의 수필 전반에 일관되게 나타나는 문학과 삶, 삶과 문학의 실천은 존고를 강조하는 것으로 구체화되어 나타난다. 여기에서존고란 단순한 복고가 아닌 박고博古이며, 상고尙古의 의미를 갖는다. 공자도 "실로 학자는 마땅히 옛것에 박식해야 할 것이며, 그렇다고 해서 옛것에 지나치게 얽매여서도 안 된다."고 말하고 있거니와, 이러한 법고 창신의 태도는 옛것을 수용하는 데 문호를 개방하고 종합적인 객관성을 지니는 것이다. 여기서 더 나아가 그 수단에얽매이지 않고 자신의 정신과 가치를 평정하는 주체성을 갖는 가운데 성립되는 것이라고 할 수 있다.

3.

류창희의 작품에서 우리가 흔히 읽을 수 있는 정서의 하나는 그리움이다. 이런 그리움의 정서란 수필 문학을 위시한 많은 문학작품에서 흔히 볼 수 있지만, 류창희의 경우 이것이 삶과 문학의 근원에 대한 물음이라는 점에서 주목할 만하다. 그의 작품에서 그리움은 빈번히 삶의 시원에 대한 모티프로 작용한다. 작가는 문학과 삶의 근원으로 거슬러 올라가면서 옛날의 올바른 모습을 알아야 함을 강조하고 있다. 그것은 자신과 삶의 본질을 반성하고 성찰하고자 하는 태도이며, 인간과 세상의 근원을 탐색하고자 하는 태도에 다름 아니다.

예컨대 〈빗금〉에서 화자는 날마다 달력에 빗금을 치면서, 그것이 "지나간 날에 대한 안도감보다는 다가올 날에 대한 준비"라고 말한다. 또한 빗금을 치는 것은 "내가 돌아가고 싶은 곳, 늘 그리워하는 마음의 안식처"를 향한 소망과 같은 것이다.

하지만 빗금은 오늘 하루를 마무리하는 안도의 한숨만은 아닐 것이다. 새롭게 도전하는 또 다른 기다림일는지 모른다. 근무같이 여기는 일상에서 벗어나 내가 돌아가고 싶은 곳. 늘 그리워하는 마음의 안식처. 그곳은 어쩌면 문학의 텃밭일 게다. 날마다 치는 빗금을 빌려 사유思惟의 뜰에 호미를 들이댈 일이다.

-〈빗금〉에서

어머니가 '이월매조'를 그리워했듯, 그리움을 안고 살아가는 것. 그것이 바로 문학 수업이라고 작가는 생각한다.〈이월 매조〉. 또한 이런 그리움은 바로 마음의 안식처인 '문학의 텃밭'과 같은 것이라고 여긴다〈빗금〉. 그의 작품에서 반복되어 나타나는 아버지에 대한 그리움〈아버지의 방〉의 정서도 이와 다르지 않다.

실제 류창희 작품에서 근원에 대한 그리움의 표출은 다양하게 이루어지고 있다. 그의 작품에서 나타나는 그리움의 정서가 특이한 것이라고 말할 수 있는 것은, 지금-여기 현대의 우리와 무한히 멀리 있는 세계에 대한 동시적 모색이라는 점에서도 그러하며, 무한히 멀리 있으니 지금 여기의 우리가 쉽게 손을 뻗어 다가갈 수 없는 세계라는 점에서 더욱 그러하다. 그것은 우리의 현재이고 미래이며 시원인 까닭에 더욱 도달하기 어려운 곳이다. 이와 같은 그리움의 정서를 통하여 작가는 지금의 현재 세계로부터 과거로의 회귀를 거듭한다. 작가에게 이것은 시원의 세계에 대한 근원적 물음이며 낯선 세계를 찾아가고자하는 새로움의 갈구이다. 이러한 정서는 그의 문학을 관통하는 본질적 정서로 작용한다. 그리하여 작가는 "내가 글을 쓰는 것은 그리움을 만나는 일이다. 그리움은 나에게 어떤 한恨 같은 정서를 남겨 주었다. 울컥울컥 그리움을 행간에 써 내려가다 보면 속이 후련해진다. 내 스스로 비위를 맞추면서 나를 어루만진다."〈욕파불능〉고 말한다.

형언할 길 없는 그리움의 정서는 류창희 수필에서 남루한 일상을 초월적으로 건너가게 한다. 지상의 삶은 궁핍하여 남루하기 이를 데 없다. 이와 같은 궁핍한 시대를 건너가야만 하는 것이 지상의 존재인 우리가 걸어야 할 숙명의 길이다. 이런 숙명의 길 위에 서 있는 우리에게 그리움의 마력은 때로는 즐겁게 때로는 쓸쓸하게 동반자가 되어 궁극의 세계로 우리를 인도한다. 궁핍하고 남루한 삶을 남루하지 않게 건너고 있는 류창희의 수필은 지금 여기, 그리고 저 머나먼 곳에 있는 운명을 견뎌내어 초월하도록 유인하는 힘을 지니고 있다. 그의 수필은 일상적 거리와 초월의 거리를 오가면서 삶을 새로운 지혜와 초월로 이끄는 힘과 울림으로 다가온다. 그에게 그리움은 해탈이며 초월의 미학일 수도 있다. 류창희의 수필이 구축한 그리움의 미학은 그의 시학의 모티프이며 지향태이기 때문에 그가 머문 흔적 곳곳에서 우리는 삶의 지혜와 진리를 만난다. 비록 그리움의 한편이 다소간에 적나라하여 서글픈 우울을 심화시킨다 해도 그 힘과 유인력은 삶에 대한 새로운 성찰의 계기로 작용한다.

작가의 의도와 무관하게 류창희의 문학정신은 그의 사고체계와 밀접하게 관련되어 있다. 말하자면 그는 사물의 이치를 연구하여 지식을 완전하게 하고, 또한 지식을 통하여 사물에 대한 이치의 깊이를 더해가는 격물치지格物致知를 실현코자 하는 듯하다. 그가 수필작품을 창작하는 원리나 담고자 하는 주제는 고전을 공부하는 것과 같은 과정을 거치는 것으로 보인다. 경전에 대해 실증적힌 훈고를 중시한 것처럼 수필창작에도 그러한 정신을 담기 위해 노력하고 있다. 한 편으로 옛것을 모범으로 삼아 그 내면에 담긴 뜻을 파악하면서 인간과 세상이 나아가야 할 진정한 가치를 터득하기 위해 애쓰고 있다. 그러므로 류창희 문학이 추구하는 궁극적 목적은 인간이 따라야 할 규범과 가치를 정신으로 삼아 이를 함께 아우르는 학예 일치의 경지에 도달코자 하는 것이다. 이렇게 될 때 문학은 단순한 여기나 기술이 아니라 도를 실현하는 중요한 방편으로서의 의미를 지니게 된다.

작가의 이런 태도는 세상과 인간에 대한 단순한 개인적 공감이나 사랑으로 채색돼 공간이라기보다는 차라리 이런 감정을 덜어내 인간의 본질적 규범과 윤리를 위한 공간에 가까운 것이다. 이런 감정은 개인적이라기보다는 사회적 윤리나 도덕에 대해서 작가가 선택한 가치에 가깝다. 작가가 선택한 가치란 선택하지 못한 가치를 감당해내는 것이다. 오늘날 우리의 삶에서 진짜 문제는 선과 악, 혹은 윤리와 비윤리 사이에서 배회하고 외면하는 가운데 그 어떤 가치도 쉽게 선택하지 못한다는 데 있다. 그 결과를 감당하기 싫어서 우리는 아예 선택 자체를 외면해버리기도 한다. 그렇게 함으로써 인간과 사회는 보다 나은 세계를 향해 나아가지 못하게 되고 올바른 선택은 언제나 공전空轉한다. 거칠게 말해 문학은 왜곡되고 파괴된 행복의 약속을 새롭게 창조해 나가는 것이라 할 수 있다. 작가란 나름의 올바른 선택적 방식으로 아름답고 진실한 삶의 길을 제시하는 사람이며, 새로운 세상을 위한 정신적 지향으로 존재하는 것이 문학작품이다. 이런 의존은 좁게 보면 문학작품을 통해 어떤 개인의 실존적 근거를 부여하게 되고, 넓게 보면 정치 · 사회 · 문화의 제 분야에서 정합성의 근거를 제공하는 것이다.

류창희 문학은 동양 고전이 보여주고 있는 이성의 내면성을 통해 성찰의 도덕성을 향해 나아간다. 이런 의미에서 그가 문학을 통해 하는 일은 일종의 문학적 · 철학적 · 지적 작업이며, 자기 성찰적이고 자기 비판적인 수행이라 할 수 있다. 그의 작업의 초점은 일정한 지적 사고의 수행자로서 뿐만 아니라 존재론적 차원에서 자기 정체성을 확인하고자 하는 것이라 할 수 있다. 이런 반성의 수련을 통해서 우리를 에워싼 삶의 조건을 진단하고 어떤 새로운 인식을 이루는 것이 가능하게 된다. 그리하여 고전을 통해 실존적 삶의 현실을 검토하고, 이를 통해서 우리 자신에 대한 올바른 이해와 성찰을 이루고자 하는 작가의 노력은 깊은 떨림으로 다가온다. 요컨대 류창희 수필은 고전이 이룩해놓은 보편성의 원리를 포용하면서 동시에 이를 현실적 사유의 원리로서 다시 파악하고자 하는 의의를 지닌다.

4.

지금 우리 주변에서는 하루가 다르게 새것이 등장하고, 많은 경우 이 새것이 창의적이고 아름다우며 시대와 유행을 선도하는 것으로 이해한다. 심지어 우리에게 새것은 반드시 추구해야 할 중요한 가치로까지 여겨지기도 한다. 그러나 새것이 반드시 의미 있거나 중요한 것만은 아니며, 오래되었지만 빛나거나 가치 있는 것도 허다하다. 그중의 하나가 바로 고전古典이다. 문학적 의미에서 고전은 단순히 오래된 전범이란 의미를 지니지만, 시대를 대표하며 후세인의 모범이 될 만한 가치를 지닌 작품을 뜻하기도 한다. 어느 경우이든 고전에는 세월이 아무리 지나도 변함없는 가치가 담겨 있다. 진정한 고전은 시간이 아무리 많이 흘러도 낡지 않으며 유행을 타지 않는다. 고전에는 일시적 표피에 반응하는 쾌감이 아닌 과거로부터 현재까지 관통하는 보편적 진리와 내부까지 파고드는 진실한 아름다움이 찾아질 수 있다. 이 말은 곧 고전을 통하여 진선미에 대한 가치의 영속성을 읽어낼 수 있다는 것이다.

20세기 초반부터 서구의 가치관으로 유행했던 모더니즘과 포스트모더니즘의 이념은 우리의 기존 가치관을 송두리째 휩쓸어 버렸다. 이것은 우리에게 과거와 현재, 그리고 현재와 미래의 연속성으로서의 세계 이해에 대한 가능성을 탈취하면서 일방적으로 현재에 대한 인식만을 강조하는 관점이라 할 수 있다. 지금 우리에게 무엇보다 필요한 일은 옛것을 보존하고 존중하면서 새로운 삶의 가치와 정신을 회복하는 일이다. 옛것에서 미래를 보는 심미안을 가진 작가들은 '오래된 미래'같은 문학과 예술 창조를 추구한다.

이런 맥락에서 류창희의 수필은 내용과 형식에서 기존 수필을 존중하면서도 고전 읽기를 통하여 수필에 대한 새로운 이해를 이루고자 한다. 그에게서 고전을 이해한다는 것은 학구적이고 논증적인 방식을 통해서 고전의 의미를 새롭게 하는 것임은 물론, 더 나은 삶의 방식과 진의를 확인하는 작업이다. 류창희가 복고를 말하고, 옛날로 거슬러 올라가 삶과 문학의 전형을 찾고자 하는 것은 이를 바탕으로 새로운 형태의 진리와 아름다움을 찾고자 하는 것이지 단순히 고전적 전형을 답습하고자 하는 것은 아니다. 류창희는 이 양쪽을 모두 수용하고 조화하는 입장에서 법고 창신의 글쓰기를 하고 있다. 그의 수필의 많은 부문은 논어 읽기와 같은 고전에 기대있으나, 그것이 결코 고전을 그대로 답습하고 있는 것이 아니라 지금의 삶의 상황에 적합한 내용과 형식으로 새로이 수용하고 종합하고자 하는 것이다.

　　노자의 ≪도덕경≫에 "물이 깊으면 파도가 고요하고, 배움이 넓으면 말소리가 나직하다.[水深波浪靜 學廣語聲低]"라는 구절이 있다. 류창희의 문학도 앞으로 더욱 깊고 나직한 목소리로 인생과 세상에 대한 법고 창신의 혜안이 빛나게 되기를 기대해 본다.

* **허상문**– 문학평론가, 영남대 영문과 교수, 평론집 ≪프로메테우스의 언어≫등 다수의 저서.

바람의 문장에 풀꽃을 심다

고경서(경숙)

cyclamen830@hanmail.net

1. 로그인

모든 길이 수필로 통하는 사람이 있다. 내가 춘야님이라고 호명하는 류창희 수필가다. 온라인이나 오프라인에서 늘 그렇게 불러왔다. 지기지우知己之友로서 수년간 대하다보니 본명보다 더 익숙해진 이름이다. '춘야'라고 발음하는 순간, 고물고물한 새싹들이 입술을 비벼대는 봄 들판이 펼쳐지고, 온몸은 생동감으로 넘친다. 그러나 지면인 관계로 조심스럽게 류 작가라고 지칭하고자 한다.

류 작가와는 한 스승님 아래서 동문수학한 글벗이다. 아니 그 이전부터 알고 있었다. 지방 신문사의 독자 문예란에 발표한 작품 〈봄의 뜨락〉을 보고 감동받아 스크랩을 해두고 몇 차례 내리읽었다. 일상을 소재로 한 내용이었는데 톡톡 튀는 기발한 사유와 감각적인 표현이 발랄하면서도 참신했다. 이렇게 상큼한 풀냄새 가득 찬 글을 누가 썼을까? 얼마 후에 우리는 수필교실에서 조우했다.

첫인상에서 '글이 곧 그 사람'이라는 말은 빗나가지 않았다. 화장기 없는 얼굴이 맑고 순정해보였다. '빨강머리 앤'이 불쑥 나타나 "앞으로 알아낼 것이 많다는 건 참 좋은 일 같아요."라고 말하는 듯했다. 유난히 큰 눈매와 나긋나긋한 서울 말씨가 친절하고 상냥했다. 그때도 논어를 강독하고 있었는데 바쁜 시간을 틈타 수업에 참석한다는 말을 전해 들었다. 마음 밭이 온통 수필로 꽉 차 하루에도 몇 편씩 습작하면서 왕성한 창작욕을 불태우던 모습이 인상적이었다.

그 당시에 한창 붐을 일으킨 독서토론에도 활발하게 참여해오던 터라 '삶이 곧 기록물'이라는 평소의 지론대로 꼼꼼함과 치밀함으로 매일매일을 적바림하고 있었다. 수필도 아마 그 일환일거라는 게 나의 생각이다. 세 권의 수필집에서 속속들이 투영해낸 작가의 그림자가 진하고 길게 느껴졌다.

2. 클릭

1) 제비꽃

어느 날, 류 작가의 산책길에 따라나섰다. 늦은 봄날이 치맛자락을 들썩거리는 이기대 소나무 숲에 오래된 무덤이 있었다. 제비꽃들이 띄엄띄엄 피어있는 이 봉분이 희로애락을 담은 마음보따리를 푸는 장소라고 했다. 하필 무덤이냐고 의아스런 눈빛을 보내자 고향의 뒷동산처럼 마음이 평온해진다는 것이다. 그 말을 듣는 순간, 햇볕에 익은 마른풀 향기가 코끝을 스치면서 쓸쓸해졌다. 뒤늦게 달려온 바람이 핥고 떠난 보랏빛 꽃송이도 가녀린 목울대를 치켜세운 채 돌아서있었다.

류 작가의 고향은 경기도 포천 두메산골이다. 서울서 봉선사를 찾아 나선 길에 이정표로 맞닥뜨린 작가의 고향은 감회가 남달랐다. 봉선사는 춘원 이광수가 만년에 은거하던 사찰로서 고모리를 경유하고 있었다. 작품집 곳곳에서 익히 봐 왔는데도 바다만 보고 자란 나로선 첩첩산중이 주는 묵직한 풍광이 순박하고 관대해보였다. 초등학교는 자유당 시절, 어느 독지가가 학용품을 도맡아 후원해줄 정도로 궁벽한 산골학교를 다녔는데 연필과 공책에 찍어놓은 그의 함자를 보고 'ㅇㅇㅇ표 연필'만 있는 줄 알았다는 얘기를 듣고 문화연필도 있었다면서 박장대소한 기억이 떠올랐다. 이렇듯 사소한 에피소드 하나에도 고향은 작품의 산실이라는 점에서 특별한 의미로 다가선다. 축적된 세월이 지닌 향수鄕愁가 바탕화면으로 깔려있음은 지극히 당연하다.

청년기를 보낸 류 작가의 서울생활은 가장으로서 시뻘건 울혈을

토하는 암울한 시기였다. 삶의 크고 작은 부침浮沈에 휘둘리면서 매일매일을 마지막 날인 양 달력에 빗금을 치는 심정으로 살았다고 했다. "결핍과 잉여가 판을 치는 놀이마당도 아닌데 슬프도록 당당하게 수필로서 일상의 삶을 도식화 한다."고 부르짖기도 "잉어인으로 전락하면 자존심이 상한다."면서 매사에 예민하게 반응하고, 비속하고 비열한 삶을 단속하고 경계했다. 물질적 풍요로움이나 외양의 화려한 꾸밈이 아닌 수수하고 품격 있게 살아가는 방식을 고민한 흔적이 작품 속에 역력하다. 이는 인간의 성정이 태생지의 지형이나 토질을 닮는다는 말을 상기시키는 대목이다.

류 작가는 특히 소소하고 볼품없는 것들에 연민을 불어넣는다. 작품의 내용으로 남루나 소외, 상처와 아픔, 고통과 고독의 매뉴얼을 함의한다. 뼛속 깊이 각인된 울음과 절망을 작가만의 감수성으로 포착해낸다.

이러한 감정의 세밀한 진동이 작품과 긴밀하게 조응하면서 세상과의 소통을 꿈꾼다. 앙증맞은 유리병에 제비꽃을 꽂아놓고 완상하면서 결핍과 욕망에서 오는 부재와 상실감을 극복한다. 그런 의미에서 작가의 분신인 작품은 통각痛覺인 동시에 고통의 진원지인 셈이다.

2) 가제 손수건

이것은 순면 100프로의 순수다. 날실과 씨실로 엮어 짠 희디흰 이미지의 면포다. 쪽빛 하늘 아래 자리한 설원처럼 사각 테두리를 파랑색 수실로 뜨개질한 손수건. 류 작가가 내게 준 선물이다. 손으로 만져지는 백색의 촉감이 표면이고, 측면이고, 이면이 똑같다. 아니다. 이면에는 작가의 고뇌가 얼비친다. 제비꽃이 남긴 그늘이다. 이 작은 공백으로 땡볕을 가리고, 염천더위를 식히고, 좍좍 내리긋는 소낙비를 훔친다. 헛헛한 심장이 흘린 눈물을 닦고, 세상에 대한 편견과 불의에 맞서는 진실의 가림막으로도 사용한다. 어둠 속에서 미망을 꿰뚫는 한줄기 빛과도 같은 류 작가의 수필이 이러하다. 작품 내면에 응축된 작가의 유일무이한 감성을 통해 고양된 정신세계로의 확장을 꾀한다. 이는 작가가 대변하는 정한情恨의 정서로써 독자들의 삶의 무게까지도 온화하고 부드럽게 감싼다.

왜 쓰는가? 작품 〈욕파불능〉에서 "내가 글을 쓰는 것은 그리움을 만나는 일이다. 그리움은 나에게 어떤 한恨같은 정서를 남겨주었다. 울컥울컥 그리움을 행간에 써내려 가다보면 속이 후련해진다. 내 스스로 비위를 맞추면서 나를 어루만진다."고 작가는 서술한다.

작가가 과거의 체험을 자신의 언어로 재생산하는 작업이 수필이다. 개인적이고 주관적인 기억은 점진적으로 변용의 과정을 겪을 수밖에 없다. 고통이나 상처 등 부정적인 정서가 작가의 반성적 성찰로 하여금 독자의 심성을 자극하면서 화해와 치유의 기능을 대신한다. 밖으로 드러내기보다 안으로 감추는 것에 익숙한 고백적 성향이 강한 독자들에게 작가의 열린 사고는 견고한 의지를 암시한다.

류 작가는 화술이 뛰어나다. 수십 년째 논어를 강의하는 강사인 만큼 언변에 능하다. 몇 년째 청강하는 수강생들이 많다는 것은 새로운 변화를 갈망하는 수필의 세계관과 일맥상통한다. 수필이 작가의 삶을 압축한 인생론이라고 보면 유려한 화술만큼 작품도 구체적이고 직설적이다. 따라서 현란한 담론은 흥미로운 볼거리를 제공한다. 가슴 깊이 묻어둔 비밀을 누설하되 그 방식이 난해하지 않으면서 자유분방하다. 오관을 동시에 작동하는 멀티수준이다. 고뇌나 슬픔, 절망 등을 유머와 위트, 해학으로 풀어내는 언어유희가 민첩하고 날렵하다. 작가의 발화 못지않게 필설도 문장의 전략이나 전술로서 접근성이 뛰어나다. 수필집 한권이 한자리에서 술술 읽혀지는 재미를 갖는 이유다.

논어 에세이 『빈빈』은 2015년도 세종도서가 선정한 작품집이다. 기존 수필에 대한 실험이요, 새로운 형식적 변화를 모색한 야심작이다. 작가의 현재적 삶과 수천 년 전의 고전이 길항하는 리얼리티의 도전장이라고나 할까. 저명한 고전을 에세이 기법으로 시도하다

보니 적잖이 고민하고 주저했던 걸로 알고 있다. 작가가 평생을 업으로 해온 일에 대한 결실을 마무리 짓는 측면도 있었지만 장르적 변경을 강경하게 권유한 부군의 영향력이 더 컸다는 후문이다. 현대문학수필상을 수상한 『매실의 초례청』 역시 작가만의 진정성 있는 메시지가 내면의 풍경을 독특한 문체文採로 다양하게 보여준다. 작품 기저에 흐르는 비장미를 삭이고 되새김질하는 과정이 독자로 하여금 따뜻한 공감대를 형성한다. 『내비아씨의 프로방스』 역시 작가만의 적극적이고 외향적인 성향이 잘 드러난다. 여행이 공간적 이동이라고 볼 때 기행수필은 작가의 감성을 자연스럽게 표출하는 바로미터가 될 수 있다.

세 권의 저서에서 일관되게 제시하는 숱한 삶의 진경들은 작가 스스로가 온몸으로 부딪힌 결핍과 상처의 기록물이다. 심연의 뜰에서 욕망과 미련, 집착을 벗어던지도록 마음의 지평을 열어준 수필이 카타르시스라면 화석화된 기억을 두고 습관성 그리움이라는 작가의 표현은 지당한지도 모른다.

3. 로그아웃

류 작가의 이니셜은 '화양연화'다. 인생에서 가장 아름다운 시절이라는 뜻이다. 바람의 손짓에 풀꽃들이 흔들리듯 보이지도 만져지지도 않는 바람이 읽고 간 풍경을 풀꽃의 언어로 기록해낸다. 풀꽃은 세파에 꺾이고, 부러지고, 넘어져도 다시 일어서서 상처투성이의 삶을 노래하는 작가의 표상이다.

제비꽃이 흘린 미세한 씨앗을 흰 손수건 한 장 크기의 하늘아래 심어 수필의 문장으로 발아시켜 뿌리내리고자 하는 류 작가. 지금도 병원의 계단이나 대형마트에 주차중인 자동차 안, 이별이 교차하는 역 대합실에 가면 헐거워진 생의 고관절을 옥죄며 원고를 집필하는 작가를 만날 수 있으리라. 시끄럽고 복잡한 공간일수록 작품의 몰입도가 상승한다고 거침없이 말하면서 기꺼이 타자의 삶에 갇히기를 열망한다. 류 작가만의 확고한 정체성으로 수필적 영토를 구축한 이 순간이 바로 화양연화이다.

지금까지 삶도 수필도 타이밍이라고 말하는 류 작가의 고독한 여정에 동행하여 대단원에 이르렀다. 머나먼 시공을 넘어 세상과 소통하는 작품들을 음미하는 즐거움이 컸다. 도정道程이 확고한 수필이라는 길 위에서 "오늘의 작가는 오늘 글을 쓴 사람이다. 지금 나는 글을 쓰고 있으니 '오늘의 작가'가 맞다."고 씩씩하게 외치는 류 작가야말로 강하고 대찬 수필가다.

* **고경서_** ≪농민신문≫ 신춘문예 수필당선2002, ≪한라일보≫ 신춘문예 시 당선 2011, 제4회 천강문학상 수필부문 대상2012, ≪에세이문학≫ 등단2017, 에세이부산 동인

타타타, 메타